杀魂

SHAHUN

刘循文◎著

黑龙江人民出版社

图书在版编目(CIP)数据

杀魂 / 刘循文著. —哈尔滨:黑龙江人民出版社,
2018.7
ISBN 978 - 7 - 207 - 11444 - 0

Ⅰ.①杀… Ⅱ.①刘… Ⅲ.①中国文学—当代文学—
作品综合集 Ⅳ.①I217.2

中国版本图书馆 CIP 数据核字(2018)第 180681 号

责任编辑:刘恺汐
封面设计:张 涛

杀 魂

刘循文 著

出版发行	黑龙江人民出版社	
地 址	哈尔滨市南岗区宣庆小区 1 号楼	
邮 编	150008	
网 址	www. longpress. com	
电子邮箱	hljrmcbs@ yeah. net	
印 刷	北京万博诚印刷有限公司	
开 本	787×1092 1/16	
印 张	24	
字 数	340 千字	
版 次	2018 年 7 月第 1 版 2021 年 1 月第 2 次印刷	
书 号	ISBN 978 - 7 - 207 - 11444 - 0	
定 价	68.00 元	

版权所有 侵权必究   举报电话:(0451) 82308054
法律顾问:北京市大成律师事务所哈尔滨分所律师赵学利、赵景波

序　　言

　　我的母亲是满族正黄旗乌扎拉氏的格格,老家在黑龙江省的一面坡,那里是清朝的龙兴之地,也许就因为家世的原因,我从小就对边地文化有着浓厚的兴趣。但是,近现代文学作品中描写这一地域的很少,在我的印象中比较有影响的只有骆宾基先生的一部《混沌初开》,他把幼年时的老家珲春的风土人情写得引人入胜,再以后就没有看见过那么好的边地文学作品了。可喜的是近年来我在青年作家的行列中找到了后之来者——与珲春相邻的东宁县出了一位土生土长的文学青年刘循文。

　　循文出生于1967年,那正是一个"读书无用论"盛行的年代,但是他却是那个时代的叛逆,一头扎进了文学与历史书籍的海洋,并且迈开双脚踏遍了东宁的山山岭岭、沟沟岔岔,采访了许多古稀之年的历史见证人,记录了无数充满边地文化特色的传奇与神话,了解了地处中国、俄罗斯、朝鲜这个东北亚"金三角"独特神秘地域的许多历史事件与人物——远至新石器时代,近到改革开放的今天。他用自己独有的悟性,把这些文学创作的"原料"细细地咀嚼、消化,再用自己凝重、深邃、细致、幽默的笔触把它们化成了文学作品。于是,我们便看到了电影文学剧本《二战的最后战场》《转运护照》《发财执照》《杀魂》等,以及倾注心血谋划的鸿篇史诗巨制《钻石眼泪》(又名:《没有墓碑的爱情》)。

◀ **杀魂**

　　我在 20 世纪 50 年代初期,也曾经在北京当过几年的专业电影编剧,那时候我们基本上是码着苏联电影界的路子,创作出的剧本都是要既有戏剧性,也要有文学性的——既要供导演拍,也要供观众读的;但是在拜金主义盛行、影视作品极度商品化的今天,写剧本的人们往往只写出演职员拍摄所用的影视"脚本",里边还不时地夹杂着生涩的行业英语,普通观众要拿来欣赏,则将是一头雾水,看不明白。而刘循文作为业余作者却不厌其烦地把剧本写得十分具有文学性、可看性,这样一来不单加大了自己的工作量,也对其文笔提出了更高的要求。比如,描写边境小城青年男女爱情生活图景的电影文学剧本《发财执照》《转运护照》,不单具有强烈的戏剧性、动作性,还有十分细腻的文学描写,使人读起来好像在看一部中篇小说;而超现实主义的电影故事《杀魂》则被注入了科幻与魔幻的因素,表现了作者对人类命运、灵魂归宿、善恶互动、文明兴衰等等大命题的独特思考,赋予了前瞻性的人文关怀。

　　电影文学剧本《二战的最后战场》读起来让人明显地感到是作者的呕心之作——它以真实的历史大背景、鲜明的人物个性、闻所未闻的战争细节,表现了发生在号称"东方马其诺防线"的日本关东军东宁要塞群中的反法西斯战争的终结战。小刘早在 1986 年中央以及地方媒体还未对此秘密工事引起关注的时候,就多次深入其中进行踏查,并详细采访了所剩无几的劳工幸存者,在此基础上写出了这段尘封几十年的历史。1991年 1 月,我在长春电影制片厂当编辑的女儿(注)担任他的责任编辑,帮助他几易其稿,小刘终于完成了这部摄人心魄、独具特色的电影文学剧本。

　　最倾注心血的是谋划的长篇小说《钻石眼泪》。它时跨百年,地越三国——表现了自从中俄《爱辉条约》《北京条约》以来,祖国母亲大流血的年代里中国、俄罗斯、朝鲜三国人民之间的动人曲折的故事,作者不单注重了历史背景的真实性、人物命运的独特性、生活细节的丰富性,而且注入了自己对历史与现实的哲理思考,站在历史的高度,打破时空及精神联结,完成审视东北亚历史焦点这一重任。虽然我只看到梗概提纲和部分篇章,却让我看到了作者,"生年不满百,常怀千岁忧"的强烈忧患意识!让我深深感到这是一部不可多得的长篇史诗巨作。作者决心把它进一步精雕细琢、潜心完善之后,再公之于世。我相信,它是可以传世的。

"走自己的路,让别人去说。"——我把这句名言赠予毅然走在坎坷、艰辛的文学创作道路上的晚生后辈刘循文。

柳　溪

2000 年春节于天津

注:谢燕南,曾任长影党委宣传部副部长,长影总编室编辑(副高级)。在吉林大学、东北师范大学、吉林艺术学院、长春师范学院等大专院校任教。在长影期间曾荣获国家金鸡奖、百花奖、华表奖(原文化部"政府"奖)、"小百花奖"、"省'五个一工程'奖"等多种奖项。代表作《新中国第一大案》、《青年刘伯承》、《大城市1990》等。投拍电影18部,电视剧180余集。担任过本书中电影文学剧本《二战的最后战场》和《发财执照》的责任编辑。

柳溪(1924.04.21—2014.03.18),女,原名纪清俦,河北省献县人。中国现当代著名作家,中国共产党党员,天津市作家协会原副主席。创作的小说《刘寡妇结婚》,获得河北省1950年作品评奖小说甲等奖;长篇小说《战争启示录》,荣获中宣部"五个一工程"奖,《我的先祖纪晓岚》。共发表作品2000余万字。

2014年3月18日2时45分,柳溪因病医治无效在中国天津逝世,享年90岁。

目　　录

> 当我们沐浴在新世纪的曙光时,怎能忘记曾给中日人民带来惨痛灾难的过去,牢记历史是对新世纪和平的最好祈祷!
>
> ——作者题记

二战的最后战场

中俄界河瑚布图河河水静静地流淌。中方大理石界碑的不远处国防公路在紧张施工,掘土机、推土机、装载机往来如梭。

李工程师从经纬仪中看见推土机朝自己驶来,拿起对讲机:"小赵!再往下推十公分,十公分就够了!"

小赵加大油门推了过来。突然地面下陷,推土机慢慢下坠……小赵面色苍白、惊慌失措……

李工程师紧紧抱着经纬仪也滑了进去……

地下一片漆黑,小赵惊魂未定打开车灯被眼前的景象惊呆了:"老李,你看、你看!"

李工程师浑身是土四处摸眼镜没有摸到,拿起经纬仪……

经纬仪中:洞内到处是人的骨骸,或坐,或躺……腿骨上是锈迹斑斑的铁链,有的腿骨被齐刷刷地切断。

李工程师放下经纬仪:"是做梦吗?不会是在地狱吧?"

洞内成片的白骨。

工程现场围满了救护车、抢险车、新闻采访车,警灯闪烁。起重车把推土机从地下吊出。

专家们在清理现场,记者忙着拍照。一具具骨骸被装进尼龙袋里。洞的尽头,韩教授组织民工挖掘……大量的残土被运出。

一扇锈迹斑驳的铁门被挖掘出来,上面写着"大日本帝国军事秘密",字迹清晰可辨。

韩教授:"终于找到绥北要塞了。绥北要塞是东宁要塞群中最大的要塞,这是一个临时出口。"

韩教授戴上防毒面具小心翼翼地推开铁门,一道门帘轻轻一碰就碎了。"铁门是用来防弹的,门帘是用来防毒气的。把防毒面具都戴好,打开对讲机。"

耀眼的灯光下,一个宽敞的巷道出现在人们面前。到处是破碎的弹皮和生锈的枪械、战刀。天照大神像已烧得面目全非。

韩教授:"看来这里发生过战斗。"

一工作人员发现几个黑黑的大铁钉和比真人略小的铁人:"这是干什么用的?"

韩教授:"这是当年日本鬼子为永远统治满洲,在山冈、河道找到满洲所谓的龙脉,然后用铁钉、铁人镇住,让满洲人民永世不得翻身。"

一堆炮弹前,记者惊奇地:"这炮弹上怎么带孔呢?"

韩教授仔细看了看:"是毒气弹!还没炸响。来!给它来个特写。"电视台的记者进行拍摄。

韩教授发现毒气弹旁边有一个项链似的东西,拾起后用毛刷轻轻刷掉表面的尘土,上写:日满一心一德。

枢纽部里,墙上挂着破烂的"膏药旗","武运长久"四字仍很清晰。韩教授拣起一个烟盒,烟标:刺刀、"日之丸"印在中国的版图上,上写"日军专用香烟""必胜牌"。一张大桌子前,韩教授掀开上面罩的布,一个沙盘露了出来。沙盘上有一个霉烂的台历,从1945年8月9日到9月11日每页只写四个字"出去决战"。

韩教授:"9月11日?日本政府8月15日就宣布投降了!"

记者:"韩教授您研究东宁要塞群多年,这绥北要塞是否有幸存的劳工?是否有鲜为人知的事情发生?这是否是第二次世界大战的最后的战场?"

韩教授:"从时间上看应该是二战的最后战场。其实是不是二战最后战场无关紧要,紧要的是被活活埋葬的三千劳工,他们的无奈和最后的抗争无人知晓。虽然幸存的劳工有三十三人,但真正从主体工程里出来的只有一个,他叫荀龙,是我的老队长,今年八十八岁。唉!五十四年了,他只生活在他的过去,没人能走进他的世界,也没人能把他拽回现在,他被那场噩梦魇住了。只有他知道这里发生的一切。"

记者:"真的没什么办法吗?"

韩教授:"只有等待奇迹出现。"

——电视里,8月15日日本内阁成员、众议员和千名民众凝视"日之丸"的升起,聆听"君之代"的鸣奏。岛村、荣雄等老兵穿着旧式军服坚定地大踏步前进。

河川贞子神情黯然关上电视,目光落在手中的信上,信上写着"荀龙"收。

——一架波音777客机降落在绥北机场上。河川贞子走下舷梯。她用陌生的目光打量着周围。

绥芬河畔的疗养院里,荀龙白发苍苍、目光呆滞坐在轮椅上瞅着窗外的夕阳。墙壁上贴满了日军屠杀中国人的图片。

韩教授和河川贞子走了进来。韩教授将一叠绥北要塞的照片拿给他看,荀龙面无表情……

韩教授灵机一动拿出'日满一心一德'纪念章,荀龙目光慢慢抬起,双手抓住纪念章,仔细盯着,不禁老泪纵横,浑身颤抖……

韩教授将河川贞子推了过来,荀龙惊愕起来:"直美……直美……"

贞子:"我叫贞子,直美是我的奶奶,她让我给您捎封信,她已不在人世了。"

荀龙用颤抖的手接过信,慢慢打开,一枚金鸢勋章掉了出来,荀龙拾起放在眼前仔细端详,泪流满面……

画外直美的声音:这枚金鸢勋章见证了日本关东军的罪恶、狡诈和虚伪,也见证了我们的真情和抗争。我愧对你,愧对屈死在要塞里的中国劳工,开启那个用无数谎言封存的罪恶,得有天大的勇气!……

清理后的绥北要塞里,韩教授、河川贞子推着轮椅,荀龙望着熟悉的一切,百感交集……

枢纽部里,荀龙凝视着沙盘,上面起伏的高山,蜿蜒的绥芬河慢慢幻化为实景……

中苏边界　日

美丽的绥芬河如玉带般穿过碧绿的山峦。

一架一式陆基轰炸机在四架零式战斗机的护航下,沿中苏边界飞行。

字幕:1935 年秋,中苏东部边境

机舱内,日本关东军司令南次郎和参谋们在向外观望。

岛村:"这就是绥芬河,满洲的发祥地之一。当年建州指挥使猛哥铁木儿就是从这里走出来的,经过几代人的努力,他的六世孙努尔哈赤终于强大起来! 这里是满清的龙兴之地,是我们建造要塞群的最好地方,当然也是我们拓展空间实现东亚共荣的福地。"

南次郎:"柳条湖事件爆发已经整整四年了,满洲国也建国三年了,这儿的军事设施还很简陋,这不符合我们的主攻从大兴安岭转移到苏联沿海州的策略。"

岛村:"为此我们计划在这建造宽 110 公里,纵深 50 公里的攻防兼顾的东宁要塞群,沿绥芬河河谷向东,攻可直捣苏联太平洋舰队的老巢——海参崴,守可抵挡住苏联对满洲、朝鲜心脏地带的威胁。"

南次郎:"很好!"

河川乔一:"苏联远东人口稀少,每平方公里不足 1.12 人,经济自给能力极差,对西伯利亚大铁路依赖性极强。苏联远东的军事力量主要在滨海边区,虎头要塞在伊曼桥不到一刻钟就可截断西伯利亚大铁路,东宁要塞群离海参崴最近,是进攻苏联太平洋舰队的最佳位置。这里也是敌人进入间岛、朝鲜的必经之路,必须加强固守。"

南次郎:"修建东宁要塞群需要清除多少个村?"

河川乔一:"二十八个村,一万一千四百一十二人。"

岛村:"我们已划出军事戒严区,马上进行清理,'归屯并户'。"

南次郎:"如何处理边境人口?"

河川乔一:"18 岁到 35 岁的中国男人一律去修要塞,不够从外地招。对 6 到 17 岁的进行特殊训练,为靖安军培养后备力量,为我所用。"

南次郎:"好一个为我所用! 这既是满洲防务的需要,也是防止苏联赤化满洲的需要。年轻人! 要将东宁要塞群建成满洲十七处筑垒中最精彩的一个。"边说边从怀里拿出一枚金鸢勋章。

南次郎:"知道金鸢勋章的来历吗?"

河川乔一:"知道,神武天皇东征时,落在弓端的金鸢,它指引大和民族沿着明治维新的道路,去征服一切。"

南次郎:"不错! 这是我参加日俄战争获得的,拿着会给你带来好运的。"

河川乔一双手接过:"多谢长官!"

飞机呼啸着渐渐远去……

中苏边境村庄　日

日军骑兵高举火把气势汹汹见房就点,百姓们四处逃散、一片哭喊声……

日军炮兵用山炮对坚固的砖瓦房、小楼进行轰炸……

日军步兵到处烧杀抢掠、无恶不作……

沿中苏边境的二十八个村庄几乎同时燃起了大火,绵延上百里的浓烟遮住了太阳。

苟龙带领抗联小分队的战士狙击敌人,边打边撤……

苟龙家里,苟龙嫂风风火火地进来,拿出一块布,打开碗柜,包了几块干粮,将全家福的镜框也包在里面。抱起熟睡的儿子苟小辉快速离开。

鬼子越来越多。

苟龙扔了两颗手榴弹大喊:"狗日的,小鬼子来吧!"

树林里,苟龙碰上了逃跑的乡亲们。乡亲们正在争论。

"爹! 哪都是鬼子,山上能躲几天? 上边界那面吧!"

"这是我的家,我死也要死在自己的地盘上!"

苟龙:"柳大爷,别争了,逃命要紧。"

苟龙嫂抱孩子过来,小辉扬起小手:"爸爸!"

苟龙接过孩子亲了亲:"乖儿子!"

苟龙嫂哭着说:"不知咱爹咱娘那个村怎样啦?"

苟龙长叹一声:"唉!"

这时,鬼子追来了。

苟龙:"快撤! 我掩护!"

苟龙嫂呜咽地:"快去快回!"

小辉哭喊着:"爸爸! 爸爸!"

苟龙端枪朝敌人迎了上去。

绥芬河畔　日

苟龙撂倒不少鬼子骑兵,夺过一匹战马,策马向边界急驰。

身后的日军紧紧追来。

苟龙在弹雨中,不时地举枪还击。

中苏界碑——'倭'字碑出现在眼前。

苟龙不幸中弹被马掀翻到河里,很快消失在滔滔的绥芬河水中。

村庄　日

废墟上拉起了一道铁丝网,上面的牌子写着:军事戒严区。

岛村、乔一等军佐戴着雪白的手套,拿起铁锹挖起脚下的焦土为要塞工程奠基。奠基石碑上写:东宁要塞群之绥北要塞奠基、昭和十年秋立。

废墟上空高高飘扬起"日之丸"。

苏联乡村别墅　黎明

护士莉莉娅给缠满绷带的苟龙拔下针头。苟龙慢慢睁开了双眼。

韩可人红着眼圈握住苟龙的手:"队长,是我,韩可人。三天了总算醒了,刚才首长来看你呢! 让你好好休息。"

苟龙吃力地:"这是在哪? 乡亲们怎么样了?"

韩可人:"我们在苏联的宿营地,乡亲们很安全。"

苟龙:"天亮了,把窗帘打开。"

莉莉娅要去拉窗帘被韩可人制止住。

荀龙大怒："打开!"

韩可人无奈地打开……荀龙被窗外的景象惊呆了。窗外的绥芬河岸边,抗联战士们正从河里打捞从上游漂来的浮尸,岸上已摆满了盖有白布的尸体。

河边　晨

荀龙在韩可人、莉莉娅搀扶下来到河边。荀龙慢慢掀开罩在尸体上的白布。第一个是柳大爷的尸体,眼睛仍睁着,山羊胡子还翘着,胸前有两个弹孔。荀龙强忍悲痛合上柳大爷的眼睛。当掀开第七个时,妻子那张熟悉的苍白的面孔露了出来,双手紧紧抱着包袱,荀龙悲痛欲绝,泪如雨下……

荀龙取出全家福,突然地："小辉？小辉呢？儿子! 儿子!!"快速掀开一个又一个白布,身上的绷带渗出鲜血。

莉莉娅大喊:"涅! 涅! (不)"

韩可人:"还没发现有孩子的尸体,快回去休息吧! 河已经用渔网拦住了。"

荀龙停住了手,回望远处,家乡的上空仍是浓烟滚滚。

一组镜头

荀龙在妻子的坟头望着全家福,潸然泪下……

苏联农民在河边随着欢快的风琴演奏,跳起优美的俄罗斯舞蹈。不远处,荀龙边打着吊瓶边凝视着河里的拦河网,泪水满腮。

荀龙伤已痊愈在做俯卧撑、在练习射击、在练习发电报……

别墅内　日

韩可人在擦拭枪械。苟龙腋下夹张报纸走了进来。

韩可人急切地:"队长,会开完了,有啥任务?"

苟龙把报纸递给韩可人:"准备一下,我们过境。"

韩可人拿起报纸看:"卢沟桥事变爆发,日军挑起全面侵华战争!狗强盗!"

苟龙:"上级给我们的任务是侦察敌人的要塞,了解兵力部署、火力配置和内部结构。东宁要塞群由九个要塞组成,防守极其严密,我们已经牺牲了很多战士。我决定自己去当劳工,只有这样才能进入要塞。"

韩可人:"这不行,工程一完劳工全被处死,就是不等被杀死,也得给累死、病死、打死!"

苟龙:"我身骨棒,扛得住!"

韩可人:"队长,这不是送死吗?"

苟龙:"只要能完成任务,能为死去的乡亲报仇,豁出去了!首长已经批准了。下午三点,有从吉林开来的劳工专列。"

韩可人:"我也去!"

苟龙:"你的任务是在外面传送情报。"苟龙边说边把全家福照片揣进怀里。

莉莉娅拿着"黑列巴"(面包)进来。

苟龙迎上前去接过"黑列巴":"斯巴细吧!(谢谢)"

莉莉娅依依不舍生硬地:"回来!活着回来!"泪水扑簌流下……

苟龙眼圈有点湿润,拿起背包毅然地走了。

中苏边界　日

全副武装的荀龙、韩可人机警地越过"倭"字碑，巧妙地躲过日兵国境巡逻队。特写：他们穿着"倒掌鞋"，脚印和走的方向相反。

学校门口　日

校门的牌子上写：东宁国民优化学校

校园内，童子军们在日本教官的训教下，做无枪射击姿势……

走在围墙外的荀龙、韩可人好奇地看着他们。突然，远处传来阵阵钟声，街上、校园里的人们全都立正，向东京方向行礼。荀龙、韩可人不知所措，旁边一老人："找死呀！还不快点站住，向东京方向行礼，鬼子看见就没命了。"荀龙二人无奈地行礼。荀龙愤怒的神情。

东宁车站　雨　日

劳工专列呼啸着驶进车站。车刚停住，大量的劳工被赶下来……

不远处，荀龙紧紧握着韩可人的手："我过去了！替我打听一下小辉的下落，不知是死是活，我很想他。"

韩可人泣不成声使劲点头："你要保重！小辉的事就交给我吧！"

荀龙毅然地走了，渐渐地消失在风雨中……

中苏边境　日

山峦起伏，郁郁葱葱。

字幕：八年后（1945 年 5 月）

一辆德国"万国牌"客车改装成的囚车在崎岖的山上行驶,车顶上三名日兵架着机枪四处张望。

韩可人躲在一岩石后面,放下 C41 式冲锋枪,拿起苏制单孔望远镜窥视囚车。

囚车内,荀龙等十名劳工戴着手铐脚镣,个个蓬头垢面,神情沮丧。青野小队长倚在座位上吸着烟,坐在他身边的是漂亮的日本姑娘河川直美,她穿着学生服,胸前戴着白花,大大的眼睛,有几分哀愁。荀龙站在她的身后,随着汽车的巅簸,手上的铁铐叮当作响,直美十分厌烦地回头瞅了一眼,却被荀龙的怒视吓得不知所措。

开车的日军司机从反光镜里色迷迷地打量着直美。他借换挡的机会在直美的大腿上摸了一把,直美吓得尖叫起来。

大二狠狠回敬了司机一巴掌:"妈的! 乔一中将的女儿都敢调戏。"

这时,一架伊尔双引擎飞机在囚车上空盘旋,车顶上的日兵忙用机枪射击。

车内顿时大乱,汽车摇晃得更厉害了。荀龙一下撞到直美身上,直美的头发被荀龙手铐挂住,两人不能分开。

直美非常恼火:"臭支那人! 滚开!"

大二扬起手枪喊道:"不许乱动!"

一会儿,飞机飞走了,车厢里安静了许多。

荀龙好不容易抖开直美的头发,大二凶狠地一脚踢开荀龙。

荀龙怒目圆睁,拳头握得格格直响。

大二转身满脸堆笑安慰直美:"直美小姐,刚才是俄国佬的侦察飞机,让你搭乘囚车,实在对不起。"

直美:"怎么还不到绥北要塞?"

大二:"快啦! 我们绥北要塞是东宁要塞群中最大的一个。"

绥北要塞　日

薄雾笼罩的太平岭,密密麻麻的碉堡、壕沟、防坦克水泥桩隐约可见。岭下运送物资的小火车往来穿梭。

被铁蒺藜和青藤缠绕的"倭"字碑,上面写着:光绪十二年四月立。

主体工程入口处　外　日

劳工们在日兵的监督下,把装弹药的铁轮车,沿着铁轨推进山洞。

"铛!""铛!"铁锤敲在两尺长悬挂的铁轨上,开饭的钟声响了。

劳工们在保长的带领下有秩序地排队领饭。每个人发两个黑乎乎的糠菜团子和一碗跟水没多大区别的菜汤。康义一声不响地给大家发干粮。劳工们神情麻木接过饭菜离去。

不远处另一伙劳工吃着雪白的馒头,啃着大块的肉,个个一脸的得意……一个手臂上有黑痣的吃得最香。

鲍老五拿着难以下咽的糠团,忽然闻到远处的肉香,忿忿地:"妈的,都是劳工,凭什么让他们吃精面、大肉,还干俏活!"

金九:"你没听说他们干得好,得了满洲雇员证。"

唐球子咽着口水:"要是能扔过来一根骨头也行。"

鲁斯兰:"上次抽血后选出来的,谁知道鬼子安的什么心?"

保长呼兆生:"饭还堵不住嘴?吃完干活!"

囚车经过道道电网开了过来。车刚停稳,大二冲劳工们嚷道:"保长!领人啦!"

几个保长不紧不慢围拢过来。

大二将直美挽下车,直美惊奇地环视四周,一辆装满劳工尸体的木板车经过这里,直美吓得面色苍白。

囚犯们被几个日兵拖了出来。

大二拍了拍一个日兵的肩膀："按老规矩一个保分一个随便挑,没有要的就地处理。"

保长们纷纷把自己相中的领走。剩下苟龙没人领,谁也不敢要这个身材魁梧,满脸杀气的壮汉。

苟龙冷冷地注视着保长们。

保长呼兆生有些犹豫。

几名日兵掏出明晃晃的刺刀围了上来。

直美用怜悯的目光看着苟龙。

保长呼兆生快步上前一把抓住苟龙的铁铐:"我要了!"

苟龙看了一眼这个干瘦的老头,默默地跟他走了。

枢 纽 部 内 日

一架留声机正传出日本最新流行的歌曲《九段坂》,歌声悲凄绵长。

大岛正书大佐、妻子原田凉子和六岁的儿子看影集。

正书:"这是你太爷明治二十七年在威海卫参加甲午圣战的照片。这张是你爷爷明治三十七年在旅顺炮台参加日俄战争的照片。这是爸爸当童子军的照片,爸爸昭和六年在奉天参加柳条沟事变的照片……"

这时传来轻轻的敲门声。

"请进!"

大二领直美进来。

直美见正书大佐禁不住痛哭起来。正书大佐吃惊地:"直美小姐?! 时局如此紧张,你来干什么?"

凉子:"姑娘,快别哭了。"

— 13 —

直美泣不成声:"我来找我的父亲。"

正书大佐上前安慰:"直美小姐不要哭。你父亲已提升为中将参谋,昨日坐飞机去新京任职,你应该高兴才是。"

直美还是哭泣不止。

正书大佐:"过几天有去新京的飞机,你们父女就可团聚,快别哭了。"

直美呜咽着:"今年四月,美国佬天天轰炸。我的妈妈,你的父亲和姐姐都遇难了!"

凉子惊恐地:"真的吗?"

正书大佐闻听此言泪水夺眶而出:"我的母亲怎样?"

直美:"你的母亲双腿被炸断,天天盼你回去。"

正书强忍悲痛点燃一支烟。烟标:刺刀、"日之丸"印在中国的版图上,上写"日军专用香烟""必胜牌"。"家乡父老蒙此不幸,实在是我们军人的耻辱!"此时留声机里的《九段坂》愈加悲戚,正书转过身将它关掉。凉子嘤嘤哭了起来。

直美:"过去我们天天听到的是胜利,是领土扩张,而现在是天天没完没了的轰炸,实在让人难以接受。"

正书大佐擦干眼泪:"不要讲了,战争在这里还没有开始。"正书拿出一枚金鸢勋章,"这是你父亲临走时给我的,吃完饭我领你参观绥北要塞,你会对战争的胜利充满信心的,你会为你父亲十一年的巨大成就感到无上光荣!他为了要塞放弃了多次升迁的机会,这里是他生命的全部。"

直美:"不必了,我来时看过了。"

正书大佐:"不!整个要塞是一座冰山,你看到的仅仅是浮在水面上的极小的一部分。"

电网　外　日

一只野兔在草丛中飞奔,一把飞刀刺中野兔。韩可人捡起野兔往电网上一扔,强大的电流把野兔烧焦。韩可人拿出望远镜,看到三道电网中间布满密密麻麻的地雷。一队巡逻日兵走来,韩可人急忙隐蔽起来。

工　棚　内　日

烟熏火燎,破棚黑壁。

荀龙拿着两个糠菜团进来,坐在大铺上猛吃起来。他突然发现劳工们正凶神恶煞般地盯着他,其中有一个竟是苏联人。

鲍老五:"跟女皇军一个车来的,挺'自儿'吧!"

苏联人鲁斯兰迎上前去一拳将荀龙打翻在地。鲍老五、金九、唐球子等人一拥而上拳打脚踢。荀龙被打懵了,一动不动趴在地上。他突然一跃而起,飞起一脚把唐球子踢开,又几记重拳把鲁斯兰打倒,接着三下五除二干净利落地将其他人打得满地乱爬。

始终坐在炕上观战的呼兆生大喊一声:"住手!"

荀龙冷冷地:"凭什么打我?"

呼兆生:"打打你的锐气,让你知道这里的规矩。你要逃走,这些人会全被杀掉。八年啦!没有一个人能活着逃出去。"

金九:"能逃出的只有耗子。"

荀龙:"我走了四个要塞,规矩我懂。我们这些人吃阳间饭干阴间活,命如草芥,活着干活,死了喂狗!老头,看你面子上我不会跑的!"说完转身朝鲁斯兰走去,鲁斯兰急忙用手护脸惊恐地看着荀龙,荀龙没有打他,只是将铺上吃剩的糠团拣起吃掉。

呼兆生:"别叫我老头,我不到四十呢! 我叫呼兆生,外号'老寿星',是绥北要塞活着的岁数最大的,康德四年抓来的,大伙都认识一下。"

鲁斯兰:"我是苏联沿海集团军的战士鲁斯兰,四一年在边境冲突中被俘。"

荀龙:"我叫荀龙,民国二十六年进来的。年龄嘛,三十七岁,在去过的几个要塞里,也是个老寿星!"

大伙都乐了。

鲍老五:"我姓鲍、排行老五,打猎的。"

唐球子:"嘿嘿! 大家都叫我唐球子。"

金九:"金九,朝鲜咸镜北道的。"

鲁斯兰:"中国功夫! 哈拉少!(好)"

唐球子:"比你的拳击棒多了!"

"当当!"干活的钟声响了,呼兆生赶忙下地:"走! 上工啦!"

"纳奉"祭坛 外 日

石头祭坛上刻着"纪元 2600 年""纳奉"。直美和青野来到祭坛旁,见周围没人,两人四目一碰,忘情地、热烈地拥抱亲吻起来。

直美:"想死我了,我的大英雄。"

青野:"你来之前也不告诉我。"

直美:"给你一个惊喜。"

青野:"你父亲知道吗? 你父亲荣升了。"

直美:"他什么也不知道,包括我们的关系。能见到你就行。糟啦! 你搂得太紧,给你的唱片都碎了。"说完拿出一张碎唱片。"这里有我唱的《颂 2600 年纪元》,那天演唱时,天皇和皇后都驾临了,我都激动得哭了。"

青野:"瞧！为了纪念神武天皇登基 2600 年,我们这里也修了这块石碑。"接着看了眼碎唱片,"这是合唱,四百人的合唱,我上哪能听出你的声音!"

直美:"你能感觉到的。"

青野从背包里拿出一个苹果:"看！满洲大苹果！给你的!"

直美接过苹果闻了闻:"嗯！真香!"

青野:"记得上小学时,老师给我们每人都发了一个满洲产的苹果,又大又甜,吃完后,老师让我们长大后一定去满洲。"

直美:"现在我也来了!"

青野:"是的！我们一切都会如愿的!"

直美:"这里可没我想象的好!"

青野:"慢慢会适应的。"俩人又热烈地拥抱起来。

密林中　外　日

韩可人拉开弩弓,把纸管绑在箭杆上,然后举起望远镜,从怀中取出一个镜片……

工地　日

荀龙在烈日下吃力地搬运弹药。从远处密林中有一道刺目的白光晃了过来。荀龙紧张地向密林张望,一支飞箭越过电网射了过来,荀龙趁没人注意,偷偷捡起,把上面的纸管撕下,藏在怀里。

呼兆生搬着弹药和儿子呼宝柱打个照面,俩人对看一眼,没有说话走开了。

地下工程　日

宽敞明亮的隧道。

正书大佐和河川直美乘坐运送步兵的电车,沿着铁轨参观地下工程。

正书大佐滔滔不绝地介绍:"绥北地下工程全长二十里,整个太平岭都被掏空了。工程分上中下三层,内部设施齐全,有兵营、医院、发电部、水厂等。还有充足的粮食、弹药。是永远攻不垮、炸不沉的陆上航空母舰,有东方马其诺防线之称。"

直美边听边看,成排的坦克、榴弹炮、加农炮在身边闪过。

直美:"建造这么大工程用不少人吧!"

正书大佐:"从你父亲开始建造到现在,十一年啦!整个东宁要塞群用了十七万只'工蜂'。"

直美:"工蜂?"

正书大佐:"就是支那劳工。我们这个要塞就用了三万,不过现在只剩下三千多。"

直美:"其余的呢?"

正书大佐:"已经成了这个工程的一部分。"

直美莫名奇妙地摇摇头。

正书大佐狞笑起来。

一群士兵在几个房间门口排着队。

直美好奇地:"他们在干什么?"

正书大佐:"他们去上厕所。"

直美:"厕所?"

正书:"你不要问了。"

突然衣衫不整的凌花从里面冲了出来,紧接着只穿兜裆布的青野跟了出来,一把抓住凌花的头发,拽进屋内。

直美目瞪口呆……

炮 台　内　日

直径 420 毫米的海防大炮矗立在炮位上,几个日兵在检修大炮。

苟龙放下弹药箱藏在一堆弹药箱后面小心地打开纸条,上写:苟龙同志,组织上多次想营救你,又担心更多的同胞被杀害。德国已经战败,党中央毛主席已领导抗日军民进行反攻,小日本蹦跶不了几天,组织上让你收集这里的情报并发动劳工逃跑,避免敌人大屠杀,做饭的康义是自己人。你的儿子小辉被河川乔一送到东宁国民优化学校,毕业后当了一名靖安军……

苟龙痛苦地闭上眼睛……

闪回:

——东宁国民优化学校的校园。九岁的苟小辉在日本教官训教下,做无枪射击姿势。

——暴雨下,十四岁的苟小辉在天照大神的画像前祈祷。

——苟小辉等少年靖安军扛着枪,步伐整齐有力地向前跑,扬起阵阵尘土。

——绥北要塞。十六岁的苟小辉手持皮鞭,监督劳工运送辎重。

苟龙看完纸条后把它吞到肚里。

手拿皮鞭的安涛站在他的身后大喝一声:"混蛋!你在干什么?"

苟龙一回头,皮鞭无情地抽在脸上,苟龙捂着伤口忍着剧痛愣愣地盯着安涛,望着安涛稚气未脱的脸和胸前挂着写有"日满一心一德"字样的纪念章。

内心独白:多像我的儿子,小辉今年也这么大了。

这时很多日兵、靖安军围了过来,正书大佐和直美也从电车上走

—— 19 ——

了过来。

安涛扬起第二鞭时，被苟龙一把抓住，夺过鞭子扔到地上，安涛大怒拔出手枪。

正书大佐："住手！"

安涛放下手枪："报告长官，发现一名奸细。"

正书拍了拍苟龙的肩膀："没事的，快去干活！"苟龙走了。

正书大佐："好样的，你叫什么名字？"

安涛："报告长官，我叫安涛，东宁国民优化学校第四期毕业生。"

正书大佐："安涛?！很好，很好！"。

安涛："长官！那个奸细应该处死！"

正书大佐："他还得给我们干活，你不要担心泄密，这里的'工蜂'就像国境线草地上的露水，太阳一出转瞬即逝。哈！哈哈！"

安涛也跟着大笑起来。

直美不解地望着他们。

大二："报告阁下，岛村司令的战马死了，需下葬。"

正书大佐："你带些'工蜂'去，安涛你也去，当心别让他们半路跑了。"

望着安涛远去的身影，直美不解地："真不明白，支那人对支那人那么凶狠。"

正书得意地："这都是你父亲的功劳，我这里的靖安兵全是优秀生，没改造好的都送到太平洋战场当炮灰了。他们比有的日本人还听话。"

直美有些迷惘。

林间空地　日

白桦树林中，立起巨大的"马魂"碑。一日兵用白灰画上劳工活动范围。高处的日兵举枪监视劳工。众劳工抬着披红挂花的战马放进地穴里。

岛村等军佐心情沉痛在临时搭的祭坛上插上几炷香,然后拿着毛笔在清洗过的鹅卵石上写"马""忠"两字。写满一筐由劳工抬到地穴摆放在马身上。

一只瓢虫落在岛村的笔下……

呼宝柱将鹅卵石小心地摆在马身上。一劳工吃力地扛起一筐向坟坑走去,趔趔趄趄一脚踏出白线,被高处的日兵一枪打死。

岛村一下捻死瓢虫,头也不抬,继续写字。

劳工们惊慌失措,大乱起来。呼宝柱趁乱逃进树林,身后响起了密集的枪声……

工　棚　夜

棚内昏暗的烛光下,金九把嚼烂的草药糊在荀龙的伤口上。

唐球子:"妈的,红袖头安涛上次还打我呢!"

呼兆生在一旁哀声叹道:"荀龙当初真不该要你,尽惹事。"

荀龙一把推开金九:"够了! 你以为老老实实就能活着出去? 工程一完,我们还不是全给宰了。现在德国已经投降,小日本也蹦不了几天。还是想办法,大伙都逃走。"

鲁斯兰惊喜地:"德国投降了?"

荀龙点点头。

鲁斯兰高兴地跳起俄罗斯舞蹈。

鲍老五把鲁斯兰推一边:"我再干一年就能得到满洲雇员证,到那时就能干像样工作,吃香的喝辣的,谁要是坏我的事,别说我把他当熊瞎子宰了!"

唐球子:"对! 我们进来时,是良民,不是劳工。"

金九:"老寿星干了五年了,良民证、雇员证都已到手,又有什么用?! 那些晒太阳、吃大肉的将来不一定咋样呢!"

呼兆生:"有我在,谁也不准谈论逃跑的事,不能拿大家的命当儿戏,睡觉!"说完他拿出一根绳子系在每个人的脚上。

金九:"老寿星,今天下午你儿子那个保去修'马魂碑',现在还没回来。"

呼兆生眉头一皱,手中的绳子哆嗦起来。

苟龙非常讨厌地看着呼兆生手中的绳子。

鲁斯兰:"用吧! 免费的。"

熄灯了,棚里一片黑暗,外面的探照灯光时而扫过。

鲁斯兰还处在兴奋之中,凑到苟龙面前:"非常感谢你给我带来了好消息,我给你看一样东西。"说完从怀里摸出一块旧怀表,小心地打开后,借着探照灯的光,有一个美丽的苏联姑娘的照片。

苟龙:"很漂亮,你老婆?"

鲁斯兰:"嗯! 结婚才一个月,我就……不提了。你能和外面联系上吗? 我有这里的情报。"

苟龙:"太好了!"

突然,外面传来凄惨的嚎叫声。紧接着门被踹开,几个大汉闯了进来,他们发疯地扑向呼兆生,把他往死里打。

其中一个边打边骂:"你养的王八蛋,他跑了! 看你面子我才保的他!"

另一个:"把他爹打死,咱们一块死!"

苟龙解开脚上的绳子,冲上前去护住呼兆生。

呼兆生:"躲开! 让他们打!"

这时,青野带日兵进来看到这个场面,大笑起来:"好啊! 使劲打!"这几个劳工停住手,向鬼子扑去,却被更多的鬼子摁倒在地,一个个捆走。呼兆生痛苦地闭上眼睛,热泪纵横。其他劳工惊恐万分,屋内充满着恐怖。

工区附近　外　日

天空格外晴朗。翠绿的山坡上，"纳奉"祭坛和一个已经废弃的巨大的圆形水泥蓄水池周围站满了日兵、靖安军。各工区的劳工都被集中在一起，站满了山坡。

——铁丝网外，站了一群日军家属，她们好奇地要求去祭坛看一看，被日兵拦在铁丝网外。她们用泥块投向捆绑的劳工。正书大佐驱车来到这里，站在车上："你们都回去！这是军事机密不准看！"他发现人群中的直美，用手一指："你除外！"直美欢喜地上了车。

——正书大佐、直美坐着吉普车来到了祭坛。

直美问正书大佐："能看到什么？"

正书大佐："一会就知道了，很精彩，是我们的传统节目，你父亲发明的。"

深深的蓄水池里，一点水没有。十几只军犬在狂吠，八名劳工被牢牢捆着，他们的脸因痛苦绝望而扭曲，整个世界将要抛弃他们。

周围的劳工麻木、无奈地看着他们。人群中的苟龙，紧紧盯着正书和直美。

正书大佐走到刻有"纳奉"字样的祭坛前，虔诚地敬上一炷香，然后转身朝小林青野一摆手。

第一批三名劳工被吊起来，慢慢往蓄水池底下送，军犬狂吠着，跳跃着直往上扑……其中一个双手死死抓住水池沿，不肯下去。青野挥刀砍断那人双手，那人惨叫着掉到池里。

人群中冲出一个年轻人哭喊着："爸爸！爸爸！"被青野一枪撂倒。

受刑的劳工们声嘶力竭大骂："小日本！我操你妈……"骂声刚落，代之的是撕肝裂肺的惨叫。

军犬撕下他们身上大块的肉,淋漓的鲜血四处飞溅。

看到这一场面,直美惊恐万分,她眼前浮现美军飞机狂轰滥炸,自己的母亲倒在血泊中的场面。她实在忍不住呕吐起来,推开正书的手,发疯似地跑了。

青野急忙追去。

淋漓的鲜血……

劳工们麻木的神情。

荀龙目不忍睹转过身去。

直美房间　　内　　日

直美推门进来,痛哭不止。

青野进来双手从后面伸出去摸直美的乳房:"直美你应该坚强些,不要为几个支那人的死就受不了。"

直美哭泣着打开青野的手并回手给了一个耳光:"滚!我不是慰安妇、不是妓女!不是!什么狗屁英雄?呸!你怎么变成这个样子?为了一匹死马,竟砍去人的双手,竟杀了九个活人!你们就知道杀人……你们早晚也要遭报应!这儿我一天也待不下去!"

青野给了直美一个耳光:"混蛋!不这样行吗?难道我们需要的仅仅是苹果吗?这,这都是为了大和民族的生存空间!"

直美:"苹果?!"拿出苹果朝青野扔去。"还给你!我永远不想见到你!滚!"苹果砸在门框上碎了。"你除了会杀人、玩女人,还能干什么?滚!"直美在碎苹果上狠踩了几脚。

青野:"你不该去那个地方!不该去!"狼狈地走了。

这时窗外一架飞机掠过。

直美忙走到窗前张望。

司令部 外 日

几幢灰砖楼掩映在大山的褶皱里。

字幕：日本关东军东宁地区前线防卫司令部

司令部大门，荷枪实弹的日兵三步一岗，五步一哨，戒备森严。

几辆福特牌小轿车鱼贯而入。

会议室 内 日

正书、荣雄等军佐在会前随意交谈。

正书大佐："荣雄君，近日你们乌蛇要塞有何新闻？讲给大家听听。"

荣雄大佐："你我只是一河之隔，整个东宁要塞群属你的地势高，见得多。还是请正书君讲讲吧！"

正书大佐："荣雄君过谦了，我就不客气了，今天我杀了九只'工蜂'……"

荣雄大佐："这算什么新闻！"

正书大佐："行，不算。近一段我从雷达上观察苏联西伯利亚铁路天天有军列，一天至少十列，大多是载有高射炮、飞机的敞篷货车……"

荣雄大佐："这个还有点意思！"

随着一阵咔咔的皮靴声，河川乔一中将和岛村司令官走进会场，全体军佐起立。

河川乔一环视会场，然后示意大家坐下。

岛村司令官："鉴于时局紧张，关东军参谋部派河川乔一中将，就加强国境专守防御的布置，向各位谈几点要求。"

河川乔一："当前时局铃木首相明确表示坚持完成战争,只要我们竭尽全力进行作战,互相信赖则必胜。今年四月斯大林多次中伤我国,竟说我们是强盗。目前,我们的'想定'敌人——苏联已不延长日苏中立条约,参谋部预计在八月末或九月,双方可能进入战争状态。你们的对面是由麦列茨科夫元帅指挥的沿海集团军。麦列茨科夫今年48岁,参加过苏芬战争,荣获过苏联英雄称号,他有森林战、山地战、阵地战方面的实战经验……"

荣雄大佐呼地站了起来。

河川乔一："请讲!"

荣雄大佐："他攻打过要塞吗?没有!我在张鼓峰战斗中与俄国佬交过手,他们没什么可怕的。"

正书大佐站起来："我们的陆军是世界上最强大的,东宁要塞群完全能抵挡住俄国佬的钢铁洪流。日俄战争我们有的是胜利的经验。"

河川乔一："很好!不过我要提醒你,俄国人也有第一次世界大战、苏德战争的经验。苏联修完巴穆铁路,虎头要塞的作用大打折扣。我们的敌人很强大,绥北要塞离苏联太近,要时刻警惕敌人不宣而战,一旦敌人偷袭,可以放弃地面阵地进入地下,只要坚持一段时间便可由专守防御进入决战防御。"

正书大佐："绥北要塞不会给阁下丢脸的!"

河川乔一："还有一条应该注意,遭袭击后,一定要干净利索地处理'工蜂'。这些年共匪的触角无孔不入,我们的要塞并不太平,绝不能让他们向苏军和共匪泄密。"

正书大佐："哈依!请问随军亲眷和开拓团的如何安置?"

河川乔一："这个参谋本部自有安排,过早地转移,会动摇军心的。"

正书大佐："不过……"

河川乔一站了起来："不过什么?将军轻生死,不要为亲眷多虑。

假如我的眷属在前线,也要他们至死陪着勇士们。"

正书大佐无奈地点点头。

河川乔一:"大日本帝国的精英们,为了大和民族的生存空间,为了天皇陛下,我们要战斗到最后一个人,最后一条枪,一息尚存! 圣战不止!"

全体军佐起立:"一息尚存! 圣战不止!"

绥北要塞　外　日

正书大佐的车驶进要塞,车直接开进主体工程。

直美房间　内　日

直美噙着泪水望着窗前的蓝天白云。

一架日本零式飞机掠过天空朝西南方向飞去。

枢纽部　内　日

正书、荣雄一边欣赏着音乐一边呷着香茗。

正书大佐:"欢迎荣雄君来做客。"

荣雄大佐:"你也要常去! 正书君你打算怎样处理工蜂?"

正书大佐:"这个还没考虑好,当然不能现在处理,很多工程还没完工。"

荣雄看到墙上的诗:"立下忠君保国志,疆场粉身心亦然。"

正书:"这是海军大将山本五十六的绝句。"

荣雄:"不错! 我等能随将军英灵而去,也是此生一大幸事。"

话音未落直美气呼呼闯了进来。

直美:"正书大佐! 有去新京的飞机你为什么不告诉我。"

正书大佐有些慌乱:"那架飞机是去珲春的。"

直美:"你没骗我?"

正书大佐:"绝对没有! 荣雄君可以作证!"

荣雄大佐点点头。

直美转身走了。

荣雄大佐:"哪搞来的妞,挺漂亮的,艳福不浅呀!"

正书大佐:"她是河川乔一中将的女儿河川直美。"

荣雄大佐:"那你为什么骗她?"

正书大佐:"我只是想让乔一中将尽快把随军眷属转移到更安全的地方。"

荣雄大佐:"这里不安全吗?"

正书大佐:"只要你亲眼看见苏联的军列天天奔忙,还有那望不到头的垂直遮障,后面究竟在干什么? 你就会有一种感觉……"

荣雄大佐愕然:"什么感觉? 害怕了吗?"

正书有些心虚:"不! 绝不是害怕。这好像斗牛士手中的红布,冲击他之前的感觉是复杂的,其实他只是一块红布,什么也没有。"

荣雄不解地摇摇头。

粥 棚 外 傍晚

劳累一天的劳工挤到粥棚领饭。

轮到苟龙打饭,他冲康义嚷道:"你老家哪的?"

康义:"山东文登。"

苟龙把糠团一扔:"妈的! 都是老乡,给这么脏的东西吃! 换一个!"

康义看了一眼苟龙点点头,转身到粥棚里去了。

一会儿,康义给苟龙换了一个。

苟龙拿着糠团来到没人的树下,掰开糠团取出一块纸片……

工 棚 内 夜

呼兆生扑通跪倒在苟龙脚下苦苦哀求:"今天的事你都看见了,苟龙,你千万别逃走,我求求你啦?"

苟龙:"站起来! 别让我瞧不起,我说过我不逃跑,要逃跑大家都跑!"

鲁斯兰:"对! 你领我们想办法跑吧!"

鲍老五:"你老毛子活腻了,你再说我给你告青野小队长去,看他怎么收拾你。"

鲁斯兰:"看来只有等死了,死后才能经过狗的屁眼逃掉,升入天堂。"

苟龙拿起绳子把自己腿绑上,其他劳工也都系上了绳子,七个人连在了一起,渐渐地大家都安心睡着了。

夜,死一样寂静。窗外的探照灯依旧晃来晃去。

突然外面传来蛙鸣声,苟龙警觉起来,他悄悄地解开腿上的绳子,连着他的是始终伴睡的鲍老五,他从床底摸出一把尖刀,朝苟龙拼命刺去,苟龙一把夺过刀回手照鲍老五的头部就是一拳,鲍老五无声无息地昏死过去,整个过程没有惊醒其他人。苟龙用尖刀割断绳子,悄悄开门走了。

工 区 外 夜

牵着狼犬的国境巡逻队员正在巡逻。

苟龙敏捷地躲过巡逻队向着蛙鸣处摸去。

在一座木板房旁苟龙见到了康义,俩人躲在草丛里交谈起来。

木板房里　内　夜

黑暗中,直美翻来覆去辗转难眠。听见窗外有动静,好奇地悄悄出去。

草丛中　外　夜

苟龙:"情报拿好。"

康义看了看情报:"太好了! 这全是要塞里的情况,要塞外的我早弄到手,这下齐全了! 我利用买菜的机会传出去。"

苟龙:"鬼子要完蛋啦! 他们是不会放过我们的。"

康义:"这里戒备森严,我们又手无寸铁,连环保制弄得人人自身难保,互相提防,真没办法。"

苟龙:"难是难,你比我们随便些,多准备些刀斧棍棒,还有吃的。"

康义:"行!"

苟龙:"你知道要塞有个红袖头叫苟小辉的吗? 他是我儿子。"

康义:"他是你儿子?! 河川乔一和大岛正书把他送到国民优化学校读书,名字改了,叫安涛,和他一起的还不少呢! 劳工们都恨他,这是我潜入鬼子档案库里看到的。"

苟龙大惊失色:"叫安涛?! 这个河川乔一,恨不能把他生吞活剥了。我一定要把小辉从鬼子手里夺回来!"他脸上的伤疤不停地抽搐着。

康义:"时间不早了,快回去吧!"

苟龙:"你先走!"康义走了。

苟龙突然发现有人在偷听,他猛将那个人扑倒,尖刀压住那个人的脖子。

荀龙见是直美怒火冲天:"是你,河川乔一的女儿,来得正好!"

直美:"杀了我,你还能救你儿子和你们保里的人?"

荀龙有些犹豫。

直美挣扎着要站起来,荀龙紧压着不放:"放了你我也是死,还是替你父亲还债吧!"直美拼命挣扎起来。

巡逻队的狼犬发现这儿有动静,狂吠不止,安涛带人奔跑过来,在这危急时刻,直美挣脱站了起来,倒在地上的荀龙举起刀……

安涛:"是直美小姐呀!"

直美:"多吃了点,肚子不太好受。"

安涛:"晚上要注意安全!"

直美:"有你们保卫很安全。"

安涛:"早点休息吧!"说完领巡逻队走了。

荀龙放下了尖刀。

直美:"你快走吧! 我不愿看见你们喂狗。我替父亲向你道歉!"

荀龙:"你只能代表你。"

工棚　内　夜

鲍老五醒了,发现荀龙没了,急忙招呼醒大伙。

呼兆生吓得面色苍白:"小点声,别让鬼子知道。"

鲁斯兰:"看来我们只有逃了,不能等到天亮。"

金九悲痛欲绝:"完了,全完了! 我们朝鲜人爱吃狗肉,这回狗吃我了!"

唐球子仍然在睡,谁也叫不醒他。

鲍老五气呼呼地抓起呼兆生:"都怨你,当初要他。"

正当大家不知所措时,荀龙推门进来。

呼兆生跳了起来："你、你干什么去了！"

苟龙学直美的样子："肚子不好受！"说完往铺上一躺就睡着了，其他人面面相觑。

鲍老五冲上前去举拳要打，突然感到头上的伤口又疼了起来，胆怯地放下拳头。

工区　外　晨

清晨的山区笼罩着一层薄雾。

突然凄厉的警报声打破黎明的寂静。

劳工们纷纷从工棚里跑出来，几十名日兵手拿话筒高喊："老毛子打过来了，大家快钻山洞。"

在一块高地上正书大佐和青野看着忙乱的劳工忍不住笑了。

正书大佐："洞口封闭问题怎么解决？"

青野："先用土虚掩上，里面埋上炸药，到时工兵一炸就行了。"

正书大佐："运土，'工蜂'们就会发现我们的计划。"

青野："告诉他们是为了防止苏军毒气弹才这样做的。"

正书大佐满意地笑了。

工区空场上。

苟龙在混乱中看见安涛拿着话筒嗷嗷乱喊，他不自觉地走近安涛，安涛见状挥动手中的皮鞭："滚！滚开！"苟龙只好躲开。

唐球子瞥见带黑痣的劳工在高处晒太阳。

山洞里　内　日

挤满了劳工。

苟龙找到了呼兆生、鲁斯兰等。

苟龙:"这几天老演习是个好兆头。"

唐球子:"我看见吃肉的那几个在晒太阳。"

鲍老五:"要我碰着非揍他们一顿!"

金九不安地:"小声点! 多想想咱自己吧!"

鲁斯兰:"一旦我们军队过来,小日本能放过我们吗?"

呼兆生:"你们看,我们进的山洞都是没修好的山洞,和主体工程不相连,一旦洞口被封死,出也出不去。"

鲍老五:"那不被活埋了吗?"

苟龙:"有事回去商量。"

东宁街道　日

街上冷冷清清。各店铺门前贴满了"勿谈国事""守口如瓶"的标语。特写:《时局民事特别法》《时局刑事手续法》的布告。

康义随四名日兵买菜、酱油等。

绥芬河　日

康义和日兵走到绥芬河大桥中间,康义一个趔趄摔倒在桥上,一篮子瓶瓶罐罐全扔到河下。康义遭到一顿毒打……

河面上,一只浮瓶顺流而下……

工棚　内　日

苟龙把满脸是伤的康义介绍给大家:"不要怕! 康义是我的好朋友,请他来和大伙商量怎样对付鬼子。"

唐球子:"小日本没安好心。"

金九:"我们不能等死,想个办法逃出去。"

鲁斯兰:"要塞四周有地雷阵和三道电网,又有鬼子两千多人把守,我们手无寸铁,怎么办?"

呼兆生:"我有个办法,41号山洞虽然没有挖完,但离主体工程最近,再挖几米就通了。"

唐球子:"是个好办法"

金九:"不是最好,我们进入主体工程就没日本兵,就不杀我们了?"

鲍老五:"那也比憋死活埋强。"

荀龙:"41号洞只能容下二百多人,其他人怎么办? 洞内的空气最多用五个小时。"

鲁斯兰:"能跑一个算一个,人太多顾不过来。"

鲍老五:"跟他们拼了! 一个换一个也值!"

唐球子:"活埋比打死强,能留个全尸。"

荀龙:"我们三千人都要争取逃走,鬼子要分十六个洞把我们活埋,每个洞装二百多人,41号洞往里挖,其他的往外挖。只要我们抱成团,办法总会有的。康义你说说。"

康义:"我先设法通知各保长,让大伙都知道鬼子的坏点子,做好突围的准备。实在没招就按老呼、荀龙的法子做。鲁斯兰你偷偷往41号洞送几把铁锹,鲍老五、金九、唐球子准备点吃的喝的还有火柴。荀龙你负责41号洞,剩下的我负责通知各保长往外挖。"

荀龙:"大伙都听清了,就照康义说的干,嘴巴都严实点。分头去做吧!"

绥芬河　日

浮瓶漂过中苏国界……

韩可人跳入河水中把浮瓶抓住。

苏 联 远 东 某 炮 兵 阵 地　日

契格耶夫从韩可人手里接过情报:"韩可人同志,你辛苦了。"

韩可人:"首长辛苦! 敌人的要塞非常复杂坚固。"

契格耶夫:"让日本鬼子尝尝和打希特勒一样的炮火,二战最猛烈的炮火吧!"

大家都笑了。

广 岛　外　日

字幕:1945 年 8 月 6 日 9 点 16 分　广岛

空中先是一道白光,接着翻腾的火焰遮天盖日,巨大的蘑菇云直冲云霄……

枢 纽 部　内　日

正书放下电文,额上沁出汗珠,拿起电话:"岛村司令,刚才截听的苏联电台说有烈性炸弹摧毁广岛。"

岛村的声音:"是原子弹,不必惊慌,我国不会在《波茨坦公告》上签字的,只有完成战争。"

正书:"俄国佬能不能提前打过来?"

岛村:"你想早些转移亲眷,真令我失望!"电话挂断了。

正书愣住了,又拿起电话:"青野,给所有的'工蜂'戴上脚镣。"

青野的声音:"哈依!"

工 棚　内　日

苟龙、康义等围坐在一起。

康义:"鬼子突然给我们加了铁镣,行动更困难了。"

苟龙:"鬼子对我们就要下毒手了。现在准备怎么样啦?"

康义:"各保全通知到了。准备了铁锹三百把、刀六把,还有二十一个用来砸铁镣的锤子。"

呼兆生:"太少了! 对付不了敌人。"

康义:"不好弄。"

苟龙:"晚上夺枪!"

绥北要塞　外　黄昏

夕阳残照,远处日本神庙传来阵阵钟声。

绥北要塞,密密麻麻的碉堡如同一片墓地……

装满劳工尸体的木板车停在祭坛旁,一具具尸体被扔到水泥池里。

"倭"字碑静静地伫立在夜幕中,万物沉寂,日军的探照灯勾出高大工事的倩影。

苟龙、鲁斯兰摸到一个日兵后,一锤击倒。苟龙把枪和匕首拿走,鲁斯兰把日兵尸体藏起。

界河对岸　外　夜

黑暗中,苏联军队迅速进入工事,大量的垂直遮障被撤掉……

炮兵阵地,各种榴弹炮和"喀秋莎"火箭炮正从地下坑道中运出来。

这时天空电闪雷鸣下起了倾盆大雨。

苏联红军潜伏在泥水中,一动不动等待着进攻的命令。

道道闪电勾画出排排大炮威武的轮廓。

叠印字幕:日本东京时间8月9日零点。

时间向前跳跃,总攻时间到了,顿时万炮齐鸣,大地被震得颤抖起来,无数颗炮弹拖着耀眼的光芒狠狠地砸向绥北要塞……

山上的日军工事被炸得粉碎。

叠印字幕:1945年8月9日,苏联的百万大军西起中国的二连浩特东至苏联的波谢特湾,在五千多公里的战线上展开全面进攻。同日,毛泽东发出了《对日寇的最后一战》的号召。八路军、新四军和各解放区的人民武装向日本侵略军发动了全线总反攻。

绥北要塞　外　夜

硝烟弥漫、火光冲天,巨大的爆炸声此起彼伏……
日兵慌乱地进入工事进行反击。

瑚布图河　外　夜

苏军的几十架强光探照灯突然打开,射向日军阵地。探照灯把进军的道路照得如同白昼。苏军工兵迅速在瑚布图河上架起了舟桥,大批的苏军在坦克掩护下向绥北要塞发起了猛烈的进攻。

枢纽部　内　夜

枢纽部里一片忙乱,充满了各种电讯呼叫……

正书大佐手拿话筒焦急万分:"我要司令部,岛村司令吗? 敌人不宣而战,不宣而战! 打过来了。"

电话里岛村的声音:"我这里也有空袭,你要不惜一切代价顶住。"

正书大佐:"随军亲眷和开拓团的怎么办?"

岛村的声音:"通过要塞的西部出口马上转移!"

正书大佐:"哈依!"

岛村的声音:"工蜂立即处理掉!"

正书大佐:"哈依!"

工 区 外 夜

刺耳的警笛划破夜空,整个空场聚满了劳工。

荀龙、呼兆生、鲁斯兰等紧紧地手拉手。

荀龙环视四周,荷枪实弹的日兵已将劳工们围住,各出口架起了机枪。

呼兆生:"这么快就开始了!"

荀龙:"很难冲出去。只有进洞了。"

康义拉着荀龙的手:"再见啦! 祝你好运!"

荀龙:"祝你好运!"

混乱的人群中不知谁喊了一句:"小日本要活埋我们!"

敌人的机枪响了,很多劳工中弹倒下。凄惨的呼叫声惊天动地。

荀龙拿出枪还击,大喊:"快进洞,快!"

全体劳工在日兵火力威逼下全部进入未竣工工程,日军工兵紧接着对各洞口进行爆破掩埋。

苏军阵地　外　夜

加农炮、自行榴弹炮,更加猛烈地轰击,冰雹般地砸向日军阵地,炮弹在日军阵地上炸开一朵朵美丽的花。

日军阵地　外　晨

——各式碉堡被炸开了花。

——炮弹把马厩炸开,战马拥出。

——一发炮弹落在蓄水池里,军犬被炸得血肉横飞。

苏军停止了炮击。苏军的坦克、步兵冲了上来……顿时阵地上响起了密集的枪声。

日军负隅顽抗。

主体工程大厅　内　日

随军家属和开拓团聚集在大厅里,一片混乱。

电车来了人们拿着大包小裹纷纷上车。

大岛正书将自己的妻子、儿子和直美扶上电车。凉子早已哭成一个泪人,正书掏出手帕给凉子擦眼泪。儿子手中的金鸢勋章掉在地上,正书捡起来递给儿子,儿子朝父亲笑了笑,正书含着眼泪亲了亲儿子。

直美望着生死别离的场面,竟没有一滴眼泪。

正书朝司机摆摆手,电车启动了,车上车下的人放声恸哭。

41 号洞　内　日

洞内一片漆黑,充满了哭骂声。

呼兆生点亮了事先准备的油灯。

荀龙:"弟兄们! 小日本要活埋我们,哭骂是没有用的,我们从这能很快进入主体工程。"

"进去不也是死!"

"进去正好是敌人的弹药库,我们不能等死呀! 报仇雪恨的时候到了!"

"我们的苦受够了! 跟小日本拼了。"

大伙群情激昂:"拼了! 不能等死!"

劳工们拿起工具挖掘起来。鲁斯兰打开他的旧怀表。

绥北要塞西部出口　外　日

天已大亮,日军随军家属纷纷从出口走出转乘客车。突然苏军轰炸机群呼啸而至,炸弹倾泻下来,顿时要塞出口及附近碉堡工事笼罩在一片硝烟火海中……

主体工程　内　日

电车沿铁轨飞快地行驶着……

直美乘坐的电车就要到出口了,一声巨响,洞口被炸塌,整个电车被土埋上。直美拉着凉子的手,拼命往洞里跑。洞内不断塌方,很快凉子和她的儿子被土埋上。直美发疯地用手抠土,只找到一只金鸢勋章。塌方不断继续,直美拼命奔跑。

主体工程入口 外 日

日军在洞口附近的水泥掩体里垂死挣扎。

正书大佐气急败坏地督战。

苏军的炮火再一次进行地毯式轰炸。

正书大佐看着山下成排的爆炸点向自己逼近,惊恐地:"马上撤入地下!"

日军纷纷钻进主体工程。

巨型海防大炮沿铁轨从炮位上滑入洞内。

正书大佐发现洞边有条被炸伤的军犬在呻吟,忙抱回工事。

少顷,爆炸声越来越近,有几枚"喀秋莎"火箭竟拖着长长的火焰钻进了主体工程,一阵沉闷的爆炸声,主体工程入口被封上了

41号洞 内 日

几名劳工喘着粗气拼命地挖掘,不一会就昏倒下了,马上又有劳工上来挖。大家焦急地看着。

鲁斯兰看着旧怀表:"五个小时过了。"油灯跳了几下灭了。

荀龙将呼兆生叫到一旁小声地:"氧气快没了。老呼,你能肯定挖开就是弹药库吗?"

呼兆生肯定地:"没错,挖吧!"

"挖到墙了!"一个劳工兴奋地喊了一声。

金九高兴地:"赶快清理一下,把墙推倒。"

荀龙:"别急,先掏个窟窿,检查一下。"

枢 纽 部　内　日

枢纽部全部电讯消失,死一样沉寂。

正书大佐悲痛欲绝看着金鸢勋章。直美衣衫不整浑身是土泣不成声。小林青野去为直美弹泥土,直美厌烦地推开。

正书大佐悲哀地:"我们的亲眷遭此不幸,也算是为天皇陛下尽忠了,现在两个洞口究竟炸塌多少米?"

小林青野心情沉重地:"我们与外界已不存在'米'这个概念,清通道路至少三年!"

正书大佐:"通风竖井呢?"

小林青野:"全被炸毁。"

正书大佐:"三年! 这么说我们被活埋了!"

直美愤怒地:"还有我!"

小林青野安慰道:"不要怕,我们的粮食物资有的是。"

直美哭喊着:"这里有阳光? 有蓝天吗? 我要出去! 出去!"

正书大佐:"这里没有敌人,不挺好吗? 直美你收起臭公主那一套,你父亲来了也不会救你的。"

直美:"他来过?"

正书:"来过!"

直美:"为什么不告诉我? 为什么?"

正书:"为什么? 为什么你爸不让我转移家属? 让他们遭此灭顶之灾!"

直美:"我恨你!"

小林青野见俩人吵了起来,急忙找话题岔开:"当前紧要的是对外通讯失去联系,还有伤员抢救的工作。"

正书大佐:"我们先去看看伤员吧!"

病 房　内　日

病床上躺满了伤员，他们痛苦地呻吟着。

正书大佐、小林青野在军医的陪同下查看一周。

正书大佐望着伤员稚嫩的脸："他们还都是孩子！"

军医："他们大部分是才入伍不久的新兵，缺乏实战经验。"

他们边说边走出病房。

巷 道　内　日

军医："这些重伤员由于缺少血源，很难抢救。"

正书大佐："不是留了一些工蜂做血源吗？"

军医："这些'工蜂'的血已抽干而死。但勇士们宁死不使用劣等民族的血——支那人的血！宁死也不用！"

正书大佐："多好的勇士！重伤员一律处死，以减轻他们的痛苦。"

军医面带难色："这……"

正书大佐沉重地："事情到了这地步，他们死后的在天之灵不会怨恨的，快执行吧！"

军医："只有这样了！"

正书大佐："青野，通知各营房解除警戒。对有战功的安排到慰安室休息。"

青野："哈依！"

正书大佐望着长长的巷道自言自语："不知荣雄君现在怎样？"

乌蛇要塞　外　日

苏军炮火猛烈轰击乌蛇山上的日军工事。

字幕：乌蛇要塞

苏联红旗集团军某旅旅长契格耶夫手持望远镜向日军阵地观望。

日军阵地硝烟散尽，水泥掩体中伸出了白旗。

契格耶夫放下望远镜："日军投降了！"

远处投降的日兵两手空空打着白旗，当他们走近苏联士兵面前时，突然一下散开往人多的地方钻，同时拉响绑在身上的炸药，苏军阵地上响起了一片爆炸声……

日军掩体　外　日

荣雄大佐望着山下阵地上的硝烟紧握战刀："炸得好！炸得好！好样的！"

苏军阵地　外　日

契格耶夫望着遍地死伤的战士悲愤地："这是什么打法？坦克！坦克给我冲！"

十几辆苏军坦克向日军阵地冲去……

绥北地下工程宿舍　内　夜

昏暗的灯光。

激战一天的日兵都很劳累，个个脱得只剩兜裆布，疲惫不堪睡着了。

里面间壁墙上一块砖被抽掉，又一块砖被抽掉，一只手伸过来四处乱摸，一下摸到一支倚在墙上的三八大盖。床铺上日兵甲被窸窣声惊醒，忙叫醒日兵乙："有响声！"

日兵乙不高兴的样子："是老鼠，快睡吧！"

41号洞　内　夜

鲁斯兰高兴地："我摸到枪了！"

呼兆生："这里底细我最熟，没错，是弹药库。"

鲁斯兰："里面漆黑一片，没有人。"

荀龙："来！把墙推倒！"

大伙都围了上来，使劲推墙。

日兵宿舍　内　夜

日兵甲还是紧盯着那堵墙，突然发现墙在颤动，惊恐万分，忙下地往外跑……

"轰隆"一声墙倒了，砸伤不少日兵，日兵们全被惊醒，屋里的电灯打开了。

劳工们一见光着身子的鬼子惊慌失措乱成一团。

荀龙大喊一声："不要怕！快抢枪！"

鲍老五挥舞着铁锹："杀呀！"鬼子被打得鬼哭狼嚎。

劳工们和日兵厮打在一起。

日兵甲拉响了警报。

巷 道　内　夜

警报嘶鸣声回荡在整个巷道。

枢 纽 部　内　夜

正书大佐听到警报声,忙拿起电话:"青野发生什么事啦?"

青野的声音:"有部分'工蜂'进入主体工程!"

正书大佐:"马上组织人,对所有工蜂格杀勿论!"身旁正在修通讯器材的日兵高兴地:"报告长官,我们和荣雄部队的秘密电话线接通了!"

正书急切地拿起话筒:"荣雄君,是你吗?"

荣雄的声音:"正书君,你怎么样?"

正书:"我们完全困在主体工程里,与外界隔绝,只能和你通话。"

荣雄的声音:"俄国佬没攻进去就好。请你转告你的部下。我在这消灭了大量的俄国佬,打退了敌人一天来的十二次进攻。关东军是强大的,是不可战胜的,东面来的这股台风不会刮多久的。"

正书:"我一定把喜讯转告给部下,你给了我们信心和勇气,鼓舞了我们的斗志!"

正书在日历上写上"出去决战"四个字。

巷 道　内　夜

劳工们拼命往前跑,日军在后面紧追不舍,密集的子弹射来,很多劳工饮弹倒下……

只有苟龙、鲁斯兰等少数劳工抢到枪,他们边撤退边还击,撂倒不少敌人。跑在最前面的劳工,迎面遇到青野率领的摩托车队,在走投无路情况下,苟龙猛然发现紧急通道,快速打开,劳工们纷纷挤了进去,抓住滑竿滑到下层巷道。

下层巷道　内　夜

滑入下层的劳工仅剩三十几个人。苟龙、鲁斯兰仍在断后,边打边撤……

苟龙打死一个日兵捡起枪扔给鲍老五:"会用吗?"

鲍老五接过枪一枪把企图向鲁斯兰开火的日兵撂倒,沾沾自喜起来:"这跟打黑瞎子差不离。"

鲁斯兰扔过去一枚手榴弹把滑竿炸倒……

停 尸 房　内　夜

日军医在给受重伤的少年兵注射药物。打完针的伤员痛苦挣扎着渐渐死去。

苟龙、鲁斯兰、鲍老五三人闯了进来。苟龙一枪托击倒军医。

鲁斯兰用几张停尸床把门顶住。

鲍老五看着因痛苦而变形的日兵尸体,惊恐万分,慌乱中往后退又撞翻身后的停尸床……

鲁斯兰指着房里一角的死人堆:"这、这不是那些吃大肉的劳工吗!"

苟龙仔细地看了看带有黑痣胳膊上的针孔:"他们被抽干血死的!"

鲍老五:"我明白了!"

下层巷道　内　夜

安涛带领一队靖安军,搜寻到停尸房门前时,听到里面有响声,围着房门向里面开枪。

停尸房　内　夜

荀龙、鲁斯兰、鲍老五以停尸床为掩体,猛烈还击。一会儿,房门被打碎了,借着灯光荀龙看见是安涛,忙让鲁斯兰、鲍老五停止射击。

荀龙:"妈的,儿子打老子!撤!"

鲁斯兰不解地:"儿子?谁是你儿子?"

荀龙:"快!从排气孔撤!"荀龙边说边将屋里电灯打灭,借着黑暗三人逃走。

仓库　内　夜

呼兆生、唐球子将打昏的两个把门日兵拖了进来。一扬手,又有十多个劳工跟了进来。

呼兆生把日兵往地下一扔,如释重负地:"可算把鬼子甩掉了。"

唐球子在货架上翻出一箱罐头:"罐头!"

劳工们一拥而上扑向罐头……

一劳工打开一袋面粉,狼吞虎咽吃了起来,噎得喘不过气来。

呼兆生:"轻点,让鬼子听见就没命了!"

唐球子:"死也要当个饱死鬼!"

呼兆生仔细察看仓库内设施,发现一条通道。

巷道　内　夜

空荡荡的巷道,扬声器传来正书的声音:"全体勇士们! 你们辛苦了,告诉大家一个好消息,俄国佬只攻到乌蛇要塞就被我军牢牢控制住了。荣雄部队打退了敌人二十多次进攻。勇士们! 只要我们团结一致,坚信神州不灭,胜利一定属于我们! 我们的血不会白流!"

仓库　夜

劳工们听到叽里呱啦的日本话都惊呆了。

金九:"说的什么呀?"

呼兆生:"苏军被打败了,瞎吹牛!"

这时外面传来枪声,呼兆生从门缝看是苟龙他们,忙把他们拽进仓库。大伙吓得大气不敢喘,一会儿,搜捕的日兵渐渐走远,才松了一口气。

呼兆生把罐头递给苟龙:"快吃吧!"

苟龙、鲁斯兰、鲍老五大吃起来。

呼兆生:"下步咋办?"

苟龙边吃边说:"不能等死! 弄点武器弹药跟他们拼了!"

呼兆生:"对! 拼了! 这里我熟!"

鲍老五:"熟个屁! 听你的死这么多人!"

呼兆生:"以前那的确是弹药库,谁知道什么时候改的。"

苟龙:"别争了。大家都累了抓紧休息。"

这时倒在地上的日兵醒了,唐球子拿罐头狠砸他的脑袋一下:"你也抓紧休息。"

日兵又倒了下去。

枢 纽 部　内　夜

桌上的日历已翻到八月十四日。

正书在给受伤的狼犬喂食,狗在低声呜咽,不肯进食。正书放下手中的干粮,忧心忡忡,拿起日本高级清酒来慢慢呷着,望着酒瓶上举刀挥舞的军人画像发呆。

留声机仍在放着《九段阪》:

我从上野来到九段阪,

我心情急切,有路难辨,

手扶拐杖走了整整一天,

来看望你,我的儿啊!

高耸入云的大门引向金碧辉煌的神社,

儿啊! 你已升天为神,

你不中用的老母,

为你高兴,泪流满面……

正书矇眬中看见自己的母亲正拖着断腿艰难地向靖国神社的祭坛爬去……

正书烦躁不安起来,将剩下的清酒倒在地上。

直美房间　内　夜

黑暗中一个身影溜了进来,向直美床上摸去,熟睡中的直美被惊醒,俩人厮打起来,直美的内衣被撕破,情急之下的直美将灯打开一看竟是正书大佐。

直美气得直哆嗦:"你……畜生!"

正书大佐恼羞成怒一巴掌打在直美脸上:"别不识抬举!"

直美拼命挣开正书大佐,夺门而逃。

乌蛇要塞　外　日

整个要塞硝烟弥漫,苏军又发动猛烈的进攻,隐蔽在悬崖下的几个日军火力点同时开火,成批的红军战士倒下……

苏军阵地　外　日

契格耶夫旅长拿起电话:"请求空军支援! 空军支援!"

乌蛇要塞　外　日

苏军的轰炸机飞临要塞上空,一阵狂轰猛炸,整个日军阵地一片火海……

枢纽部　内　日

正书大佐召集各曹长开会。桌上的台历翻到八月十五日。

正书:"现在整个战局对我军很有利,目前我们的主要任务是清剿以苟龙为首的'工蜂',要防止他们破坏发电部、武器库、水厂和粮库。"

青野:"我们已消灭了大部分'工蜂',他们现在只有几十个人了,不知躲到哪去了。要塞里的情况他们比我们还熟悉。"

正书:"我要求全部消灭一个不剩!"

仓库 内 日

苟龙和鲁斯兰在教劳工们使用武器,大伙学得很认真。

苟龙:"大家都学会了,老呼你照顾好其他人,我和鲁斯兰去弄些武器。"

唐球子:"我也去!"

苟龙:"待在这少添乱!"

苟龙、鲁斯兰小心翼翼地推开门走了。

巷道 内 日

有一个日兵开着电车,由远处驶来,苟龙、鲁斯兰扑了上去……

弹药库门前 内 日

有两个荷枪实弹的日兵把守。

苟龙穿着日军军服开着电车,鲁斯兰躺在车厢里。电车到弹药库门前停了下来,两日兵上前检查车厢,鲁斯兰猛地出拳将其中一个击倒,苟龙乘机将另一个击倒。

弹药库内 日

一日兵拿着一台收音机忙得满头大汗调不出声音,苟龙出现在他后面操起一枚手榴弹砸了下去,日兵瘫倒在地上,鲁斯兰一个箭步上前把要摔在地上的收音机接住。

苟龙在放有各种武器的货架上挑选自己所需的枪弹。

鲁斯兰拿起一个手炮:"这是什么?"

荀龙:"手炮,威力很大。"

鲁斯兰将荀龙挑出的武器搬到电车上。

巷道　内　日

电车满载着武器弹药,行驶在宽敞明亮的巷道里,鲁斯兰神气地哼唱《喀秋莎》,荀龙警觉地盯着前方,突然一个黑影在眼前闪过,荀龙加快速度,身体一倾一把将黑影揽到怀里,"黑影"拼命挣扎起来,头从破军毯中露了出来。

荀龙一怔:"怎么?是你!"

直美惊恐地盯着荀龙:"你要干什么?"

荀龙:"请你做客!"

仓库　内　日

大伙高兴地从荀龙手里接过枪,鲁斯兰一声不吭躲在一旁摆弄收音机。

唐球子掀起军毯见有一个女人大叫起来:"吓!还有个娘们儿!"

金九上前一看:"是个女皇军!"

劳工们全围了上来,鲍老五上前一把将直美身上仅剩的一件短衣撕下:"没想到这回老子也能开开洋荤了!"大伙一拥而上。

荀龙冲了过来拽出直美:"不许胡来!"

鲍老五:"你想一个人吃独的,我都三十二岁了,还没闻过女人味呢!"

唐球子:"我都二十五了还、还没初恋过呢!"

荀龙气愤地:"这是什么时候,还有这心,谁敢碰她一指头我就骗了谁!"

鲁斯兰听不清收音机急躁地:"都把嘴闭上吧!对女士要尊敬。"

鲍老五:"听那屁玩意!"

鲁斯兰:"屁玩意?你知道现在外面的情况吗?"

金九:"能听到吗?"

鲁斯兰耸耸肩遗憾地摇摇头。

苟龙灵机一动,将墙上的电话线扯断,一头连着铁轨,一头连着收音机天线。

鲁斯兰:"铁轨是通往洞外面的,好极了。"说完打开收音机开关,一首舒缓的乐曲传出。

金九:"什么曲子?半死不活的。"

苟龙:"日本国歌。"

日本国歌奏毕,又传出播音员的声音,接着是一个声音沙哑的老者讲话。

直美激动万分地听着讲话,听着听着不由泪流满面……

被击昏的日兵醒了在静静地听。走廊里继续回荡正书宣读前线胜利的消息。

苟龙兴奋地大喊起来:"日本人投降了!"

鲁斯兰惊喜地:"战争结束了,我们胜利啦!"

劳工们听到这消息高兴地欢呼跳跃。

鲍老五:"妈的,小日本也会有这一天。"

金九双手抱着头:"战争结束了,我还活着,我还能活着……"说完号啕大哭起来。

苟龙:"我们都活着!我们要出去,要活着出去。"

呼兆生擦干眼泪:"都别哭了,想想办法怎样才能出去!"

直美:"你们要相信我,我跟你们一样痛恨战争,我给正书打电话,告诉他战争结束了,现在整个工程出口都炸塌了,我们一起想办法出去。"

荀龙:"正书那魔头,我太了解他了,他不会放过我们的!"

鲁斯兰"日本政府已宣布投降战争结束了,他们凭什么不放过我们,我们不杀他们就不错了。"

荀龙:"那是你们欧洲大鼻子们的理论。"

鲁斯兰:"那亚洲小鼻子们更应该适用。"

巷 道　内　日

小林青野率日兵沿巷道搜查发现被击昏的日兵。

巡逻队在狼犬的引导下向前搜索……

日兵来到仓库门前,端起机枪准备射击。

仓 库　内　日

一劳工发现门外有动静:"不好,鬼子来了!"话音没落,一阵密集的子弹穿门射来,这名劳工被打死。

荀龙:"快趴下!"

大伙迅速卧倒,拿起武器进行还击。

放在木桌上的收音机被打得粉碎。

直美朝日军迎了上去,大喊:"不许开枪!"

荀龙见状一个箭步冲上前去,把她摁倒在地。一道毒焰从他们头顶喷过。

直美紧紧抓住荀龙的手,惊恐万分。

鲍老五声嘶力竭地:"外面人听着,你们有个娘们儿在我们手里,再开枪!我就崩了她!"

鲁斯兰:"我们有人质!"

外面的日军停止射击。

小林青野在门外喊:"你们跑不了啦!快投降吧!"

直美爬起来:"青野!我是直美!河川直美!别开枪!刚才听收音机,我国政府已经宣布投降啦!战争已经结束了!"

小林青野的声音:"你撒谎!这不是真的!"

被击昏的日兵:"直美小姐说的是真的,我也听……"

没等说完青野开枪了,日兵被打死。

双方枪战,洞内火光闪闪,石茬乱飞。

直美惊恐万分:"他们疯了!他们真疯了!"

荀龙爬到呼兆生跟前:"老寿星,这仓库有没有出口?"

呼兆生一扬手:"跟我来!"呼兆生来到墙角把一麻袋大米挪走露出仅能容一人的洞口。

这时,仓库外面的日兵开始往里投手榴弹,不少劳工被炸死,部分粮食开始燃烧,整个仓库烟雾弥漫。鲍老五杀红了眼,端着机枪拼命扫射。

荀龙边组织大家撤退边大喊:"鲍老五快走!"

鲍老五:"别管我!快撤!"

唐球子怀里装满罐头,其中一个滚落在地上,他不顾一切去捡,不幸中弹身亡,鲜血染红了罐头。

鲍老五见唐球子死了,疯一样扫射,不料被冲进来的日兵用火焰喷射器喷着,鲍老五浑身是火扑向拿火焰喷射器的日兵,炸成一个巨大的火球。

慰安所　内　日

十多个日兵搂着慰安妇在床上寻欢作乐。

荀龙等人持枪闯了进来:"不许动!"室内一片惊叫、乱成一团。

金九："男的靠左站着,女的靠右,穿上衣服!"

直美大吃一惊："这不是厕所吗?"

鲁斯兰："没错,是厕所!"

金九用枪指着慰安妇："你们这些骚娘们真不要脸!"

凌花："不要杀我们!"

金九："呸! 我打死你们这群骚货!"

荀龙："住手! 她们和我们是一样的,是被迫的。"

凌花一把夺过金九的枪,对准日兵猛烈射击,日兵纷纷倒下。

直美惊呆了,鲁斯兰抱住凌花。

呼兆生："老毛子你别管!"鲁斯兰无奈地耸耸肩放开凌花。凌花疯狂地打完全部子弹……

荀龙一手拿起电话,一手把直美拽了过来："给大岛正书打电话,告诉他战争结束了,不要追杀我们!"

直美颤巍巍地接过电话："是枢纽部吗? 我是直美,我国政府已经宣布投降,千真万确,是天皇陛下的玉音,是我们从收音机听到的,不要追杀劳工啦!"

荀龙插了一句："别紧张!"

电话里正书的声音："直美! 你旁边是什么人?"

直美看荀龙一眼,没有回答。

电话里正书的声音："直美,我相信你的话,你能告诉我你的位置吗?"

直美："在慰安所……"

荀龙一把将电话线扯断："赶快撤!"

直美有些委屈："正书相信我的话了!"

呼兆生朝慰安妇一扬手："你们快逃命吧!"

凌花："我们跟你们一起打鬼子!"

荀龙："金九给她们发枪!"

金九给每人发了一只短枪和一颗手榴弹。

枢 纽 部　　内　　日

大岛正书拿起话筒："各哨位！各巡逻队，敌人在慰安所附近，马上包围消灭……"

巷 道　　内　　日

大家正闷头走，前面突然亮起了一排耀眼的灯光，日军的摩托巡逻队出现在面前，机枪响了，劳工们慌忙往巷道两侧的掩体里钻，慰安妇们举枪还击，但动作太慢，纷纷中弹身亡。

金九去救慰安妇们，但子弹打没了，不幸中弹倒了下去。

荀龙拿出手炮进行还击，发射的小炮弹在敌群中爆炸，不少摩托车爆炸、起火。劳工们趁机撤走。

硝烟散尽，鬼子抓住受伤的凌花。

一鬼子举刀要砍凌花："八格牙鲁！"

另一个鬼子："住手！花姑娘的，我们还没享用够呢！"

几个鬼子大笑起来。凌花拉响了手榴弹，"轰"的一声和鬼子同归于尽。

水 厂 控 制 室　　内　　日

呼兆生打开大门，一扬手："这里有通往上层的梯子。"

大家来到舷梯前正准备往上爬，安涛率领的巡逻队追来了，顿时枪声大作。

一枚手榴弹把舷梯炸毁，上面的两名劳工被炸死。

荀龙端枪要射击,发现对面有安涛,一愣神,一个日兵举起枪来,就在一刹那间,直美手中的枪响了打死了那个日兵。

荀龙感激地:"谢谢!"

又是一声巨响巷道两侧的水管被炸开,汹涌的水喷涌出来。

安涛见状,忙招呼几名日兵将水泥大门关上:"把他们淹死在里面。"

随着大门的关上,荀龙脚下的水面急剧上升……

直美在水中拼命挣扎。

荀龙踩着水将直美托起。

乌蛇要塞　外　日

苏军包围了整个要塞。几个高音喇叭向工事内日军喊话:"日本天皇已于八月十五日宣布无条件投降,接受波茨坦公告,现在要求你们立即放下武器,停止抵抗……"

乌蛇要塞　内　日

荣雄大佐拿起话筒:"不要听信他们的鬼话,我们要誓死捍卫天皇,大日本帝国是不可战胜的!勇士们给我狠狠地还击!"

乌蛇要塞　外　日

日军发起了反击,密集的子弹把几个高音喇叭打得粉碎。

乌蛇要塞　内　日

荣雄大佐与几个参谋围着地图商讨作战计划,电话铃响了,荣雄拿起了电话。

正书的声音:"荣雄君,直美说听收音机讲,我国政府已宣布投降……"

荣雄:"苏军用喇叭也这么说,不过不要相信他们的鬼话,今晚我们要采取更大的行动,到时会将好消息告诉你的。"

正书的声音:"荣雄君,是否有空军助阵?"

荣雄:"空军? 没有!"

正书脸色一沉,丧气地:"我等你的好消息。"

绥北地下工程枢纽部

正书放下电话忧心忡忡,看着墙角受伤的军犬,军犬也正在静静地看着他,低低呜咽着,正书拿出干粮喂它。

中层舷梯口　内　日

荀龙、直美、鲁斯兰、呼兆生四人浑身精湿、筋疲力尽从舷梯出口爬了上来。

呼兆生痛心地:"只剩下我们四个啦!"

直美哭泣地:"都怨我。"

荀龙:"不好,这层也有鬼子,快跑!"

荀龙四人拼命奔跑,后面鬼子边追边开枪射击……

大厅　内　日

荀龙四人慌慌张张来到巷道直通的一个宽阔的大厅,大厅两侧停放着坦克。

荀龙往四下看了看:"上坦克里最安全。"

四人迅速打开两辆坦克钻了进去。

大批日兵在汽车灯的照耀下,追踪而至。

——坦克内,通过潜望镜,可以看见日军就在眼前晃来晃去。

直美吓得直往荀龙的怀里钻。

荀龙:"害怕吗?"

直美点了点头。

荀龙:"你来绥北要塞干什么?"

直美:"找我的父亲。"

荀龙:"见到了吗? 我恨他。"

直美摇摇头:"你恨我的父亲,可他并没有伤害你的儿子,安涛不是活得好好的吗?"

荀龙脸色一沉,面部的伤疤痉挛起来:"用皮鞭打我,又要淹死我的,竟是我的亲生儿子,他对中国人那么狠毒,这比杀了他还可怕。多乖的孩子,怎么变成这样? 我真不明白。当初,我在河边等了三天三夜没等来孩子的尸体,我很庆幸孩子没死。现在看来,我真希望那时河里能漂来孩子的尸首。你父亲杀了很多劳工,还有我的妻子、乡亲。"

直美望着满面泪水的荀龙,用手轻轻地拭去脸上的泪水:"对不起! 安涛会回到你身边的。"青野站在潜望镜前。

直美指着青野:"他曾是我的心上人,战争把他变成了魔鬼,我很痛苦。"

青野将脸贴近潜望镜往里看,他的变形夸张的脸。

——坦克外,四处搜查的日兵纷纷回来向小林青野报告。

小林青野皱着眉头:"他们能上哪去呢?"目光慢慢落到了坦克上,发现上面有水迹:"检查一下坦克。"

日兵向坦克扑来。

——坦克内,呼兆生吓得大汗淋漓:"老毛子,鬼子上来了。"

鲁斯兰急忙发动坦克,炮塔猛地一转,扫倒了几个日兵。

小林青野大叫:"在坦克里,他们在坦克里!"

日兵团团围住了坦克。

鲁斯兰操纵坦克,左撞右拱,把日兵撵得东逃西窜。荀龙也开动坦克向日军辗去,日军狼狈逃窜。坦克一头撞上汽车,顿时火光冲天。坦克又推着汽车残骸把敌人逼走,道路被截死。

荀龙、直美从坦克中跳出。鲁斯兰、呼兆生也跳了出来,四人迅速撤离。

宿舍　内　日

三名日兵在吃饭。

其中一个:"妈的,刚来那几年天天吃面包,后来吃大米饭,现在天天吃高粱米,唉!一天不如一天。"

另一个:"现在已有六个士兵自杀了,想家、想吃、想女人,这些统统的没有!"

荀龙持枪冲了进来:"不许动!缴枪不杀!"

三名日兵吓得举起了手。

鲁斯兰、呼兆生冲上前去夺过日兵的饭碗,边吃边说:"缴饭不杀!"

直美和气地:"战争结束了,借电话用一下。"直美拿起电话:"喂!

喂喂……正书你这个骗子！"

正书的声音："直美,你这个可耻的叛徒！"

直美愤怒地："我可耻？你杀人不可耻吗？我讨厌这罪恶的战争,你马上停止杀人罪恶！"

正书气急败坏："混蛋！你愧对你的祖国,你污辱了你父亲一生的荣誉！"正书挂断电话。

直美无奈地放下电话。

呼兆生："打电话有个屁用,干脆摸到指挥部去抓住大岛正书,不信他不服输。"

鲁斯兰："吃饱了,我们都去。"

荀龙："我和直美去就行,直美知道指挥部的情况,要是我们不得手,还有你俩。"

鲁斯兰："好吧！等你们的好消息。"

巷 道 内 日

长长巷道里,荀龙、直美驾驶着电车奔驰如飞,直美飘逸的黑发,使她显得更加轻盈倩丽。

乌 蛇 要 塞 外 夜

惨淡的月光下,九百多名日军向苏军阵地移动,一颗蓝色信号弹划破夜空,顿时枪声大作,曳光弹把大地映红,苏军奋起还击。

巷 道 内 日

空空的巷道内回荡着正书的声音："勇士们,我军在乌蛇要塞附近成功地对苏军实行反击,取得了辉煌战绩……"

苟龙、直美来到一个通风管道旁停了下来。

直美:"就在这下面。"

苟龙用枪管撬开上面的铁栅栏。

枢纽部　内　夜

正书放下话筒,面带笑容,拿出笔给发黄的花叶,涂上绿颜色。突然,通风孔上的木罩碎了,苟龙端着枪闯了进来:"不许动!"

正书被这突如其来的行动惊呆了,直美也从管道滑了进来。

直美:"立即命令你的部下停止追杀我们,告诉他们事实的真相!"

正书气愤地:"办不到!"

苟龙:"战争继续进行吗?"说着将枪孔对准了正书的鼻尖,"请你宣战吧!"

正书紧张地望着枪孔,无奈地:"那好吧!战争结束了,我给小林青野打电话。"说完一手拿起电话,另一只手偷偷去按藏在桌底下的按钮。

正书故意拖延时间:"真不巧,电话没人接。"

苟龙:"你必须把我的儿子还给我,你把我的儿子驯化成跟你们一样的杀人魔鬼!"

正书:"这与我无关,是直美的父亲,河川乔一的主意。"

苟龙:"我现在让你把安涛找来,告诉他事情的真相,别再欺骗孩子了!"

"不许动,把枪放下!"安涛和两个日兵闯了进来,枪口对准苟龙和直美。

在安涛威逼下,苟龙无奈地放下枪。

正书大佐得意地:"战争又开始了,把他俩捆起来。"

直美大喊:"安涛! 苟龙是你的亲生父亲,你……"

正书冲上前去狠狠地打了直美两耳光:"你这个败类!"

苟龙望着安涛:"小辉! 你不叫安涛,你叫苟小辉,你是我的儿子!"

安涛:"住口! 我的父亲是一名本分的满洲雇员,不是一只可怜的'工蜂'!'工蜂!!'"边说边用枪管敲苟龙的脑袋。

苟龙:"你可以不认我这个父亲,你别忘了你是中国人!"

安涛:"哼! 中国人? 我学过的教科书里从来就没有中国这个词! 只有支那! 臭支那!"

正书大佐:"好样的,不能听他们胡说八道。"

直美:"我没胡说! 这是真的!"

正书:"无耻的败类,要不是看在你是我们这里最后一个女人的面上,早就把你杀了!"

乌蛇要塞　外　日

天已大亮,毒辣辣的太阳把大地照得发白,日军已撤回工事内,整个战场很寂静,苏联红军在往回抬牺牲的战士。

日本关东军司令部参谋总部　内　日

室内一片狼藉。

字幕:8月20日　新京　日本关东军司令部参谋室

河川乔一在烧毁材料,他拿着上写"东宁要塞群详录"的文件扔进火堆,眼泪夺眶而出。几名苏联红军战士冲了进来……乔一忙拿起手枪准备自杀,被红军战士快速夺下。

机 场　　外　日

一架印有红星的伊留申飞机自西向东飞来。在空中盘旋一周后，降落在用钢板铺设的临时跑道上，舱门打开了，河川乔一被苏联红军押下飞机。坐在前来接应的一辆 CAS－97B 吉普车上，飞快地向乌蛇要塞驶去。

乌蛇要塞　　外　日

吉普车停在前沿阵地上，河川乔一走下车来，环视四周，契格耶夫急切地迎了过去："河川乔一，你看还有什么需要协助的？"

河川乔一冷冷地："什么都不用！"

契格耶夫递给他一面白旗："拿着去吧！"

河川乔一将白旗摔在地上，狠狠地踩在脚下，歇斯底里地："我讨厌这个，我们是停战，不是投降！不是！"说完向日军工事走去。

契格耶夫手持望远镜紧张地观察日方阵地。

档案室　　内

安涛用铁棍撬档案柜的铁锁。撬开后打开手电翻看档案。安涛痛苦地自言自语："我是支那人？！我竟是支那人！"

闪回：——六岁的小辉哭喊着找爸爸。

——安涛拿刺刀向一个麻袋刺去，鲜血飞溅……

——安涛挥起皮鞭抽在荀龙的脸上。

——安涛持枪救正书，用枪管敲荀龙的脑袋。

安涛用陌生的目光看着一旁镜中的自己，慢慢地用手扯断'日满一心一德'纪念章。

正书和青野出现在安涛的身后,正书用手枪对准安涛的脑袋:"你真没耐性,太让我失望!"

安涛:"不要杀我! 能不能让我见父亲最后一面?"

正书:"你没有机会了。"说完扣动扳机,安涛倒了下去。

正书拾起"日满一心一德"纪念章:"我竟然毁了我最心爱的作品。"

巷道　日

竣清和伊平来到巷道壁上的神龛前。

竣清:"许个愿吧!"

伊平双掌合拢虔诚地:"愿天庭众神保佑我们天天打胜仗! 愿我们平安回家! 愿我们能见到太阳! 愿我们能吃上肉……"

竣清:"马上就吃上!"

这时枢纽部里那条受伤的狼犬跑了出来。

伊平:"瞧! 肉来了! 真灵!"竣清、伊平拼命追赶。

竣清:"这狗肉一定好吃,它吃人肉,我们吃它。"

伊平:"快抓住狗腿!"

竣清抓住了狗:"好久没吃肉了。"狗猛地回头咬了竣清一口,伊平情急之下用刺刀一挑,狗叫了两声死了。正书大佐听见狗叫急忙过来,竣清二人吓得把狗围住,正书过来紧盯着地上那摊血,一把将伊平推一边,见自己心爱的军犬躺在那儿。

正书大怒:"混蛋!"给了每人一个耳光。

这时小林青野跑来,焦急地:"正书大佐,快! 电话,乔一中将和荣雄大佐的电话!"

正书一愣神,小林青野不容分说拉着正书就走。

枢 纽 部　日

正书大佐忐忑不安地拿起电话。

荣雄大佐呜咽的声音:"正书君,你无论如何要承认这个事实,天皇陛下在 12 天前就已宣布无条件投降,现在河川乔一中将从新京来通知终战。"

正书大佐有如五雷轰顶,大声吼叫起来:"不!不会的!大日本帝国是不可战胜的!我们没输,我们还有作战能力!"

荣雄大佐的声音:"这有乔一中将带来的 8 月 15 日投降诏书的影印件,战争的的确确结束了,以前的一切只是一场梦……"

正书大佐悲愤地:"梦?可这工程,这大炮,这些尸骨!"说着扑通跪下,"我要出去,战斗!战斗!战斗!!"

荣雄泣不成声:"正书君保重!乔一中将跟你讲话……"

河川乔一颤抖的声音:"正书,你的处境我都知道啦!要坚强些……"

正书:"我不会辜负阁下栽培的!"

河川乔一哀叹道:"其实我们没有投降,只是停战,暂时停战,大日本永远不会投降的。"

正书:"天皇陛下怎样?"

河川乔一:"国体尚在!现在忍一时所难忍,用不了几年,我们一定会东山再起!要坚信神州不灭啊!"

正书忧戚地:"尽忠天皇义不容辞,只是恳请阁下对我的母亲予以关照。"

河川乔一:"请放心。"

正书犹豫地:"还有、还有请阁下把你的女儿嫁给我。"一旁的青野目瞪口呆。

河川乔一吃惊地:"什么? 我的女儿在你那儿?"

正书转身示意青野把直美带来。

河川乔一沉思片刻:"我答应你。"

这时青野把直美带来。

直美扑了过来,抓起电话:"爸! 爸爸! 快救救我! 快来救我呀!"

河川乔一:"直美! 我的女儿,你陪伴着神勇的帝国军人,是你的光荣,也是我们家族的光荣,要为大和的勇士奉献你的一切,我将你许配给大岛正书。"

直美哭喊着:"爸—爸—! 我不要这个畜生! 救救我呀! 爸爸! 你就这么一个女儿、一个亲人啦! 妈妈、弟弟都被炸死啦! 救救我呀!"

望着直美悲痛欲绝的样子,小林青野禁不住泪水夺眶而出。

正书上去一把夺过电话:"阁下,不,岳父大人……"

河川乔一:"你要好好待直美,我代表新京方面,授予你少将军衔,请你转告你的勇士们,要严守帝国秘密,天皇至尊与你们同在,坚信神州不灭! 一息尚存,圣战到底,你们的血不会白流的,我们的后代会继承你们的意愿,实现你们未尽的宏图伟业! 一息尚存,圣战到底! ……"话没说完传来一声枪响。

正书:"阁下?"

荣雄:"阁下自裁了!"

直美疯一样冲过来:"爸爸!"一头倒在地上昏了过去。

荣雄哭泣的声音:"立下忠君保国志……"

正书:"疆场粉身……心亦然……"

荣雄:"正书君多多保重! 一息尚存,圣战到底!"

正书含着泪水抬起头,将望远镜摘下狠命地摔在地上直视太阳旗和战刀:"一息尚存,圣战不止!"这令人怵然的口号,在充满恐惧、黑暗、压抑的工事中久久回荡……

正书一动不动跪在那儿,青野扑上前去:"他们是幸存者,可我们怎么办、怎么办呀?"

"混蛋!"一个耳光打在青野脸上,"你怎么能说出这样羞耻的话!我要在地下实现大日本帝国的梦。我们一定会东山再起的!我们的后代会因我们而自豪的,会踏着我们的足迹奋勇前行的!"

小林青野擦去嘴角的血迹,不满地怒视着正书。

正书在八月二十六日的日历上写上"决战"两字。

乌蛇要塞　外　日

阴晦的天空下起了小雨……

九百多名日军在苏军押送下,缓缓走出工事

队伍中,两名士兵抬着河川乔一的尸体,荣雄大佐跟在后面。

契格耶夫叫来几个红军战士:"工兵连的同志们!我命令你们彻底摧毁乌蛇要塞。炸掉这罪恶的战争道具!"

红军战士:"坚决完成任务!"

长长的战俘队伍翻过山梁。

荣雄大佐回望远处的乌蛇要塞,泪挂满腮……

乌蛇要塞发出地动山摇的爆炸声,硝烟弥漫了整个山谷……

字幕:乌蛇战役苏联红军牺牲 1502 人,日军死亡 211 人,投降 967人,于 1945 年 8 月 27 日结束

巷道　日

伊平二人直挺挺地一动不动站在那儿,正书、青野迈着沉重的步履走了过来,正书望着这两个少年兵,不觉泪如泉涌:"这条狗拿去吃吧!做好了我也去!"

伊平二人望着陡然和气的正书大佐,不知如何是好,俊清惊喜地拎起狗:"多谢长官!"

竣清、伊平走后,正书面对神龛默默祈祷……

坦克底下　夜

熟睡的鲁斯兰醒了,见四周没动静,呼兆生还在沉睡,于是从怀里掏出妻子的照片,美滋滋地欣赏。

闪回——碧绿的海水中,妻子如同美人鱼一般,尽情地遨游。

——军列开出站台,妻子随车奔跑……

呼兆生不知什么时候醒了:"怎么这么静?"

鲁斯兰忙收起照片:"荀龙会不会出事。"

呼兆生:"走,看看去。"

军人俱乐部　夜

灯火通明,墙上画着蓝天、绿树、白云、太阳,正中摆放着日本天照大神的神像。门被打开,一群日兵走了进来,他们望着墙壁,高兴得手舞足蹈。

俊清大喊:"久违了——太阳,我爱你!"

大二、伊平推着小车,上面满满两大盆狗肉汤。

俊清:"好香呀!"大家争先恐后挤着喝汤,外面传来:"正书少将到!"全体士兵肃严正立。

正书少将面带笑容,故作镇静走到士兵中。

小林青野:"今天是大喜日子新京方面正式授予大岛正书旅团长少将军衔。"

全体士兵鼓掌祝贺。

小林青野:"另外,河川乔一中将将他的女儿许配给正书少将做新娘,近日将完婚!"

士兵们热烈地鼓掌。

正书少将:"勇士们辛苦了,今天从前线又传来捷报,大日本海军又夺回了塞班,掌握了制海权。在满洲苏军只前进到牡丹江、富锦一线就被英勇的关东军拦截住了。现在我军正集结力量准备反攻! 胜利一定会属于我们的! 今天我们把这里布置成花园,作为军人俱乐部,供大家消遣!"

士兵们更热烈地鼓掌。

俊清用勺子舀了一勺肉汤:"正书阁下,请尝尝我们做的狗肉汤。"

正书接过勺子:"等我们打败了俄国佬,到海参崴喝鱼汤!"正书在一片掌声中喝干。大家纷纷品尝肉汤。

小林青野:"下面请大家看电影《胜利的雪》。"

室内的灯光暗了下来,电影开演了,士兵随着电影狂呼起来。小林青野趁大家没注意,悄悄离去。

监 狱 内 夜

苟龙、直美隔着两层铁栅栏,相对而视。

苟龙:"直美不要太难过,我们一定会出去的!"

直美头倚靠着墙,眼望棚顶突然大笑起来:"哈哈——报应啊! 报应! 父亲为女儿修了十一年的坟墓……"

这时门外的看守兵被击倒,一个头戴防毒面具的人摸了进来,冲着栅栏里直美扬了扬手中的另一个防毒面具:"直美,我是小林青野。把这个戴上,快跟我走。"边说边打开栅栏门。

直美:"滚开! 你这头猪!"

小林青野:"在这里我们跟小动物一样,都会慢慢地死去,让他们早点死吧！我只需要你！"

直美吓得直往后退："你自己去死吧！！"

青野点燃了导火索："哼！少废话！快戴上！我不会让正书这个大混蛋夺走你！"

苟龙大骂："畜生！放开她！"

直美拿起防毒面具扔给苟龙："别管我,你戴上！"

青野惊愕地："直美,你？你竟喜欢工蜂！喜欢臭支那人！"

直美："我就是喜欢他！难道还喜欢你这头蠢猪！"

苟龙激动地看着直美,把防毒面具扔掉："直美谢谢你,我们一起去死！"

青野："你真不要脸！"说着转向苟龙,"恭喜你苟龙,有人喜欢你！恭喜你,你的儿子被正书杀了！知道吗？你儿子被杀了！"

苟龙如受雷击惊呆了。青野拿起刺刀冲苟龙捅去。苟龙不备,刺中胳臂。

导火索快速地燃烧……

小林青野刚刚打开铁门,"轰"的一声一辆坦克破墙而入,小林青野被炮筒撞飞,坦克停了下来,鲁斯兰从坦克里钻了出来。

苟龙："快把导火索弄灭！"

鲁斯兰迅速用刀切断导火索。

直美来到苟龙面前,怒目圆睁,"你为什么不要面具？为什么要去死？为什么？小辉他……"抱住苟龙痛哭起来。

苟龙眼里闪着泪花,抚摸着直美的头发："别哭了,都过去了！"

军人俱乐部　内

正在高歌狂欢的士兵被巨大的响声惊呆了。

正书放下手中的清酒："小林青野呢？"急步向监狱方向奔去。

监 狱　内

监狱一片狼藉,正书弯腰摘掉小林青野脸上的防毒面具,朝尸体踢了一脚:"混蛋! 你们一定要杀光这些'工蜂'! 全都杀光一个不剩!"

病房门口

鲁斯兰、呼兆生端枪进来,见三具日军尸体,他们都是用脚趾扣动扳机,自杀身亡的。鲁斯兰、呼兆生守着门。直美搀着受伤的荀龙进到里面的房间。

病房　内

直美把荀龙扶到里间床上,给荀龙仔细地包扎伤口。荀龙拿出全家福看着照片痛哭起来……

直美:"这都是我父亲的罪孽呀! 我、我替你生个儿子吧! 我一定要还上这个债!"

荀龙擦干眼泪:"傻姑娘,你的好意我领了。可别往这上面想,你还年轻。"

直美:"因为我是日本人?"

荀龙:"不是!"

直美:"你不爱我?"

荀龙:"不是!"

直美:"那是?"

苟龙凝重地:"也许我们活不过明天。"

直美:"活不过明天?明天?明天会是什么样子?只要你爱我,管明天干什么?"

直美猛地扑向苟龙,俩人热烈地亲吻着、抚摸着……

直美慢慢地脱掉衣服,露出光滑洁白的身体……

枢 纽 部　内

正书望着 9 月 11 日的日历,"十多天了,你们还找不到苟龙、直美,活要见人,死要见尸! 笨蛋! 全是些没用的饭桶!"

一小队长:"报告长官,今天又有五人自杀!"

正书:"以后这样的消息不准告诉我!"这时电话响了,正书拿起电话。

苟龙的声音:"正书,你马上告诉你的部下事情的真相。你杀我儿子的事,我可以不追究。我们一起想办法出去,洞里的烟都能排出,我们也能出去。"

正书:"我不会放过你的,你逃不掉的。"电话挂断了。"马上组织全部人马,分上中下三层,杀光'工蜂'"。

发 电 房　内

一台柴油发电机在工作,三名日军工在检修机器,门口一阵激烈枪声后,苟龙四人持枪闯了进来,刚要拿枪的三名军工,只得乖乖举起了手。鲁斯兰迅速用绳子将他们捆绑好。

苟龙将所有的柴油发电机都发动起来,把电闸合上,直美不解地看苟龙紧张地忙碌。

荀龙扔给呼兆生一挺机枪:"把这里看好,直美留在这!"

呼兆生稳稳地接过枪:"放心吧!"

荀龙朝鲁斯兰一摆手,两个人出去了。

巷 道　日

荀龙、鲁斯兰来到巷道拐弯处的大厅,把遮盖炮车的苫布拽了下来,一台直径420毫米的海防电动大炮露了出来。荀龙跳到炮车后面的吊车上。吊车的长臂将两吨多重四米长的炮弹慢慢填入炮膛。鲁斯兰将炮管调到水平位置。

直美不知什么时候过来了。

发 电 房　日

呼兆生拿着枪看着三个军工。

一电闸接触不良,直往外喷蓝色火花,呼兆生忙去查看。一军工趁呼兆生不备将绳索挣脱,从怀里掏出一支短枪,一枪击中呼兆生的胸部,呼兆生忍着剧痛扣动扳机,两名军工被打死,一名受重伤,自己也倒了下去。

受伤日军工爬到电闸前,吃力地拉下电闸后,倒地身亡。

主 巷 道

——日军的装甲车、坦克开道,向荀龙所在方向扑来。

正书坐在一辆敞篷车里,满脸杀气挥舞战刀,指挥日兵搜剿。他们不时地向巷道两侧的房间里开枪喷火焰。

——苟龙趴在铁轨上,仔细听着:"鬼子过来了,准备发射。"

这时,敌人出现在巷道的另一端,耀眼的车灯把巷道照得通明。

装甲车上的机枪响了,密集的子弹雨点般地射来。

苟龙按下电钮,大炮没响。

苟龙大惊:"糟了!"转身向发电房跑去。

发电房　日

苟龙扑到呼兆生身上:"老寿星!老寿星!你要挺住!挺住!"

呼兆生痛苦地睁开眼睛,有气无力地:"别管我,你们一定要出去,活着出去。我的儿子能出去,我很高兴,可是有九个人为他死了。要报……仇……要出去!让儿孙们知道这里的一切,记住这些仇、这些恨!千万别、别……忘……"话没说完就气绝身亡。

苟龙悲愤地怒视着电闸,有力的大手伸了过去……

主巷道　日

日军离大炮越来越近了。

大炮响了,先是一道耀眼的白光,接着是地动山摇的一声巨响,巷道炸塌了。第一层的几辆坦克砸穿第二层,又向第三层砸去……一连串的燃烧爆炸,日兵死伤惨重。俊清被横飞的铁轨当胸贯穿。伊平等几名日兵在火海中挣扎。

正书从炸得变了形的汽车中爬了出来,浑身血污,惊恐万分。

炸掉双腿的大二突然抓住了正书,正书一脚将他踢开。几名残余的日兵围拢过来。

远处传来苟龙的声音:"有活的!赶快投降吧!"

正书声嘶力竭:"苟龙!我不会输给你的!你永远走不出地下!永远!!"正书指挥日军进行反击。

苟龙、鲁斯兰扛着枪攀缘着烫手的钢筋向日军阵地爬去。

在一辆坦克后面,苟龙、鲁斯兰被敌人火力压得抬不起头。鲁斯兰的怀表掉了出来,他急忙去捡。苟龙大喊一声:"危险!"

鲁斯兰中弹倒在血泊中,苟龙把他拖到坦克后。

鲁斯兰奄奄一息:"我不行了……这个……打开!"他举起沾满鲜血的怀表,苟龙忙给打开。

鲁斯兰看着自己心爱的姑娘照片,微微一笑闭上双眼。

苟龙悲痛万分将照片往怀里一揣,拾起一挺机枪冲了上去。

几个回合,苟龙将正书周围的日兵全打死了。正书惊恐地边还击边撤退,苟龙紧追不舍。

竖井下　日

到处硝烟弥漫火光冲天。

走投无路的正书解开衬衣,拔出战刀,准备剖腹自杀。突然发现洞内的硝烟迅速往上走,循着硝烟寻找,发现一通风竖井被炸通,一缕淡淡的阳光射了进来。

正书拼命往上爬,偶尔有石块从洞口滑落。快到洞口了,正书死死拽住一条钢筋。突然,巨大的'祭坛'石块,砸了下来。

正书惊恐惨叫起来……

正书殷红的血从祭坛上排水的小洞里涌出。

祭坛上,血染的金鸢勋章。

苟龙、直美二人来到竖井下看到了正书可耻的下场。直美捡起金鸢勋章。

荀龙、直美二人艰难地向竖井上爬去……

竖井口　外　日

荀龙、直美终于爬出要塞,俩人筋疲力尽地躺在草地上。

四周是一片片美丽的五花山。

直美有气无力地:"我又看见蓝天白云了!"

荀龙:"你还想嫁给我吗?"

直美:"你不想娶我?"

荀龙:"娶!用马车接你。"

直美:"要两匹马拉的……"

荀龙:"四匹马拉的……"他俩渐渐地睡着了。

朦胧中,荀龙觉得有人来,猛地睁开眼睛,发现周围站满了苏联红军战士,他们的枪孔对着自己。荀龙突然意识到自己穿的是日本军装。

荀龙被带走了,直美哭喊着昏倒在地下。

直美仔细聆听地下传来的爆炸声。

两名农民把直美背走。

轮船上,直美失望地瞅着茫茫的大海发呆。

直美话外音:你被抓走后,我昏倒在地上三天三夜,地下的爆炸声也响了整整三天三夜,这是屈死在东宁要塞群十七万劳工愤怒的吼叫。被活活埋葬的不仅仅是劳工们的肉体,还有他们的思想、亲情、自由、善良和期盼。我被中国农民救了,后来回到了日本。我怀孕了,生下一个男孩,那是你的。不过非常抱歉,周围的环境不让我说真话,他们不相信有要塞,不相信发生的一切,包括最知道事情真相的岛村、荣雄,为了孩子我忍气吞声,我没勇气去找你。在我死前不能不一吐为快,全都告诉了贞子,让她去找你,你是她的爷爷,她有点像小辉……

荀龙仔细端详着贞子,泪水浸湿了信纸。

韩教授:"康义他们往要塞外挖,只有一个洞口挖通了,活下来三十一人,加上荀龙和直美,一共三十三人,其余的都窒息而死。呼兆生的儿子呼宝柱,最后还是没有保住,他害怕被处死的劳工家属报复,在极度的惊恐中自杀了!"

贞子噙着泪水,望着陈列室中劳工的白骨、神器、毒气弹、沾有血迹的"日之丸"和错综的巷道,陷入深深的思考中……

眼前浮现出日本内阁成员、众议员和千名民众凝视"日之丸"的升起,聆听"君之代"的鸣奏。岛村、荣雄等老兵穿着旧式军服坚定地大踏步前进。

荀龙将"日满一心一德"纪念章挂在毒气弹上:"这也是一枚毒气弹,它毒害的是人的良知。"

贞子将金鸢勋章也放了上去。

纪念碑旁　外　日

新建的劳工殉难纪念碑旁,少先队员们在雄壮的《义勇军进行曲》中举行庄严的队日活动……

贞子手捧松枝编的花环,轻轻地放在纪念碑前。

纪念碑上的鎏金大字:中国劳工死难者永垂不朽!

要塞　内

荀龙凝望着要塞深处……

幻觉:要塞深处闪出白光,伴随着强大的音乐和脚步声,呼兆生、鲁斯兰、金九、鲍老五等劳工们走出要塞。

字幕:绥北要塞被活埋的三千劳工仅逃出三十三人。

目前,东宁要塞群已挖掘发现永久性要塞阵地十一处,永备工事400多个,大型永备地下弹药库84个,飞机场9个……

1990 年 9 月 8 日于东宁一稿

1991 年 1 月 8 日于长春电影制片厂二稿

1990 年 7 月作者到出丸山要塞考察

发 财 执 照

场次：pre－1

景：楼群

时：夜

人：朱四

迷人的城市夏季夜晚。俄罗斯著名歌手维大斯的海豚音从闪烁万家灯火的楼群中划向瑰丽的夜空……

镜头扫过街道……停在一栋高楼的窗口。黑暗中朱四手持手电在室内四处搜寻……突然，屋里灯亮了，惊慌失措的朱四拿起台灯向来人投去……镜头离去，一声惨叫很快被海豚音掩盖。

场次：pre－2

景：街道

时：夜

人：马天行、兰鸽

路旁的俄罗斯歌舞厅,探戈舞曲环绕耳际,对对恋人翩翩起舞,情调怡人。

刚从路旁爱民街道办事处走出来的马天行、兰鸽来到露天小吃铺。

正在喝楂子粥的马天行:"兰鸽,你听这是什么歌?"

兰鸽;"俄罗斯最新流行的歌曲《要嫁就嫁普京这样的人》。"

马天行:"唱的什么乱七八糟的,听不懂!"

兰鸽:"唱的是一个少女决定要嫁普京这样的人,像普京强而有力的人,像普京不使她伤心的人,像普京不让她随便吃街头排档的人!"

马天行:"那是在俄罗斯,在中国普京一定会请女友到我们这张桌子吃饭,他会坐在我的椅子上说,中国的苞米粥最好喝,小姐你是世上最幸福的人!"

兰鸽:"你?"

马天行:"我的同学刘金亮现在在俄罗斯当上了使馆二秘。可咱当小职员的,一月工资够买几张舞票的?那点工资叫'三天乐',别愣充中产阶级!"

兰鸽:"不对呀!你一个月开得可不少!钱都哪去了?我比你攒的钱多,今天你不说清楚咱就拉倒!"

马天行:"这……"

兰鸽:"是不是找了个狐狸精?"

马天行:"这你就俗了!你目前还没成精。"

兰鸽:"一个大男人在社区上班,天天婆婆妈妈的,真没劲!"

马天行:"彼此!彼此!"

兰鸽:"你和我比!你有钱也行,没钱有房子也行!你有啥?没有钱的男人实在可怜。"

马天行:"咱俩的改行申请报告不是已经递上去了吗!一切都会有的。"

说完端起碗刚要喝,天上突然一声惊雷,下起了瓢泼大雨,桌上的小咸菜里很快注满雨水,整个桌面被雨水打得一塌糊涂,马天行不知所措。

兰鸽把碗一放:"天不让吃!"

马天行像变戏法似地递过一把油布伞。

兰鸽怎么使劲伞也打不开:"你这伞是康熙时的吧!"

马天行接过来用劲打,几经周折终于打开,"这伞认生。"

俩人在雨中慢慢蹚着,雨伞有一洞漏雨,正好浇在兰鸽头上,马天行刚把伞转过来,忽然来阵劲风,伞被吹断,伞面随风而去,马天行拔腿要追。

兰鸽气得一跺脚,拽住他,一指路边的市场铁床子,"到那去避避雨吧!"

马天行拉着兰鸽就往里钻,"嘭"地迎面挨了一拳,一个女的动静:"讨厌!"

马天行细看是一对恋人:"不好,满员。"

兰鸽落汤鸡似地:"跟你在一起,够了!"说完委屈地哭了。

马天行内疚地给兰鸽擦眼泪。

兰鸽一把推开:"你擦得尽吗?你改不了行,房子也没有,我等几年了,咱同学王冰都三婚了。咱俩还一婚不婚呢!就你无能!"边说边抹了一把雨水。"现在咱这对俄罗斯开放,那些干边贸的哪个没发财,二百多家公司你进不去一家。得,算我白说,你无能,你根本不是能挣能发财那种人,咱们分手吧!"

马天行:"真的分手?就那么拉倒?情深缘浅?还是……"

兰鸽坚决地:"还是现实点吧!总不能跟你当一辈子马路天使吧?"

马天行无言尴尬地挠挠头皮:"这是真的吗?没机会了吗?"

兰鸽热泪盈眶:"我是认真的!想了一个星期了!咱们等着来生

缘吧！除非你弄到房子！我只能再给你三天！最后三天！"说完挥泪
而别。

马天行愣了一会,突然自语道:"三天！我一定弄到房子！"说着用
光秃秃的伞把拼命抽打路旁的铁床子,那对恋人忽地钻出来,怒目
圆睁。

马天行仍在发疯地大喊大叫……

一高楼前,警车上的警灯闪烁,警察们忙碌着……

马天行浑身湿漉漉的惊奇地看着……

一个担架上抬着个人,殷红的鲜血和着雨水淌落在地上……

场次:pre-3

景:街道

时:晨

人:马天行等

马天行睡眼惺忪穿着皱巴的衣裳,神情倦怠、漫不经心地在街上
走着……突然发现一居民楼下围着一群人,马天行急忙凑了过去。只
见一张广告上写:因生意急用钱,405室血本大甩卖,欲购从速！

行人甲:"听说5万块就卖！"

行人乙:"好货不便宜,便宜没好货,昨晚刚发生一起凶杀案。"

行人甲:"这么说是凶宅！"

马天行看看广告,又看看周围的人,略一思忖,转身走进居民楼。

居民楼内一位当官模样的中年人接待了马天行。

马天行:"这可是凶宅,你看价格上……"

中年人:"这是我们单位公房,还有很多职工想要呢！凶宅,凶宅
咋的啦？能住就行,告诉你有不信邪的！成本价十五万！一分钱都不
能少！"

马天行:"不是说五万就卖吗？十五万,上哪弄十五万去！我只有四万。"

中年人:"只有四万？你来凑什么热闹！再借点去。"

马天行摇摇头:"这四万还得靠公积金贷款。"

中年人:"穷鬼！四万成交,办手续去吧!"

马天行:"这家具?"

中年人:"送给你啦!"

马天行欣喜若狂……

场次:pre−4

景:街道办公室内

时:日

人:兰鸽、马天行

兰鸽在擦办公桌。

马天行急匆匆地进来,激动得一句话不说只是笑,拉着兰鸽就走。

兰鸽莫名其妙地:"你要干什么!"

马天行掏出一把钥匙:"我们有房子啦!"

兰鸽:"真的?!"

马天行:"花园小区 B 座 405 室。"

兰鸽:"405？这号怎么这么熟……对啦！有部电影叫《405 谋杀案》,不吉利。多钱买的？哪弄的钱？你中'体彩'还是'福彩'啦!"

马天行:"先看房子!"

场次:pre−5

景:405 室

时：日

人：马天行、兰鸽

马天行、兰鸽一前一后走了进来。

兰鸽："天行，上楼时别人咋用那眼神瞅我呢？"

马天行："你长得标致……"

兰鸽："不对！"

马天行："是羡慕咱们买上了楼房！"

兰鸽："也不对！"

马天行："是妒忌！绝对没错！妒忌你找到我这样能干有作为的大好人！"

兰鸽："拉倒吧！就你那两下子，亏你能说出口，他们好像害怕咱们似的，禽流感！像躲禽流感似的躲咱！我问你这房子怎么来的？"

马天行："买来的呗！还能大风刮来的？"

兰鸽："这房子至少十万，钱哪来的？抢银行还是砸金店啦？"

马天行："你审我呢？你限我三天弄到房子，弄来了还不放心，虽然是二手货，房子质量没说的。"

兰鸽望望房屋四周："还真不错，你要是早弄来，省得我昨天说那么多绝情话。别生我的气啦！"

马天行："你看看这家具也不错，咱全买了。"边说边打开一抽屉，猛地发现里面有一件沾满血污的T恤衫，马天行赶紧关上抽屉。

兰鸽："怎么啦？"

马天行："没什么？我有点渴，买瓶饮料去。"说完转身出去。

兰鸽独自站在阳台上，俯视街道，脸上露出幸福的微笑。

一胖婶走了进来，"人呢？"

兰鸽忙迎上前去："你找谁？"

胖婶："这房子你买了？"

兰鸽摇摇头，又点点头。

胖婶:"你住这?"

兰鸽点点头。

胖婶遗憾地摇摇头:"多漂亮的姑娘……啧、啧……"

兰鸽不解地:"住这怎么啦?"

胖婶:"你不害怕、不做噩梦吗?昨晚那人就被杀死在你站的那个地方,那样子别提有多吓人!"

兰鸽一激灵:"啊!"惊呆的兰鸽一个趔趄倒在地上,一把扶住桌子,手上沾满了血污。兰鸽看着手上的黑血,惊恐万状,夺门而逃……正好碰到买饮料回来的马天行。

马天行:"怎么啦?"

兰鸽一抬手:"这是什么?"

马天行:"家具油漆没干!"

兰鸽:"你还骗我!"一把将马天行手中的饮料打在地上,怒目圆睁,"以后永远别来找我!"转身走了。

胖婶在旁若无其事地:"小马呀!你俩有没有生育指标……"

马天行没有搭理追了出去。

场次:pre-6

景:街道办公室内

时:日

人:兰鸽、马天行

马天行神情沮丧与对桌坐着的兰鸽相对无语……

马天行:"死过人的房子多啦!年纪轻轻的想得那么多不累吗!"

兰鸽:"借我十个胆我也不敢住呀!你怎么一点不考虑我的感受,这是对我人格的侮辱。三天已过,没有物质基础的感情已失去存在的必要。"

马天行："我一个大活人不是你说的物质基础吗？跟我过还是跟钱过！"

兰鸽："我并不是见钱眼开、视钱如命的人！我只要求有一个房子，一个不需要多么华丽的地方，有一个属于自己的小天地！要求高吗？"

马天行："这事一点没缓吗？"

兰鸽痛苦地点点头……

王主任走了进来："怎么怄气呢？早晚是夫妻何必呢！"

兰鸽："夫妻？哼！我这辈子绝不能嫁给他这样的。"

马天行抗议地："怎么这样说话，得，咱也是兔子不吃窝边草。"

兰鸽："哼，穷酸！"

马天行也没好眼神："我只穷不酸！一点不酸！不信你闻闻！"

兰鸽："烦人！"

马天行："烦人？我们都是凡人，不是神仙！我要是神仙，别说一栋房子，就是十万百万的……"

王主任："快别吵了！马天行穷点不是毛病，闲时多琢磨点来钱道。你们的改行申请我已递上去了！"

马天行："哼！我明天就下海挣钱去！"

场次：pre－7

景：街道

时：傍晚

人：大老肥、兰鸽、大伟、米沙、左经理、马天行

繁华的夜市，"大老肥"拿着几副长筒丝袜子紧跟着几位俄罗斯妇女，不时地喊着："欠欠！"（交换的意思）。

兰鸽跟着新男友大伟逛夜市。

正在选购水果的"福星公司"客户米沙,被兰鸽的美貌吸引住了,痴呆地盯着发愣,公司左经理见状拽走了米沙。

不远处马天行穿着不合体的白大褂,满脸被烟熏得漆黑。他极不熟练地在烤着羊肉串,样子十分滑稽。并不时地吆喝两声。

兰鸽来到摊前,头也不抬:"来四支。"

马天行一愣:"很愿意为您和您的 DEAR(亲爱的)服务。"

兰鸽惊讶地:"怎么? 你、你下海了?"

马天行:"没有,只是挽上裤腿在海边溜达溜达! 您的到来,使我倍感荣幸,肉串生辉。"说着挑了四串烤得又小又焦的肉串,洒些盐递了过去。

兰鸽咬了一口,难吃得直咧嘴:"你的肉串上的灰确实不少!"

一辆"卡玛斯"车旁,"大老肥"将白酒、袜子等东西递给一俄司机,又从俄司机手里接过推来的汽车轮胎,得意地轱辘着走。走着走着来到下坡,一不留神,轮胎顺着坡直滚下去……

朱四正将车停住,推开车门想下车,一个轮胎重重撞在身上。他摔倒在地上。

"大老肥"跑了过来,慌忙扶起朱四,"哎呀,朱老板,你醒醒,醒醒呀!"

朱四猛睁双眼,一记耳光打在"大老肥"脸上,"王八蛋! 眼瞎呀!"

"大老肥":"朱老板,息怒,息怒!"

朱四瞥了一眼轮胎:"又赚了多少钱?"

"大老肥"傻笑道:"嘿嘿! 能净赚一百五。"又讨好地。"又认识了几个新客户,介绍给你。"

朱四:"你的客户都跟你一样又笨又蠢,别他妈的鼻子大的就是客户,小打小闹。今天换十斤铜,明天再挤兑点轮胎、汽油什么的,这不行! 我要的是能弄到俄罗斯经贸部出口许可证的客户,能干大买卖的。"

"大老肥":"你的饭店不挺红火嘛!还干大的?"

朱四:"你也不知道什么叫发财!有了许可证,就能经营紧俏商品,那才叫发大财呢!"

"大老肥":"那我帮你弄!给钱就行!"

朱四鄙夷地看他:"哼!你?"不停地摇摇头。

场次:pre-8

景:街道办公室内

时:日

人:兰鸽、马天行

兰鸽刚坐下,朝对面马天行愤愤地:"谁给我擦桌子啦?"

马天行:"学雷锋是不留姓名的。习惯真不好改!"

兰鸽:"你的羊肉串,能使人产生上厕所的欲望。"

马天行:"多谢夸奖,你的新朋友给我的感觉也是如此。"

兰鸽:"吃醋了?酸掉几颗牙?这叫魅力无法抗拒!不像有些人,爱情困难户!"

马天行:"男朋友换的跟日本首相似的!"

兰鸽:"昨晚在凶宅住的吧?"

马天行:"睡得挺好挺香,咋的?"

兰鸽:"跟屠宰场出来似的,瞅着都瘆人!"

画外一声音:"马天行你的信。"

兰鸽:"不会是情书吧?"

马天行接过信:"是孙豆豆的!我包的那片里的一个孩子。"

兰鸽:"无亲无故这么热乎!是你的孽债吧?"

马天行有些恼怒:"你嘴怎么这么损!"

画外一声音:"主任让你俩去一趟。"

兰鸽、马天行神情都有些忐忑不安。

场次:pre-9

景:主任办公室

时:日

人:兰鸽、马天行、王主任

兰鸽、马天行不安地坐在王主任面前。

王主任:"告诉你们一个好消息,你们的改行申请被批准了。"

马天行、兰鸽惊喜万分。

王主任:"别想得太简单!委里为筹款建老年公寓,抽调你们俩到福星边贸公司去实习,再挂靠一个分部,经营所得六成要交到委里,建成老年公寓后,你们可以再回来。当然喽!委里要为你们提供部分资金,这点钱可是委里的命根子!稳点干!可别赔了。你们还都年轻,兰鸽还会俄语,去吧!到经济的海洋中游泳去吧!"

兰鸽:"天啊!我们改行啦!这就叫下海吧?"

王主任:"注意,别呛着!"

马天行:"我会狗刨。"

马天行、兰鸽激动万分,忘乎所以,竟手拉手,欲做拥抱状,蓦地猛醒,又相互嗤之以鼻。

场次:pre-10

景:略

时:日

人:马天行、兰鸽

——马天行、兰鸽走进"福星边贸公司"。

——业务人员培训。马天行阅读大量的合同样本、边贸法规。

——兰鸽与俄罗斯人会话。

——两张出国护照,马天行、兰鸽得意的面孔。

场次:pre-11

景:公司办公室

时:日

人:马天行、兰鸽、左经理

左经理给马天行、兰鸽交代工作。

左经理:"业务进修得怎么样了?"

马天行:"可以出去试试。"

左经理:"我们公司可是联合舰队,一切开销自负盈亏。你俩是公司第八分部,这次去最近、最好开展工作的海参崴,先去实习一下。一定要出师得利,首战告捷,最少给我签两万美元的合同回来。我看你俩先选个组长,谁做过生意?"

兰鸽摇摇头。

马天行:"我卖过羊肉串。"

左经理一拍马天行肩膀:"组长是你了!"

米沙不知什么时候进来了,他痴呆地瞅着兰鸽。

左经理忙介绍道:"这是我们的客户,俄罗斯滨海渔业边贸公司业务员兼司机米沙先生。"

兰鸽跟马天行耳语:"米沙是'小熊'的意思。"

马天行:"我看长得有点像。"

米沙主动与兰鸽握手,兰鸽顺手递过一个苹果,米沙尴尬地接过苹果。

场次：pre－12

景：中俄贸易市场

时：日

人：大老肥、大玉

室内装潢华丽，中外顾客很多。

"大老肥"从一摊床前接过拾元钱："你放心，我的消息没错，就告诉你一个，福星公司要出国，快去送货吧！"

"大老肥"又转到大玉的摊前："大玉，想发财吗？"

正在整理货的大玉："谁不想发财？去！又想骗你姑奶奶，擦鼻涕玩去吧！"

"大老肥"："不逗你，我就告诉你一个人，信息绝对可靠！"

大玉递过拾元钱："少废话，哪儿？"

"大老肥"忙低头耳语了一会儿。

场次：pre－13

景：公司门口

时：日

人：大玉、马天行、兰鸽、左经理等

十多辆三轮车拉着各式各样尼龙大包在门口等候。

大玉愤怒地："'大老肥'这王八犊子，告诉这么多人。"

门开了，左经理等四人走了出来，见此情景，怔住了。他们立刻被摊主们团团围住。他们不知该先应付谁。

"要我们的货吧！可以先拿货，回国再付款。"

"我的货，俄罗斯人最喜欢。"

"免费送货到海关。"

马天行不解地看着左经理。

左经理:"带包过去,出国费用就能挣回来。"

马天行猛然发现不远处有一黑铁塔般的汉子,用骇人的目光盯着自己,不免有些恐惧。

大玉拼命挤到马天行跟前:"咱老同学,不认识了?"

马天行迟疑一下,摇摇头。

大玉:"忘了? 还在一个炕上睡觉呢!"

兰鸽轻声地:"恶心!"

大玉:"在幼儿园中班时,你忘了?"

马天行:"啊! 你是大玉! 就要你的货。"

大玉高兴地卸货。其他摊主们愤愤不平地离去了。

场次:pre-14

景:略

时:日

人:略

随着欢快的音乐,一列国际列车驶出国门。车窗外,辽阔的原野,山林中美丽的俄式乡村别墅。

场次:pre-15

景:海参崴街道

时:日

人:马天行、兰鸽、米沙

中国劳务人员很多,让人感觉不到这就是符拉迪沃斯托克(海参崴)。

    米沙朝马天行大喊:"兰鸽多吗?"

    马天行:"不多,就一个。"

    兰鸽:"他是问我在没在!"

    米沙领着马天行、兰鸽朝一饭店走去。

场次:pre-16

    景:饭店

    时:日

    人:米沙、马天行、兰鸽

    米沙宴请马天行、兰鸽……

    第一道菜是土豆拌奶油,米沙吃得津津有味。马天行、兰鸽像吃药一样慢慢往肚里咽。

    米沙望着兰鸽(俄语):"你太美了。"

    马天行:"他说什么?"

    兰鸽:"这饭挺好吃。"

    马天行:"像猪食。"

场次:pre-17

    景:街道一

    时:日

    人:马天行、兰鸽、米沙

    马天行三人散步。

    马天行:"市场在哪?"

    兰鸽:"离开我就没辙吧?"

马天行:"要服从领导。"

这时走过来几个俄国人,见马天行的夹克衫很不错,围拢过来。

一个大胡子(俄语):"夹克衫可以卖给我吗?"

兰鸽(俄语):"当然可以!"

大胡子将钱塞给兰鸽,上去就扒下夹克衫,马天行大喊大叫挣扎着。

兰鸽在一旁开心大笑。

马天行恼怒极了,拿出一本《俄汉巧对话》,"我有这个,不用你翻译。"说完独自走了。

兰鸽急了,前去追赶,追了半天,已不见马天行的踪影。

米沙(俄语):"我们单独在一起,多好哇!"

兰鸽(汉语):"厚颜无耻。"转身走了,米沙急急跟上。

米沙(俄语):"什么是'厚颜无耻'?"

场次:pre-18

景:街道二

时:日

人:马天行等

马天行无目的地溜达,走走停停拿着《俄语巧对话》结结巴巴问这问那。

一会儿来到鱼摊前,马天行拎起三条鱼:"多少钱?"

小贩(俄语):"中国钱两元。"

马天行很高兴:"太便宜了。"给完钱拎着就走,突然感到后面有人追,回头一看很多小贩子拎着鱼直喊:"欠欠。"

马天行吓得仓皇逃走,后面人紧追不舍,自己走投无路,也不认识俄文,一头钻进一女厕所,迎面被几个俄国妇女赶了出来……

场次:pre-19

景:客房

时:日

人:米沙、马天行、兰鸽

天色已晚。

兰鸽(俄语):"马天行还没回来,得通知警察,万一出事……"说着眼泪出来了。

米沙用手帕去擦:"他的安全你放心,我已经通知警方了。"本来不多的眼泪,米沙擦个没完。

正在这时,马天行拎着鱼进来,见此情景大喊一声:"兰鸽,别电着!"

兰鸽:"刚想写寻人启事,怎么回来的?"

马天行指指身后一警察:"把鱼做了,毛子菜受不了。"拿起《俄语巧对话》一本正经地学起来。"爸爸多吗!(俄语:爸爸在家吗?)妈妈多吗!兰鸽多吗!多吗?……不多,就一个,老毛子你少跟我抢!"

场次:pre-20

景:饭厅

时:日

人:马天行、兰鸽、米沙

兰鸽把做好的鱼放在桌上。

米沙闻着味走了过来(俄语):"中国菜,太香了。我可以尝尝吗?"

兰鸽:"嗒!(可以)"

米沙三下五除二吃了一条,趁兰鸽没注意又吃了一条。

马天行进来时,盘子里只剩三条鱼刺。

米沙一个劲地:"对不起,中国菜太好吃了。"

马天行:"兰鸽,你就这样对待我,虽然不是对象了,咱们还是同胞吧!"

场次:pre-21

景:会议室

时:日

人:马天行、兰鸽等

双方客商谈判。

马天行很高傲地:"我们中国,地大物博,什么也不缺……(兰鸽翻译),相比之下……你们就像我们'文革'时期……"

兰鸽:"你说这些干什么?"

马天行:"让你翻译就翻译……像'文革'期间,什么都排队凭票供应。"

兰鸽只好翻译。

俄客商们面面相觑。

场次:pre-22

景:火车上

时:日

人:马天行、兰鸽

兰鸽抱怨地:"白来一趟,什么合同也没签成,看你怎么过左经理这关,干啥都不行,就知吹大牛。"

马天行:"进行爱国主义教育,要渗透国界嘛!成绩也不小。"一不小心将一束鲜花碰掉,"这花是米沙送的,我看他眼神不对。"

兰鸽:"穷酸!组长,你也管得太宽了了吧。"

马天行:"来自莫斯科的爱情是靠不住的。"

兰鸽堵住耳朵:"我不听,我不听!"

场次:pre-23

景:公司办公室

时:日

人:马天行、兰鸽、左经理

马天行、兰鸽耷拉着脑袋。

左经理一拍桌子:"你们单位拿钱让你们旅游去啦?一笔生意没做,公司拿什么给你们开支!干边贸是能发财,分这分那,分住房,分摩托。可你们干了些什么?一年二十万的任务能完成吗?"

马天行懊丧地:"这全是我组长的责任,我一定好好干,早日为单位赚钱发财。"

兰鸽:"我翻译水平低,不服从领导……"

左经理:"检讨有什么用,你翻译水平可不低。兰鸽,明天跟我出国。"

突然,门开了,挤进一群人。

左经理忙笑脸相迎:"来,来,马上兑现。"给每个人发了一个大红包。大伙高兴地嚷着要下饭店。

大伙羡慕地看着左经理将钥匙递给业务员甲、乙。

有人议论:"知道不,这小子一下子就做成了三百万元的买卖净赚二十七万!"

其中一个:"还不是靠十年动乱时跑过去的舅舅帮忙。"

大伙一阵掌声,业务员甲、乙笑盈盈地接过钥匙。

马天行、兰鸽心里很不是滋味,惭愧地低下头。

有人议论:"新来的那两个得多少钱?听说经理把最好的伙伴让给他们了。"

其中一个:"他俩?哼!连毛都没得,咳,这年头,怎么是人不是人都想干'边贸'都想下海发财呀!"

另一个:"也不拿天平称称、豆饼照照,是那块料吗!"

其中一个:"他们单位领导还指他俩挣钱补贴建什么老年公寓呢!废物一个!领导算是瞎了眼!"

马天行气愤地握紧拳头,兰鸽羞红了脸在苦思冥想。

马天行突然发现窗外那个"黑铁塔"正盯着自己,有些莫名其妙。

场次:pre－24

景:中俄贸易市场

时:日

人:马天行、大玉等

典型的俄罗斯建筑,巨大的立体牌匾,成千上万的人,手拿各种小商品在翘首企望。

"来了、来了!"人群有人大声喊叫。

四辆豪华大客车载着满满的俄罗斯商人开进了广场,人们蜂拥着,高喊:"欠欠。"

"大老肥"拿着化妆品挤在人群中。

马天行远远地看着热闹。大玉不知从哪儿凑了过来:"马哥!不去换点?"

马天行:"小打小闹。没劲!"

大玉:"出去挣着钱啦?"

马天行神气地:"实不相瞒,过去一趟,净赚三万多。"

大玉不相信地摇摇头:"别拿老同学开涮!"

马天行:"怎么?不信,我们公司都奖励我们小组了,不过我就跟你一个人说,别给我瞎传。"

大玉:"你们男人怎么都这口气。"说完转身就往人群中跑去。

一个广东客商走了过来,怪声怪气地:"你是对面福星公司的吧!我是广州客商!"说完递给马天行一张名片。

马天行看了看名片:"你是龙厂长?"他紧紧握住对方的手,疼得那人直咧嘴。

龙厂长:"不要客气嘛!你们生意最近怎么样?我们厂有两万套运动服能帮我推销吗?"

马天行:"龙厂长,你可找对人啦!不瞒你说,前几天过去一趟,一天就签了十万元的合同,这事我跟你说了,出去别乱说,别当经济间谍。"

龙厂长:"你一定得救救我们厂子,你看有什么问题?好处是少不了你的。"

马天行:"没问题,我答应你就是啦!"

龙厂长:"够义气!这事就由他跟你联系。"说完一指身后的"黑铁塔","这是我的保镖。"

马天行一见"黑铁塔"惊惧万分。此时黑铁塔已握住他的手,他疼得边甩手边吸凉气。

场次:pre - 25

景:公司办公室

时:日

人:大伟、左经理、马天行

马天行余惊未消,坐在桌前,发现桌上有自己一封信,是来自俄罗斯的,惊讶不已,忙打开细读。

画外音:老同学您好,我是刘金亮,现在驻俄大使馆工作,好久没来往了,很是挂念,今寄上由俄罗斯经贸部与远东某企业签发的三千吨红铜出口许可证,但愿能给你带来好运,预祝发财!

马天行惊喜万分"嗨!"地双手捧起打印着密密麻麻的俄文证书,目光落在三个蓝色俄文官印上,兴奋得手舞足蹈。又发现背面有一个红红的唇纹。

马天行自言自语:"这刘金亮是男的,怎么有口红印呢?"

兰鸽的男朋友大伟醉醺醺地进来,虎视眈眈地:"兰、兰鸽呢?"

马天行:"又没花钱雇我看着。"

大伟一把抓住马天行:"哼!我知道你们前几天一齐出国!"

马天行:"放心,我们不会旧情复炙的。你可千万别碰坏这张纸,知道吗?这张许可证,把你卖了都抵不上。"

大伟:"兰鸽呢?我怎么就找不着她?很长时间啦!"

马天行:"她陪我们经理去海参崴了。"

大伟:"什么时候回来?"

马天行:"她陪我们经理出去的,外国风光那么美,人又是那么热情并多情,没准一年不回来。"

大伟担心地:"这,这……"

马天行:"别担心,兰鸽的人品,保证不能给你带来艾滋病。"

大伟惊恐地;"艾滋病,艾……"说着惊慌失措地走了。

马天行美滋滋地看信,左经理推门进来。

马天行忙站起来:"经理你回来了,兰鸽呢?"

左经理:"复印合同去了,这回签了不少。"

马天行骄傲地把信递给左经理。

左经理漫不经心地接过来,谁知越看越激动:"想不到,真想不到,你还有这么张王牌呢！行啊！算算,每吨纯挣九百元。"

马天行:"十吨九千块。"接得很快。

左经理:"百吨九万块。"

马天行:"千吨九十万块。"接得更快。

左经理:"三千吨二百七十万块,哈哈,二百七十万元,你发大财啦!"

马天行吃惊地:"二百七十万? 天文数字,绝对天文数字。"有些口吃,险些昏倒。

左经理:"你想发财还得听我的,有了许可证还得有本钱去做。"

马天行:"这好消息得告诉王主任,我们的老年公寓有希望了。"

左经理:"慢着! 别吃独的!"

场次:pre – 26

景:公司门口

时:日

人:兰鸽、米沙

一辆"卡玛斯"汽车停在公司门前,兰鸽走下车来(俄语):"再见!"

米沙用生硬的汉语:"再见!"

米沙美滋滋地欣赏兰鸽的背影。

场次:pre – 27

景:公司办公室

时:日

人:兰鸽、左经理、马天行、大玉

兰鸽走了进来。

左经理:"马天行这小子发横财了!"

兰鸽故作惊讶的样子:"是吗?"

门外有人喊:"兰鸽来接电话!"

左经理语重心长地:"天行,这笔买卖一定给咱公司做,别看我签了一堆合同,唉!酒肉穿肠过,就是不过货,合同一大堆,都是瞎胡吹。"

马天行:"一定让咱公司做。"

突然兰鸽哭着冲进来,趴在桌上哭泣。

左经理:"怎么啦?失恋了!哼!现在的年轻人!"

马天行:"哟,跟我分手时,咋没这么伤心呢?"

左经理:"哎呀!你少说两句吧!"

大玉来了,衣着考究,浓妆艳抹,很是俗气。她很大方地坐在椅子上。

马天行先是皱皱眉头,接着眼珠一转,马上装出热情的样子:"大玉,怎么才把你盼来?"

大玉娇嗔地:"打了几次电话都不通,下班我请你吃晚饭,我来车接你。"说完要走。

马天行斜眼观察着兰鸽,又问大玉:"忙什么呢?坐会儿吧!"

大玉:"我先去把货处理完,拜拜!"说完了走了。

兰鸽:"哼!恶心!"

马天行学兰鸽的样子:"吃醋了?酸掉几颗牙?这叫魅力无法抗拒!不像有些人,爱情困难户口!"

兰鸽哭得更凶了。

左经理:"别说了!不好好劝劝,还挖苦人,你俩干脆和好吧!马天行你也别太风流。"

马天行:"风流!男人风流没啥,只要别下流,唉!谁让我赶上改革的浪潮呢！再说，我也宣布过……"

兰鸽"呼"地站了起来："马天行，你不就是'兔子不吃窝边草'嘛！我还好马不吃回头草呢！我坚信天涯处处有芳草！"说完痛哭着跑出去。

马天行呆若木鸡。

左经理："天行，你快把她追回来！"

马天行闻言猛地追了出去。

场次：pre-28

景：街道

时：日

人：大老肥、兰鸽、朱四、马天行

两名俄罗斯小姐在门口招揽生意。

朱四西装革履、神气潇洒地站在门口。

一辆拉达客货车，拉着一桶柴油，停在朱四面前。

俄司机拿出纸笔，在上面写阿拉伯数字。

俄司机指着"二百"。

朱四："不，不，聂特（不）！一百！"

俄司机坚定地指着"二百"。

朱四："知道吗？那是汽油的价，这是柴油、柴油！"

俄司机鸭子听雷，还指二百。

朱四十分焦急："聂特（不）！这是柴油。"

俄司机同俄小姐嘀咕了一阵，不肯让步，仍坚持二百元的价格。

朱四用拳头直砸车轮："聂特（不）！聂特（不）！"接着朝围观的求救似地，"有谁会俄语，帮帮忙。"

兰鸽无精打采地从人群中挤了过来，朝朱四点点头，朱四忙把她请到俄司机面前。

兰鸽(俄语):"俄罗斯朋友,在我市交换汽油,价格是二百元一桶,柴油只是一百元。"

俄司机恍然大悟:"(俄语)噢!我明白了,一百元成交。"他点点头伸出一个指头。

朱四堆满笑容:"小姐,实在感谢,我叫朱四,是这家饭店的老板,请你尝尝俄罗斯风味,不成敬意。"

兰鸽抬头看了看这位英俊潇洒的小伙子,摇摇头:"很抱歉,我还有别的事。"忽然她在人群中发现马天行正直勾勾地盯着自己。

朱四:"哪能不去,小姐请赏个面子。"

兰鸽瞅瞅马天行,像是在示威,一甩长发,拉着朱四:"那就不客气了。"

兰鸽、朱四往饭店里走,马天行紧紧跟随在后面。

兰鸽回头瞅了瞅:"朱老板,后面有个无赖,纠缠我一天了,帮忙把他赶走。"

马天行正闷头往里走,身材高大的朱四拦住了他的去路:"怎么?想单挑,就你这德行长得跟葛优似的,吃国家标准粮不长标准样。"

马天行不示弱地:"什么意思?"

朱四一把抓住马天行的脖领子:"你给我滚!滚!"说完举拳便打。

兰鸽见事闹大了急忙拦住:"别打,他是我们单位的领导。"

朱四:"领导?!"放下拳头,满脸堆笑:"请,请进!"

场次:pre-29

景:饭店大厅

时:日

人:马天行、兰鸽、朱四等

朱四:"兄弟在哪儿发财呢?"

马天行:"福星公司。"

朱四眼睛眨了眨:"二位吃点什么? 有熏烤大马哈鱼片,蟹肉罐头
……"

两名俄罗斯小姐送上菜谱。

兰鸽:"雇一名俄罗斯打工妹,每月工薪多少?"

朱四:"一千元。来,喝茶,喝茶。"

马天行把文件夹放在桌上,接过茶杯:"别客气! 喝口水我们就
走。"他怕被宰。

朱四把电扇打开,一股劲风把文件夹中的许可证吹落到地上,谁
也没发现。

许可证随风飘了起来,向里面单间飘去,仍无人发现。

场次:pre-30

景:饭店雅间

时:日

人:大老肥

"大老肥"有滋有味地啃着烧鸡,时而呷口酒,独自一人消遣。

许可证从外间飘了过来,落在"大老肥"身旁。"大老肥"看也没
看拿起来擦了擦手,团成一团,扔到墙角。

场次:pre-31

景:大厅

时:日

人:马天行、兰鸽、朱四

正在品茶的马天行突然发现文件夹里的文件掉了一地,许可证不翼而飞,顿时惊慌失措:"许可证没了,兰鸽,你看见许可证了吗?"

兰鸽心中有气:"丢了活该!"

马天行四处寻找:"完了,全完了,那可是二百七十万元呐!"

朱四:"什么东西那么值钱?"

马天行:"俄罗斯经贸部的一张三千吨红铜的出口许可证。"

朱四睁大眼睛:"真的! 三千吨,二百七十万? 你也有许可证! 请问你家在哪住?"

马天行:"花园小区 B 座 405 室,你问这干什么?"

朱四略有所思:"没什么! 没什么!"

马天行急得大汗淋漓:"兰鸽,刚才会不会掉道上,帮我找找。"

兰鸽不紧不慢,看马天行那副样子,颇觉可笑:"看你急的,不就是一张破纸吗? 走吧!"

马天行和兰鸽急匆匆地走了出去。

"大老肥"从里间走了出来,抹抹嘴巴:"出什么事了?"

朱四:"有个傻小子把价值二百七十万元的许可证弄丢了,没准就丢在我们屋里。"

"大老肥":"许可证是什么样的?"

朱四:"他们说是一张纸。"

"大老肥":"一张纸?"猛地转过身去走进里间。

一会儿,"大老肥"拿出一团纸慢慢打开:"是这个吧?"

朱四看见三个蓝色印章,一拍大腿:"正是。哥们,发财啦! 让我找得好苦呀!"

"大老肥"乐得合不拢嘴:"这可是我发现的。"

朱四:"在我的屋里,什么不是我的? 看被你弄成这样,用抹布擦净再吹干。

"大老肥":"那五、五开!"

朱四:"三七开,我七你三。"边说边将许可证放在电风扇旁吹。

"大老肥"猛推一把:"不行! 五、五开!"

朱四一个趔趄,许可证又飘到空中。

朱四急喊:"快抓住,抓住。"

"大老肥"只顾抬头看,一下子扑在一大盆羊肉汤上,弄得人翻盆飞。

朱四由外间追到厨房,正巧撞上端着西餐的俄罗斯小姐,被奶油糊满了脸。

许可证在空中飞舞着,向窗口飘去。

朱四:"快! 快关窗,关电风扇!"

场次:pre-32

景:饭店门口

时:日

人:马天行、兰鸽、朱四、大老肥

马天行、兰鸽神情沮丧又转了回来。

兰鸽:"又转回来啦! 死了那份心吧!"

马天行懊丧地:"完了,完了,全完了。"呆滞的目光盯在窗口,突然从窗口飞来一张纸,紧接着"大老肥"一半身子窜出窗口,卡在上面。

马天行:"谢谢你们!"他接过许可证。

兰鸽:"哎呀,如今这雷锋还真多!"

朱四无奈地:"不用谢,刚才找到的,正想给你送去呢!"

马天行接过许可证:"多谢了!"

马天行和兰鸽走了。

朱四望着他们的背影,边跺脚边吸口凉气,心疼得直咧嘴:"妈的! 煮熟的麻雀飞了!"

场次：pre-33

景：饭店大厅

时：日

人：朱四、大老肥

朱四进饭店,没好气地一把拽出卡在窗口里直蹬腿的"大老肥",上去就是一拳。

"大老肥"怒不可遏,重重地回敬了一拳,俩人厮打在一起,在洒满肉汤的地上滚来滚去。

厨师拿着勺子从里面出来,见经理与"大老肥"打起来,大喊一声:"经理看我的!"他拿着勺子比量来比量去,无奈那两人来回翻滚,终于他一勺子重重地打在"大老肥"的头上。"大老肥"瘫软在地上。

朱四松了口长气,费力地爬起来,拍拍"大老肥"的胖脸,"大老肥"无动于衷,朱四慌了,忙取出冷水浇,"大老肥"呻吟着醒了。

朱四:"咱们不打了,好好谈谈吧!"

"大老肥":"多好的发财机会,让你给丢了!"

朱四:"不行,我们一定要把那张发财执照弄到手。"

"大老肥":"三七开? 不行!"

朱四:"那就四六开! 不能再变了。"

"大老肥"想了想:"三哥拉西!(同意)"

朱四:"你三哥肚子坏了。"

"大老肥":"你三哥才肚子坏了呢! 三哥拉西是俄语同意的意思。你要是能给我弄五十支老毛子猎枪,我一定给你把执照再偷回来!"

朱四:"真的?"

"大老肥":"老子一言,十匹马难追!"他拍拍满是肉汤污物的胸膛,污液溅了朱四一脸。

朱四皱着眉头,闭上眼睛:"行,五十支猎枪! 不过,那可是犯罪呀……"

"大老肥":"你啥坏事不敢干! 啥坏事没干过呀! 装呢!"

场次:pre-34

景:街道

时:傍晚

人:马天行、兰鸽、大玉、朱四、大老肥

从俄式单孔望远镜看到,大玉拦住了马天行、兰鸽,兰鸽一见大玉,扭头就走。马天行刚要去追兰鸽,又被大玉拦住,连拉带拽地往路旁一幢居民楼里走。

朱四放下望远镜,朝"大老肥"使了个眼色,"大老肥"拿着绳子,两人跟了过来。

场次:pre-35

景:大玉家

时:傍晚

人:马天行、大玉、朱四、大老肥

室内装潢华丽,家具新潮,灯光幽暗,很有几分情调。

大玉:"你那位女同事怎么那样,好像天下男人都想娶她似的,那么牛!"

门铃响了,大玉忙去开门。

化了妆的朱四阴阳怪气地:"小姐,巴蜀公司往哪走?"

大玉:"花园街六号。"

朱四:"花园街怎么走?"

大玉走到走廊窗前比画:"前面的白楼往右拐就是。"

趁这时,头戴面具的"大老肥"一闪身躲进了屋里。

朱四点头哈腰:"多谢小姐喽!"转身走了。

大玉低声地:"哼! 不阴不阳的。"

场次:pre－36

景:卫生间

时:夜

人:大玉、大老肥

"大老肥"闪进卫生间。

大玉略有发觉,打开了卫生间,"大老肥"大气不敢喘,躲在浴缸的防水帘后。大玉见无异常进客厅去了。

场次:pre－37

景:客厅

时:夜

人:马天行、大玉、大老肥

马天行惊奇地看着室内布置,无意中用手碰到一个不倒翁,不倒翁发出阵阵怪笑:"嘿嘿哈哈,恭喜发财,恭喜发财……"马天行觉得很有趣。

大玉走了进来:"好玩吗? 送给你啦!"

马天行拿起端详着:"那我就不客气了"

大玉将一张激光唱片塞进组合音响里,柔曼的探戈舞曲立即萦绕室内。

乘马天行、大玉闲谈之际,一条黑影闪进室内,离马天行很近,借变幻的灯光终于看清在茶几上的文件夹,一只手用鱼竿似的东西像钓鱼似地把它钓了过去。

黑影子拿起皮夹,慢慢向阳台爬去,大玉突然从镜子里看到蒙面黑影在阳台上系绳子,吓得脸色苍白,忙扑到马天行怀里,马天行一愣急忙推挡。

大玉伏在马天行耳旁耳语了一会儿,马天行轻轻点了点头,连忙跑出去。

场次:pre-38

景:大玉家外

时:夜

人:马天行、大玉、朱四、大老肥

远处,朱四在车里向这边观望。

绳子从阳台上顺下来,但太短,还有两米才能够到地面。

马天行急匆匆从路旁工地推了一手推车白灰放在绳子底下。

黑影顺着绳子下来,大玉在窗前阳台上用菜刀猛劲砍绳子,绳子抖动剧烈,黑影慌了,急忙往下滑去,见底下竟是装有白灰的车,停在半空,上下瞅瞅,不知所措。

大玉一使劲,绳子终于砍断了……

黑影失重,下坠得像块石头,重重地摔在车上,顿时白灰四起。

站在一旁的马天行浑身上下也溅满了白灰。

灰烟散尽,两个人仍在厮打。

这时大玉拿着棒子跑了过来,她左看右看分不出谁是马天行不知该打谁,不该打谁。

突然一个白人身上传出"不倒翁"怪声:"嘿嘿哈哈,恭喜发财……"

大玉心里有数了,拿起棒子向"大老肥"打去,"大老肥"只好丢下皮夹,仓皇逃走。

远处,轿车里的朱四气得直拍方向盘,咬牙切齿地:"马天行,我决不会输给你的,不会的!"他一跺脚正踩在油门上。

轿车突然加速开走,他在车中被闪得东倒西歪。

场次:pre-39

景:公司办公室

时:晨

人:马天行、兰鸽、朱四、米沙等

朱四衣冠楚楚,拿束鲜花走到兰鸽面前,"兰小姐,早晨好!感谢你昨天替我解了围,你的俄语水平真了不起。"

兰鸽:"别客气!朱老板。"

朱四:"我除了开饭店,还办了一家边贸公司,不过没你这儿红火。"

兰鸽:"你个人的公司吗?过货几次啦?"

朱四:"个人的。没几次。"

兰鸽:"真了不起,年轻有为呀!有用我翻译的地方,尽管吱声。"

朱四:"我公司过的货一般没人敢接,买卖太大。"

兰鸽:"什么货?没人敢接?"

朱四:"原子弹。"

二人会意地大笑起来。

马天行闯进屋里,一见这场面,便想躲。

朱四:"领导回来了?请坐。"

此时,米沙也进来了,他拿了一束俄罗斯鲜花送给兰鸽,两人用俄语唠了起来。

朱四脸上浮出几分醋意。

马天行揶揄地:"这么快就脱贫了？兰鸽,咱上海参崴公园时,你没发现苏联公园有一个特点吗？"

兰鸽:"什么特点？"

马天行:"咱中国公园,多半是情人呀！或者大人领小孩逛公园。苏联人不这样,大多数人领的是狗啊！"

朱四大笑起来,兰鸽也跟着傻笑。

兰鸽猛地醒悟,她收住笑:"马天行,你这什么意思？发财了,腰杆硬了,不见得就可以损人吧？"

马天行:"咳,我只是谈一种现象,'男人搞活,女人开放'嘛没什么!"

这时门开了,涌进十多个人来,吵吵嚷嚷好不热闹……

甲:"天行发大财了,请客！请客！"

乙:"我是你老乡,咱村要搞三建一修需要十万块红砖,麻烦你解决一下！"

马天行:"我不认识你呀！"

乙:"好你个马天行,你小时候我抱过你,你尿了我一身……"

丙:"我是税务局的！来收个人所得税……"

丁:"你们都给我走！少难为天行。天行哟！我是你张姨,我给你介绍一对象,是我六妹的大姑姐的孩子,今年才十八,模样可俊呢！"

戊:"我妹妹长得像倪萍……"

己:"那多大岁数！我的侄女像赵薇……"

……

兰鸽乐得前仰后合:"哈、哈……这都快成婚姻介绍所了。"

大伙一拥而上,拉住马天行……

马天行趁乱钻出人群逃了出来。

场次: pre-40

景:舞厅

时:夜

人:马天行、兰鸽、左经理、米沙等

左经理拿着麦克风:"今天的舞会是专门为马天行准备的庆功舞会,马天行拒绝了二十多家公司的重金邀请,将这份生意让给我们公司来做,我代表公司向他表示感谢,这笔买卖正在洽谈,成功后必有重奖。"

公司职员们拼命为马天行鼓掌。

马天行得意非凡,向大家鞠了一躬。

兰鸽也拼命鼓掌,当与马天行目光相遇时,又显得很冷淡。

左经理高喊一声:"奏乐!"

顿时,室内灯光暗了下来,彩灯飞旋,探戈舞曲如火如荼,几近疯狂,紫色灯光使所有白色物质,发出惨白的荧光。一位头发很长的小伙子,和穿着超短裙头发很短的姑娘扭扭捏捏地唱着谁也听不懂的歌,声嘶力竭。

马天行去邀请兰鸽跳舞,兰鸽站起身却和他身后的米沙跳了起来。马天行气得直瞪眼睛。

左经理陪一俄妇女从舞池下来:"天行,跳啊?"

马天行:"嘿,不,不啦!坐会儿,争当五好观众。"

左经理:"跳吧!"说着把胖俄妇拉来,让她跟马天行跳舞,

那个俄妇比三个马天行都粗,马天行出于礼貌跳了起来。他们以极不和谐的搭配和滑稽的舞姿引起全场人的兴趣和注意。

米沙直勾勾地盯着兰鸽,兰鸽不好意思地转过头去。

马天行有意地舞到米沙跟前,指着舞伴大喊:"欠欠!"

米沙:"聂特!(不)"

马天行不满地瞪了米沙一眼。

兰鸽故意气马天行,和米沙亲热地边舞边谈。

马天行精力分散,一个趔趄摔倒在地那胖俄妇就跟小山似地压过来,米沙、兰鸽也重重地摔在一起。

左经理把马天行招呼过来,指着身边一中年女子:"这是《边贸信息》的记者伍非女士,想采访一下你。"说完又跟俄妇跳舞去了。

马天行礼貌地同伍非握手。

场次:pre-41

景:舞厅雅座

时:日

人:马天行、伍非

外边灯光、乐声隐约可闻。

伍非:"你们左经理对你照顾很细。一般人不太容易接近你。实不相瞒,我另一个工作是大华边贸公司的业务经理,今天来的目的,不是采访,就是想请你到我们边贸公司来,条件肯定优厚。"

左经理不时地在舞池中往这儿看,还朝这儿点点头,挥挥手。

马天行有些紧张:"这……我是一个街道干部,搞边贸没啥水平。"

伍非:"只要你肯过来,把许可证带来,那就是本钱、就是水平、就是能耐!三室一厅住房,配备电话、手机,外加一辆拉达轿车。怎么样?可以吗?"

马天行:"对不起!我已答应左经理了!"

伍非先是一惊,又皮笑肉不笑地:"这世界什么不可以变?没有不唯利是图的家伙!老左是什么东西,恐怕你不太了解他。咱先不谈这个!你个人有什么需要我帮忙的尽管说!朋友一场嘛!"

马天行想了想:"能不能先帮我销二万套运动服。"

伍非:"我们公司正要过这样的货呢!"

马天行:"商检、卫检、国际联运的手续都能办到。"

伍非:"可以。"说着,她取出名片,递给马天行:"以后用电话联系。我先前说的事,你再考虑考虑,快给我个信儿。我还可以让你成为全市十大边贸杰出人物。"

她边说边朝舞池中的左经理微笑着打招呼。

左经理微笑着点点头,继续跳舞。

马天行对伍非点点头,握别。

伍非走后,左经理急忙甩开胖俄妇,走了过来。"马天行,她跟你说了什么?"

马天行:"没什么!要评什么十大杰出人物。"

左经理:"这个人你可得当心点,她那可是猴跟狐狸做的人精。"说着机警地环视四周小声地:"我有个重要事跟你商量一下。"

马天行:"什么事?"

左经理:"我说出来你可别死脑筋。这把活咱来个体外循环,就是咱个人做!我少不了你的好处。"

马天行:"只要你能把建老年公寓的钱给够,你怎么办都行!"

左经理:"你好糊涂呀!建老年公寓关你屁事!搞边贸很多事是死无对证的,咱上交多钱全是良心账。"

马天行:"我不能没有这点良心吧!"

左经理:"得!你高!算我白说!现在你是祖宗。你回去好好考虑考虑,可别后悔!"说完气冲冲地走了。

马天行自言自语地:"我成祖宗啦!唉!现在人怎么都被钱闹成这样啦!"

场次：pre-42

景：中俄交易市场

时：日

人：马天行、"黑铁塔"、大老肥等

柜台上，俄罗斯的商品很多，有彩漆木人、木勺、咖啡壶、纪念章什么的，马天行夹着文件夹拿起砖头大的火柴，很感兴趣。

"黑铁塔"在远处探头探脑地跟踪马天行，马天行没发现，又转到服装部，"黑铁塔"尾随其后。

这一切都被"大老肥"看在眼里，满脸疑惑。"大老肥"朝马天行走去，见他的文件夹近在咫尺，"大老肥"伸手欲拿，马天行突然转身走去，"大老肥"忙缩了回去。

在蔬菜水果部，"大老肥"吃着一块西瓜当马天行走来时，"大老肥"将西瓜皮扔到他脚下，马天行不小心踩上西瓜皮，脚下一滑，一个跟头摔倒，文件夹甩了出去。

"大老肥"迅速捡起文件夹就跑，迎面一头撞在"黑铁塔"身上。

"大老肥"吓坏了，回身又跑，"黑铁塔"一个箭步冲上前将"大老肥"抓住，接着狠揍几拳，打得"大老肥"扔下文件夹，捂着脸仓皇逃走。

"黑铁塔"将马天行扶起："你认识他吗？"

马天行："不认识！好像在朱四开的饭店见过他。"

"黑铁塔"机警地："朱四！"

马天行："今天多亏了你，你还有事吗？"

"黑铁塔"："别客气！龙厂长为感谢你推销运动服，要请你吃晚饭，咱就去朱四的饭店。"

场次：pre－43

景：饭店

时：日

人：朱四、大老肥、马天行、龙厂长、黑铁塔

朱四正在和两个俄罗斯打工妹打情骂俏，嘻嘻哈哈，"大老肥"捂着脸狼狈地跑了进来。

朱四："看！看！又演砸了！你也太对不起观众了！世界上没有比你再笨的人啦！"

"大老肥"："不好了，又有一个人盯上马天行啦！看来想跟我们掰份儿，我根本不是他的对手。"

朱四吃了一惊："掰份儿？没那么容易！"

"大老肥"："唉！看来那笔横财与我们无缘呀！"

朱四阴险地："别忙，我有一个妙计，就不信没人上钩！"

"大老肥"不解地看着朱四。突然发现窗外马天行、龙厂长和"黑铁塔"朝这里走来。

"大老肥"惊慌地："不好！他们找来了。"

朱四："笨蛋！你赶快从后门走。"

"大老肥"走后，马天行等走了进来。

朱四："吓！财神爷来啦！里面请！"

马天行："什么财神爷，来两个南方客户，随便吃点饭。"

朱四："你有张发财执照，全东北都知道！佩服！佩服！"

黑铁塔机敏地环视四周。

场次:pre -44

景:饭店雅间

时:日

人:马天行、龙厂长、黑铁塔

龙厂长端起酒杯:"老兄救活了我们厂,我代表全厂职工敬你一杯!"

马天行一饮而尽:"谢什么,举手之劳,今天也多亏你的保镖,最近我特倒霉,总遇见小偷,都是这个许可证闹的。"

龙厂长:"树大招风! 财气太大了。最近我也想在贵地开办一家边贸公司,你看能不能帮个忙,到我们公司来。"

马天行:"我什么情况你们都知道。"

龙厂长:"放心,你当经理,待遇优厚。"

马天行:"那你呢?"

龙厂长:"我? 我当总经理。"马天行一愣两人哈哈大笑起来。

马天行:"我肯定不能去! 我们街道还指着我盖老年公寓呢!"

龙厂长:"那得投资多钱? 你行吗?"

马天行:"也就差个四五十万!"说完扬起许可证,"就凭这个。"

龙厂长:"我看看行吗?"

马天行迟疑了一下:"行! 别弄脏了。"

龙厂长接过来仔细看了看,然后递给"黑铁塔":"你看看!"

"黑铁塔"看后:"怎么有个红嘴唇? 挺漂亮的。不像俄罗斯小姐的,倒像我们亚洲人的。"

龙厂长:"这个恐怕靠不住!"

马天行:"这你们就是外行啦! 我们盖老年公寓就指它啦!"

龙厂长和"黑铁塔"对视了一眼神秘地笑了笑……

场次:pre-45

景:公司办公室

时:日

人:兰鸽

兰鸽在接电话。

兰鸽焦急地:"喂! 你是谁? 说话呀!"

电话:"我,我很想听听你的声音。"

兰鸽:"你是谁?"

电话里悲哀地:"我破产了,在这个世界的最后时刻,我只想听听你的声音,现在才知道金钱的罪恶,房子、股票,我什么也带不去,什么也带不去! 最真的是人与人的真情。"

兰鸽焦急万分地:"你是谁? 马天行吗? 不,是朱四,你怎么了?"

电话无声,一会传来阵阵忙音。

兰鸽放下电话,急匆匆推门出去。

场次:pre-46

景:朱四家

时:日

人:兰鸽

兰鸽推门进去,见里面一片杯盘狼藉。兰鸽胆战心惊地往里走突然发现地上的血迹,不觉惊恐万分,顺着血迹,兰鸽推开了卧室门。

场次:pre－47

景:卧室

时:日

人:兰鸽、朱四

电话上沾满了鲜血。

朱四捂着肚子鲜血直流,看见兰鸽进来,颤巍巍地挣扎着,兰鸽忙过去将他扶上床。

兰鸽打电话,发现电话线断了。

兰鸽:"我去找救护车去!"

朱四有气无力地:"有人去了! 我……能见你一面,死也满足了"

兰鸽:"你为什么寻短见? 亏你还是男子汉!"

朱四满腮是泪,痛不欲生:"我破产了,全完了……"

兰鸽伤心地问:"怎么回事?"

朱四:"我往俄罗斯倒了一火车苹果,到了西伯利亚,一场霜降,全冻了,我损失了几十万元,都因为翻译水平太低,合同书写得丢三落四,在俄境内冻坏也由我负责,我太惨了,活着还有什么意思!"

兰鸽关切地安慰:"想开些,别这样!"

朱四:"我不死,债主也会把我逼死!"

兰鸽:"振作起来,一切从头来,我帮你搞好翻译工作。"

朱四:"你肯帮我? 我要是有一张马天行那样的许可证,就不愁了。"

兰鸽:"他那没用,只是一张废纸!"

朱四:"这你就不懂了。"

场次 : pre – 48

景:公司办公室

时:日

人:马天行

马天行走进办公室:"嗯? 人呢?"

一业务员:"你的电话!"

马天行拿起电话:"是我。是伍老板……别客气! 好! 我马上过去!"

场次 : pre – 49

景:公司经理室

时:日

人:左经理

左经理手持电话在偷听……

左经理撂下电话,狠狠地:"哼! 跟我玩这个,吃里扒外的家伙! 唉! 我也是引狼入室!"

场次 : pre – 50

景:卧室

时:日

人:兰鸽、朱四

兰鸽细心地为朱四擦着血迹:"车怎么还不来,我出去找找。"转身走了。

朱四见兰鸽一走,脸上的痛苦一下子就消失了,解开衣服,从里面拿出一块血淋淋的猪肉,扔到抽屉里。

场次:pre-51

景:

时:日

人:兰鸽、朱四

朱四听见兰鸽的脚步声传来,又痛苦地呻吟起来。

兰鸽:"能挺得住吗?"

朱四:"还行,为了你,我一定好好活着,跟你把外语学好⋯⋯"

兰鸽:"伤好了,我来教你俄语。"

朱四:"这几天能来吗?"

兰鸽:"不能,明天我陪马天行出境,去谈三千吨铜的事,咳,谈也白谈!"

朱四:"明天?!"

"大老肥"领着几个人进来,他们把朱四扶走,兰鸽也跟着走了。

"大老肥"把抽屉里的猪肉拿走。

场次:pre-52

景:饭店门口

时:傍晚

人:伍老板、左经理等

伍老板领着一帮人走进饭店。左经理偷偷尾随在后面⋯⋯

场次:pre - 53

景:饭店雅间内

时:傍晚

人:伍老板等

伍老板等人落座。

伍老板从手包里拿出一个小瓶低声地:"一会儿马天行来了,如果他不和我们合作,用这个把他整晕,然后让他在合同上按上手印。最好把许可证抢到手。"

同来的不住地点头。

场次:pre - 54

景:雅间外

时:夜

人:左经理

左经理耳朵紧贴着墙在偷听。

场次:pre - 55

景:雅间内

时:夜

人:马天行、左经理、伍老板等

左经理穿着米老鼠服,端着餐具进来。

伍老板:"今天这事千万不能让左经理知道!"

"米老鼠"乘人不备把小瓶给换了。

马天行走了进来。

伍老板热情地迎上前去:"我们的皇帝来了,屋里请。"

另一个:"服务员,快上酒!"

"米老鼠"很快把酒端上来。

大伙在伍老板的带领下酒兴正浓……

伍老板:"今儿请马老板,大伙聚聚沟通沟通感情。这酒今儿喝个透! 知道吗? 喝酒有四个阶段。开始是豪言壮语,接着是甜言蜜语,喝着喝着就胡言乱语,到了最后就只能默默无语了! 来,干!"

一会儿,除了马天行没醉,其余的全醉倒了……

马天行惊呆了:"这么快就到默默无语阶段啦! 我太能喝酒了!"

…… ……

场次:pre-56

景:街道

时:日

人:马天行、兰鸽、大玉、米沙等

晴天赤日。

马天行、兰鸽拎着皮箱在等车,两人默默无语,谁都不想打破僵局。

马天行终于鼓足勇气:"你知道什么叫'体外循环'吗?"

兰鸽:"不明白!"

马天行:"你说左经理这人怎么样?"

兰鸽:"我在人家后面从来不议论别人。"

马天行:"想跟你说几句掏心窝子的话也不行!"

这时,大玉拿着两个大包,老远就喊:"喂! 天行出国呀!"

马天行:"你呢?"

大玉:"往口岸送点货。"

马天行:"搭乘我们的车吧!"

大玉点点头。

车来了,兰鸽热情地与米沙打招呼,马天行将皮箱和大玉的包放进集装箱中。

不远处,朱四坐在他的"莫斯科人"轿车里,放下望远镜,用"大哥大"讲话。

场次:pre-57

景:驾驶室内

时:日

人:马天行、兰鸽、大玉、米沙等

马天行见兰鸽和米沙唠个没完,不耐烦地:"别说了,上套!上套!"

米沙(俄语):"他说什么?"

兰鸽(俄语):"让你开车!"

场次:pre-58

景:高速公路

时:日

人:略

碧空如洗,"卡玛斯"车飞驰在宽阔的高速公路上。

场次: pre – 59

景: 车内

时: 日

人: 马天行、兰鸽、大玉、米沙等

米沙、兰鸽用俄语亲密地对话。马天行、大玉挤坐在后排,大玉拿出易拉罐递给马天行,马天行无心喝。

马天行: "喂! 你俩中间离开点,有碍视线。"

兰鸽一见马天行吃醋了,干脆把前后排中间的布帘拉了起来。

马天行望着抖动的布帘: "米沙,我看你长几个胆囊,敢动兰鸽一指头。"

兰鸽: "你说什么他也听不懂。"

马天行: "他没长胆囊!"

大玉: "你少说两句吧!"

场次: pre – 60

景: 公路

时: 日

人: 大老肥

——汽车在高速奔驰。

——"大老肥"爬到高高的路标上,拿着气焊枪,装着修路标。

——汽车在奔驰。

当汽车经过路标时,"大老肥"跳到集装箱上。

场次:pre–61

景:车厢顶

时:日

人:大老肥

"大老肥"用气焊枪割了一个方洞,用矿泉水浇凉后,自己钻了进去,由于太胖,只是上半身钻了进去,屁股还在外面,使劲蹬着腿。

场次:pre–62

景:车厢内

时:日

人:大老肥

"大老肥"用劲一蹬,终于进去了,可裤子留在了外面,只剩下三角裤了。随车速增快,外面的裤子被风刮跑了。

"大老肥":"哎!我的裤子。"他无奈地开始打开皮箱,四处乱翻,又把车里的鸡笼碰翻,"大老肥"开始了人鸡大战,被鸡啄得乱叫。

场次:pre–63

景:驾驶室内

时:日

人:马天行、兰鸽、大玉、米沙等

米沙兴奋地唱起了《莫斯科郊外的晚上》。兰鸽也一同唱了起来。

大玉似乎听到后车厢里有动静,警觉起来。

马天行在恹恹欲睡。

场次:pre-64

景:口岸

时:日

人:马天行、兰鸽、大玉、大老肥、米沙等

庄严的国门,中俄货车到处都是。

米沙开着车来到停车场,停车场面积很大,停着上百辆货车。

车速减慢,"大老肥"从方孔中探出头来,把搜到的皮夹拿了出来。"大老肥"的头上有鸡屎、鸡毛和被鸡抓伤的地方。他费了很大的劲,终于钻了出来,只穿着背心、三角裤,站在集装箱上,很多司机被这奇怪的景象吸引住了,都往这里张望。马天行从人群视线中,发觉不对,忙看看后视镜,发现"大老肥"拿着皮夹,正光溜溜地站在车顶上,他不禁大吃一惊:"不好! 有贼!"忙开门下车抓贼。

"大老肥"见有人从车中出来,急忙从这个车厢顶跳到那个车厢顶上去。

马天行、米沙转到车后,发现集装箱门仍锁着,米沙打开了车厢门,顿时鸡飞出了不少。皮箱已被撬开,厢顶被开了一个天窗。

马天行一见此情景怒火中烧:"快! 抓住那个胖子。"

米沙(俄语):"天啊! 我的鸡!"

还是大玉反应迅速,她爬上车顶,追击"大老肥"……

"大老肥"像个跳梁小丑,在车顶上蹿下跳,蓦地,没了踪影。

马天行四处寻找,没有找到。

米沙没命地抓鸡。

兰鸽:"马天行,你怎么这么爱招贼?"

马天行万分沮丧地:"我天生不是能发财的命,我们回去吧!"

大玉眼尖,发现"大老肥"藏在一车厢里正撩开帆布,向外偷看呢!

大玉:"快追！他在前面那辆车上,快!"

那车飞快地往市里开去。

众人急忙上车,米沙驱车追赶。

场次:pre－65

景:公路

时:日

人:马天行等

"卡玛斯"车飞快地追赶前面的车。

眼看就要追上,一列火车把两车隔开。

马天行面对火车,气得差点昏过去。

场次:pre－66

景:饭店

时:日

人:朱四、大老肥

朱四、"大老肥"举杯痛饮。

朱四略带醉意,眼睛眯成一条缝,斜视着许可证:"吉星高照！哥们,这把干得漂亮！来！痛饮三杯。"

"大老肥"脸红得像猪肝似的,上面被鸡抓得伤痕累累,"大哥,来之不易呀！我的脸被鸡抓得快成土豆丝了。"

朱四:"我会加倍给你补偿的,放心！"

"大老肥":"我答应三七开,你答应给我弄五十支俄罗斯猎枪,这枪很抢手。"

朱四:"放心吧！我会干得更漂亮！来,干杯！"

场次：pre－67

景：街道

时：日

人：马天行、兰鸽、大玉

马天行、兰鸽、大玉三人拎着包，没精打采地走着。

马天行哭丧着脸："怎么向左经理交代？"

兰鸽："丢了就丢了，也是白得的。"

大玉怒不可遏："你咋这么说？嘴太损了！"

兰鸽不示弱："哼！德行！"

马天行："是贼性！……别吵了！我去派出所报案！"

兰鸽："报案可不行，倒卖许可证犯法！"

马天行："我这算倒卖吗？不过也不是正道来的。"

兰鸽："唯一的办法是千万别让经理知道，慢慢再找。"

大玉鄙视地："我寻思蹦出什么好主意呢？哼！"

兰鸽："这有你什么事！"

大玉急了："嗨！你算老几敢管我。马天行跟你在一起倒霉的事还少吗？你以为你谁呀？"

兰鸽："我不愿看见你！"

大玉："我愿意看见你呀？"

马天行："求求你们别吵了，都愁死啦！"

兰鸽、大玉几乎同时："哼！少见！"

场次：pre－68

景：经理办公室

时：日

人：马天行、兰鸽、左经理

左经理板着面孔："马天行啊！马天行，我想到你会来这手，许可证真的丢了吗?"

马天行："真的被人偷走了。"

左经理："是不是被大华公司的伍老板拐去了，你当面一套，背后一套，马天行你真像个月亮。初一和十五不一样。"

兰鸽;"真的被偷走了，我可以作证。"

左经理："你? 你们是不是串通好了的，出卖公司利益，损公肥私?"

兰鸽气愤地："你?!"委屈的泪珠滚落下来。

左经理："马天行，别以为和大华公司那点秘密我不知道!"

马天行："我让她帮我推销二万套运动服，共同获利，信不信由你。"

左经理："你听着，想继续干下去，把许可证找回来，否则，我开除你。"

马天行气愤地："走就走!"摔门而去。

兰鸽泣不成声，掩面跟着出去。

左经理坐在沙发上发起倔来。

场次：pre－69

景：街道

时：日

人：马天行

马天行怒容满面，急匆匆穿行在人流中。

场次: pre-70

景:办公室

时:日

人:马天行、伍老板

马天行:"伍老板,我同意到你们公司上班。其他什么条件都不要。"

伍老板面有难色:"这? 你的事我都知道了,许可证能不能再找回或者重新办一个?"

马天行:"不能了!"

伍老板:"我只不过是业务经理,用人还得请示总经理。"

马天行鄙夷地:"用不着解释了,我走!"

场次: pre-71

景:街道

时:日

人:马天行、兰鸽

天空下起了小雨,一片灰茫茫的。

马天行浑身湿漉漉的,在雨中无目的地走着,兰鸽打着伞追了过来,给马天行披上件雨衣。

马天行一把扯下,扔给兰鸽:"我不用你关心,不用你可怜,不用!走开!!"

兰鸽被马天行歇斯底里般的吼叫惊呆了。

场次：pre－72

景：饭店

时：夜

人：马天行、大玉、兰鸽

马天行喝着闷酒，一声不吭。

大玉一声不响坐在马天行对面，给自己也倒了一杯酒，大口地喝了起来。

马天行惊呆了。

大玉："喝呀！一个人喝多没意思！来，干！"

马天行吓坏了："你，你怎么了。"

大玉哭泣了："你，你糟蹋自己干什么，不就丢了一个许可证，你就受不了啦！自己折磨自己了。"

大玉把不倒翁往桌上一放，不倒翁怪叫着，笑着，与此时气氛极不和谐："给，上次没拿去！"

不倒翁："嘿嘿哈哈哈……恭喜发财……"

马天行拿起不倒翁："我要发财！发大财！"

俩人醉成烂泥……

大玉："你、你背我回家嘛！"

马天行："小意思喽！我身上有三千吨红铜，三千吨我都能背动……你，小猫一个……来！"

兰鸽闯了进来："马天行！你不要糟蹋自己，那许可证根本就是不存在的！"

马天行："你、你这是嫉妒我，我不发财你瞧不起我……我有钱你又怕我学坏，我的事不用你管！不用！"

马天行一个趔趄，两人都摔倒了，一个口红印在马天行的脸上……

场次：pre - 73

景：405 室

时：晨

人：马天行

床头闹钟上的"鸡啄米"在不停地啄着……

一缕晨光照在马天行的脸上，马天行慢慢睁开眼睛……突然坐了起来："许可证呢？我的许可证、我的许可证……被人抢了，不！不！"边说边四处乱翻……最后把桌子和床掀翻，一无所获，沮丧地瘫在地上，目光呆滞，忽然发现床板上有一用胶带粘着的信封口袋。拿起来打开掏出一张纸，"啊！许可证！我什么时候把它放在这儿的……没被抢走！不对，上面没有口红！"

马天行莫名其妙地拍拍脑袋，看了看自己脸上的口红，用力将脸上的唇纹印在许可证上。"这下全了！颜色浓了点，没有那个好看！"

场次：pre - 74

景：朱四家

时：日

人：朱四、大老肥、米沙等

朱四将米沙让进室内

"大老肥"一伙把米沙围住，让他坐在地中央一方凳上。

"大老肥"："米沙，坦白从宽，抗拒从严。"

朱四："他听不懂，翻译呢？"

一瘸脚翻译捧着一厚打辞典进来。

朱四:"跟他说,我和兰鸽好,他是第三者,在中国是要犯法坐牢的。"

蹩脚翻译结结巴巴(俄语):"兰鸽和朱四好,你,你是第三者,懂吗? 第三者,在中间是不行的,那是,是……(突然改用汉语)你们快查一下,'流氓'这个词。"

"大老肥"、朱四忙拿辞典查找。

朱四终于找到了:"流氓在这儿。"

翻译接过词典(俄语):"你是第三者,是,是流氓,中国警察要抓你。"

米沙很紧张(俄语):"别抓我,我不懂这儿的法律,我只送过几次鲜花。"

蹩脚翻译(俄语):"除非你按我们的要求去做,否则给你告官,投大狱。"

米沙只好点点头。

场次:pre-75

景:海关

时:日

人:米沙等

国旗在微风中猎猎飘扬。

不少外国人在国门前合影留念。

米沙神色紧张地开车通过了边境桥,中国边检人员登车检查。

米沙提心吊胆看着车上一个汽油桶,边检人员仔细检查,把油桶盖打开,里面装满了汽油。看没问题,过关放行。

场次:pre-76

景:朱四家
时:日
人:朱四、米沙等
朱四用吸管将桶里汽油吸尽,从里面取出一支支猎枪。
朱四高兴地:"斯巴细巴!(谢谢)"
米沙在一旁惴惴不安。

场次:pre-77

景:朱四家
时:日
人:朱四、大老肥
"大老肥"急匆匆地进来。
朱四坐立不安,来回踱着。蹩脚翻译把朱四拉一旁耳语了一会。
"大老肥"一进屋:"枪齐了吗?"
朱四怒不可遏:"这许可证是假的,是一张俄方邀请信,这玩意二百元一张有的是。你个大草包,平常竟给我甩洋词,敢情你连一个俄语字母都不认识。哼!你还想要枪,你必须把真的许可证弄到手。"
"大老肥":"不会吧?是不是你捣鬼了?"
朱四将许可证递给"大老肥":"我捣鬼?你眼瞎耳聋呀?这个还你。"
"大老肥":"放心,这回我绝对错不了,非得让马天行把许可证乖乖送来。"

场次:pre -78

景:商场

时:日

人:兰鸽、大头娃

兰鸽在选购商品,这时一个戴大头娃面具的男人手拿长筒袜,走到兰鸽面前。

大头娃:"小姐买袜子吗! 是真丝的。"

兰鸽随手拿过看看,就在这一刹那间,大头娃用袜子死死勒住兰鸽的脖子,使劲往后拖……

场次:pre -79

景:仓库

时:日

人:兰鸽、大玉、大老肥等

大头娃将兰鸽拖进仓库,摘下面具,原来是"大老肥",另外两个男人把兰鸽捆绑起来。

大玉早就被绳子绑得结结实实。

"大老肥":"把嘴堵上,从后门走。"

场次:pre -80

景:办公室

时:日

人:马天行

马天行拿电话的手在颤抖。

电话:"不想把事情闹大,就快交出许可证,要是报案,我这可有你两个情人!当心这俩妞儿的小命,别耍花招。"

马天行:"你们在哪?"

电话:"想送货,两分钟内,到广场308号电话亭去取一个黑包,里面有'大哥大',一切电话联系!"

马天行放下电话向308号电话亭奔去。

场次:pre-81

景:电话亭

时:日

人:马天行

果然有个黑色皮包,马天行打开拿出一部"大哥大"。

场次:pre-82

景:工地

时:日

人:马天行

一工程用地,空无一人。

马天行拿着皮夹在杂草丛生的蒿草中行走。

场次:pre-83

景:厂房内

时:日

人:兰鸽、大玉、大老肥等

兰鸽、大玉被捆绑在暖气片上。

"大老肥"拿着大哥大:"马天行,你就站在那儿,把皮夹子放在搅拌机上,后退二十米。"回头对同伙:"给我看住这两个家伙,跑了找你算账。"

歹徒甲:"放心,没问题。"

场次:pre-84

景:工地

时:日

人:马天行、大老肥等

马天行将皮夹放在搅拌机上,往后倒退。

"大老肥"拿猎枪对准了马天行,拿起皮夹打开,除了几张废纸,若干零钱,什么也没有。

"大老肥"气急败坏:"找死呀! 赶快把那许可证拿出来,不然,那两个小妞儿……"

马天行扬起一张纸:"在这呢!"

"大老肥":"快给我拿过来!"

马天行:"你把带口红的还给我! 我就给你这张!"

"大老肥":"行!"

马天行:"你得把人先给我放了!"

不远处,朱四坐在轿车里观看着一切。

场次:pre-85

景:厂房内

时：日

人：兰鸽、大玉、歹徒等

歹徒甲："妈的，还不回来，咱俩过去看看。"

歹徒乙："甭操心了，看住这两个就行。"

大玉给兰鸽使个眼色，她俩趁歹徒不注意靠在一起，慢慢解绳子，绳子终于解开，她从口袋里把'不倒翁'掏出，奋力向前一掷。

顿时整个仓库回响着怪笑："嘿嘿哈哈，恭喜发财……"

歹徒甲、乙大惊："谁？ 出来！"他俩四处寻找。

那令人头皮发麻的笑声，把歹徒甲、乙吓坏了，蹑手蹑脚向发音的方向爬去。

大玉马上给兰鸽解开，二人转身跑了。

歹徒甲、乙终于在一个废旧炉膛里拿出"不倒翁"，虚惊一场，歹徒甲将"不倒翁"摔碎了，碎了的"不倒翁"，仍发出笑声……歹徒乙回头发现人跑了，二人急忙去追。

场次：pre－86

景：工地

时：傍晚

人：马天行、兰鸽、大玉、朱四、大老肥等

大玉、兰鸽出现在"大老肥"的后面，她俩将一大铁桶，奋力推向"大老肥"，"大老肥"慌张地躲闪。

马天行乘机跑了。

大铁桶向朱四的汽车冲去，朱四忙将车开走。

马天行、兰鸽、大玉三人快速逃走。

朱四冲"大老肥"发火：""大老肥"，快追！"

"大老肥"转身冲着歹徒甲、乙发火："笨蛋，快追！"

马天行奋力奔跑。

"大老肥"拼命追赶。

场次:pre - 87

景:街道

时:夜

人:马天行、兰鸽、大玉、大老肥等

天色已黑。

马天行、大玉扶着兰鸽,拼命往前跑。

"大老肥"一伙眼看要追上了。

马天行三人忙钻进一家豪华舞厅。

场次:pre - 88

景:舞厅

时:夜

人:马天行等

似火探戈高奏,舞民们如醉如痴。

马天行一行来到厕所,一老人拦住去路,"上厕所交钱,不管大便、小便一律两毛。"

马天行递过一元钱:"今天我拉肚子,你就甭找啦!"说完钻进厕所。

场次:pre - 89

景:舞厅后楼

时:夜

人:马天行、兰鸽、大玉等

马天行三人从窗户逃走。

一会儿,"大老肥"也追到厕所。被看门老人拦住……

场次:pre－90

景:街心花园

时:夜

人:马天行、兰鸽、大玉、大老肥等

马天行三人气喘吁吁,看后面没人追来坐在长椅上休息。

马天行:"像日本电影《追捕》似的。"

大玉:"你像里面的杜丘,我和兰鸽谁更像那个真优美?"

马天行不知怎么回答好:"不好! 有人来啦!"

来人甲:"这不是街道的马天行吗! 这段日子你上哪去啦? 老李家那畜生儿子又打爹骂娘的你管不管了?"

来人乙:"马天行,你们的老年公寓盖得怎么样了? 我老爹还等着去呢!"

"大老肥"一伙终于追赶了过来。

"大老肥":"马天行! 看你们往哪跑?"

来人甲:"你们想干什么?"

来人乙:"吓! 敢欺负我们马天行! 姥姥的!"

马天行:"兰鸽、大玉,你俩快跑。"

马天行等三人和歹徒们厮打在一起。

打上几个回合,大老肥撇下马天行朝兰鸽追去……

场次:pre – 91

景:街道二

时:夜

人:兰鸽、大玉、"大老肥"

兰鸽、大玉在前面跑,"大老肥"一人在后面追。

场次:pre – 92

景:街道一

时:夜

人:片警甲、乙

片警甲乙在执勤,忽听远处传来"救命"的呼喊,片警寻声来到一录像厅。

片警甲:"谁喊救命?"

老板:"我们在放录像,你听——"从音箱里传出:"你这个臭婊子,老子咬断你的脖子。"

片警乙:"一场虚惊,以后小点声。"

场次:pre – 93

景:街道二

时:夜

人:兰鸽、大玉、"大老肥"

兰鸽二人被追得穷途末路。

"大老肥"越追越近。

大玉忙喊;"救命啊!"

场次:pre－94

景:街道一

时:夜

人:片警甲、乙

片警甲:"你听有人喊救命。"

片警乙:"现在的录像片都是这个,甭理它。"

场次:pre－95

景:街道二

时:夜

人:马天行、兰鸽、大玉、龙厂长、"黑铁塔"、朱四、"大老肥"、米沙等

兰鸽、大玉与"大老肥"厮打起来……

朱四把车开到暗处观战。马天行慌张地跑了过来……朱四忙把马天行让进车里:"快进车里! 这是怎么啦?"

马天行:"有坏人! 得赶快报警,我还得救兰鸽!"

朱四趁马天行不备,一拳将马天行打昏:"你救兰鸽,谁救我?"

米沙开着"卡玛斯"车经过这儿,见此情景,冲了过来。

"大老肥":"哼! 俄国佬,你少干涉我国内政、侵犯我国主权。"

米沙不管那一套,跟他们玩起了拳击。

"大老肥"拔出匕首,向米沙猛刺过去,米沙一躲,接着一个漂亮的勾拳,把"大老肥"打倒在地,另一歹徒用猎枪枪托在后面猛地一击,米沙高大的身体倒了下去。

来人甲领着一群人赶来了,他们有拿铁铲的,有拿拖布的……吓得歹徒四处逃窜……

龙厂长在"黑铁塔"的陪同下,正在散步,遇见这骇人的一幕。

龙厂长:"替我教训一下那几个歹徒。别让他们跑了。"

"黑铁塔"上去一阵典型的中国拳脚,将三名歹徒打翻在地,神气地朝龙厂长笑一笑。

正在这时,倒在地上的"大老肥"举起了猎枪……

朱四在暗中见大势不好,启动车子,准备走。

"大老肥"枪口对谁"黑铁塔",就在这千钧一发之际,兰鸽大喊一声:"闪开!"

黑铁塔一闪,子弹打在朱四车上,车子怎么也启动不了了。

大玉过去看看车子怎样,竟意外发现马天行昏倒在里边忙招呼大家过来。

朱四想逃走被"黑铁塔"拦住,一拳打倒在地……

兰鸽痛心地:"没想到还有你。这一切都是你操纵的。"

大玉:"朱四这回成死猪啦!"

米沙清醒过来,把集装箱门打开,"黑铁塔"像抓小鸡似地把歹徒们扔了进去。

车子飞速行驶。

场次 : pre-96

景:公安局门口

时:夜

人:朱四、大老肥等

两个歹徒,从上面的方孔钻了出来,当他们把"大老肥"拉出时,他又只剩三角裤头了。

朱四也钻了出来。

他们还没站稳,一个急刹车,他们四人全滚落在公安战士面前。

场次:pre－97

景:略

时:日

人:警察、米沙、朱四等

——警察在米沙的带领下,在朱四家搜出猎枪……

——405室,朱四在警察监督下,指证现场……

场次:pre－98

景:街道

时:日

人:米沙、马天行、兰鸽、孙豆豆、左经理、伍老板

米沙打开车厢门,一张纸被清扫出去。

马天行捡起一看,正是自己苦苦寻找的"红唇"许可证。从口袋里掏出另一张许可证看了看:"这个肯定是假的。"说着将它揉成一团扔掉。兴奋地看着许可证上的口红,"终于找到了!"

左经理、伍老板、兰鸽等围了过来。

左经理:"马天行,咱们公司又有希望了。"

伍老板:"马天行,给我们公司吧! 条件不变,我一个人就能做主,给我们公司吧!"

左经理:"伍非,你夺人家买卖,你损不损? 那天没把你喝死!"

伍老板:"原来是你搞的鬼! 你看不住你的人怪谁!"

这时,马路对面走来一个学生,手里挥动着一封信,激动地:"马

叔叔!"

马天行回头一看:"孙豆豆。"

此时马路上车流如潮,孙豆豆横穿马路。

马天行焦急地:"别过来! 危险!"

走在马路中间的孙豆豆被一辆捷达车撞倒……

马天行跑过去抱起受伤的孙豆豆:"豆豆! 豆豆!!"

躺在血泊中的孙豆豆:"……马叔叔……我、我考上大学了……"话没说完就昏了过去……

马天行抱着孙豆豆发疯似地往医院跑……

兰鸽拣起信封和掉出的"录取通知书",上面染满了鲜血……

场次:pre-99

景:医院门口

时:日

人:马天行、孙豆豆

马天行抱着孙豆豆跑进医院……

场次:pre-100

景:医院走廊

时:日

人:孙豆豆等

孙豆豆被护士抬到病床上进行急救……

场次:pre-101

景:急救室

时:日

人:马天行、兰鸽、大玉、孙豆豆、护士

马天行满头大汗焦急万分……一旁的兰鸽递过一个手帕,没等马天行去接,大玉风风火火闯了进来急忙掏出自己的手帕给马天行擦汗。兰鸽无奈地收起手绢。

一护士走过来:"谁是孙豆豆的家长?"

马天行:"我是他的家长,他怎么样啦? 要不要紧?"

护士:"封闭型内出血,马上手术。你签完字先交押金五千!"

马天行:"五千?! 马上交吗?"

护士:"不交上哪拿药、上哪取血? 怎么手术呀?"

马天行:"救人要紧! 钱慢慢凑。超过下午三点银行就不营业了,上哪去取钱? 你们这有没有绿色通道?"

护士:"没有!"

兰鸽急了:"你们讲不讲点良心、讲不讲医德?"

护士:"就这规定! 要不找院长去!"

大玉:"什么规定? 王八屁股长疮——烂龟腚(规定)。"

马天行:"找他们领导去!"

过来一医生:"找我干什么?"

护士:"这是我们外科李主任,你们说吧!"

马天行:"手术押金能不能缓交?"

李主任:"不行!"

大玉:"必须现金吗? 我去借。"刚要走了。

李主任:"有价证券也行。"

马天行眼睛一亮拿出许可证:"这个行吗?"

李主任:"这是什么?"

大玉快声道:"进口三千吨红铜的许可证,价值二百七十万! 能把你们医院全买下!"

李主任迟疑了一下:"这?"

院长走过来接过许可证看了看,笑了笑,"这个也行,赶快救人!"

兰鸽:"还真管用!"

场次:pre-102

景:病室

时:日

人:马天行、兰鸽、大玉、孙豆豆、左经理、伍老板、医生

手术中的红灯亮了。

马天行、兰鸽、大玉在焦急地等待着。左经理、伍老板赶来了。

左经理:"肇事司机弃车跑了,那辆车是他用假身份证租的。"

马天行:"糟了!"

伍老板:"这孩子是你儿子?"

马天行;"就算是吧!"

兰鸽吃了一惊。

伍老板:"算是什么话! 他父母呢?"

马天行:"他没父母。"

伍老板沉思了一下:"只要你把许可证给我,孩子一切费用我包了。"

左经理:"真不要脸! 你乘人之危敲诈他。"

伍老板:"就你圣人,虚情假意,假公济私!"

左经理:"你?"

这时,手术中的红灯灭了。孙豆豆被推了出来

马天行关切地:"手术怎么样?"

医生:"很成功!"

马天行感激地:"谢谢大夫!"

场次:pre - 103

景:病房

时:日

人:马天行、兰鸽、大玉、孙豆豆、龙厂长、"黑铁塔"、李主任、左经理、伍老板、院长、王主任

马天行望着缠满纱布的孙豆豆,忍不住泪如泉涌……

兰鸽:"挺大个男人,这是怎么啦?"

马天行泣不成声:"这孩子太可怜了。他是我包的那片的,他家里很穷,他的母亲受不了穷离家出走,他的爸爸身患绝症,临死前托我一定照顾可怜的豆豆。我答应了,他爸才咽气。那是一个冬天的下午,天气特别的冷。在火葬场,孙豆豆穿得很单薄,他手捧着骨灰盒,脸上挂着两道泪痕。那时我心都碎了。处理完后事,我把他领到学校,他说什么也不想上学了,我紧紧地抱住他,他瘦小的身体在我怀里拼命地挣扎着。我当时发誓一定让他上学、一定让他考上大学。我省吃俭用救助他从初中到高中整整六年了。他终于考上了大学,现在要是有个三长两短,我可对不起他的爸爸……"

兰鸽红着眼圈:"原来是这样!"

昏迷中的孙豆豆热泪也滑了出来……兰鸽在他衣袋里发现一张纸卡,拿出一看是张自制的贺卡。上写:深深地感念我最敬爱的马叔叔,当我开拓了锦绣前程时,再来报答您!您的孩子孙豆豆。

兰鸽闪着激动的泪花,用敬慕的目光打量着马天行。

刚进屋的伍老板一把抢过纸卡一看："我以为是许可证呢！破纸一张！"

兰鸽气得直哆嗦："你！"

伍老板："我怎么啦？"

左经理："马天行你把许可证交出来，要不我开除你。"

马天行："这有病人，你们都把嘴闭上！许可证在院长那儿。"

大玉跟院长走进来，院长拿着许可证："这个还你。"

马天行没等去接，左经理、伍老板扑了上去，争抢起许可证来。

王主任、龙厂长、"黑铁塔"走了进来。"黑铁塔"一把抢过许可证，交给了马天行。

兰鸽向黑铁塔借了一个打火机。

马天行："你们别争了，龙厂长，我们自己办个公司，就靠这个了。"

伍老板："马天行我白替你推销运动服了！"

左经理："马天行，你不仁我不义，我把你们第八小组全取消。"

王主任："不至于吧！有话好好说。"

兰鸽："你们别吵了。"她走到马天行面前一把抢过许可证用打火机点着……

大家惊愕。

伍老板："你疯了！"

左经理心疼地："别、别烧！"

马天行："完了！全完了！"

兰鸽："告诉你们吧！压根就没有什么许可证，这是我伪造的。第二次出国时，在国外我以别人的名义寄给马天行的，我只是想提高他的地位，让大家都瞧得起他！没钱不能说一个人就没有尊严，在这点上，我也欠他的，也很对不起他。真没想到，一个假许可证、假发财执照，让这么多财迷们好一通折腾！左经理、伍老板你们跟那些歹徒除了手段上没什么区别！"

左经理、伍老板低下了头……

兰鸽举起贺卡:"这张贺卡是孙豆豆送给救助他六年的马天行的。这里面凝聚着他们真挚的情感,这贺卡才是无价之宝!"

大家沉默了一会。

马天行激动的神情:"这个发财执照把我闹得好苦啊!不过假许可证救了孩子的命。"

院长:"其实我学过俄语,知道这只是一张普通的俄方邀请信。这世上还有什么比生命更重要的吗?"

兰鸽:"今后,我哪也不去,回街道,不管谁发财,社区的事总得有人干。"

马天行惊奇地看着兰鸽,大玉忙用身体挡住马天行的目光。

马天行:"我哪家公司也不去了,回街道。"

王主任:"你们回来我是欢迎的,现在单位非常需要你们这样的!"

大玉:"天行!街道的活你还没干够?你跟我一块干好吗?谁都管不着你!不用看任何人的脸色!"

马天行摇了摇头。大玉很失望……

床上,孙豆豆苍白的脸变得红润起来。

望着烧成灰烬的许可证。

马天行:"假的……"

兰鸽:"上面的口红是我弄的,没错!"

马天行不解地:"不对呀!这个是假的,那个……"马天行转身走了出去。

场次:pre-104

景:街道

时:日

人:马天行

马天行慌张地跑过来,仔细地在街道搜寻着……终于在垃圾箱里找到一个纸团,慢慢打开……

场次:pre-105

景:病房

时:日

人:马天行、兰鸽、大玉、孙豆豆、龙厂长、"黑铁塔"、李主任、左经理、伍老板、院长

马天行开门进来,把一张纸递给兰鸽。

兰鸽越看越激动:"这是张真正的许可证! 你在哪弄的?"

马天行:"我的家。你说的凶宅!"

刚要走的左经理、伍老板急忙凑了过来……

通完话的"龙厂长"放下手机:"慢动! 把许可证给我!"

兰鸽莫名其妙……

龙厂长接过来看了看:"果然是真的。这上面怎么多了个口红印呢?"

马天行不好意思地:"是我弄上的。"

龙厂长:"其实我不是什么南方客商。是市外经贸局的负责寻找丢失的许可证。"又指了指"黑铁塔""他也不是什么保镖,是公安局的刑警,负责前段那起谋杀案的"。

"黑铁塔":"案子已经破了。是朱四干的。老龙啊! 你们的许可证也找到了。得感谢各位相助!"

龙厂长:"尤其是马天行同志! 我们外经贸局已经决定,将许可证这段增值的十分之一赠送给马天行所在单位建老年公寓。大概合人民币六十万元左右吧!"

马天行:"太好了！老年公寓有着落啦！"

王主任:"你的任务完成得太完美了！"

左经理、伍老板灰溜溜地走了。

孙豆豆鼻息均匀安详地熟睡着……

场次:pre-106

景:街道办公室

时:日

人:马天行、兰鸽、大玉

新的一天开始了。

马天行和兰鸽坐在办公桌前,默默地看着对方……

兰鸽用双手递过一个音乐打火机……

马天行轻轻地打开音乐打火机,跳动的火苗伴着《斯卡布罗集市》的天籁之音流水般地响起……

兰鸽意味深长地:"经过这些事,我的胆量大多了！我想我可以住那个房子了。当然,这不仅仅是胆子大了……"

马天行睁大双目:"太好了！这是真的吗?"

两人凝视着对方,两双手紧紧地握在了一起……

大玉不知什么时候进来……

兰鸽大惊:"你要干什么?"

大玉唱道:"到哪里去找这么好的人……"

马天行:"你别胡来呀！"

大玉看了眼打火机:"兰鸽你难道不知道马天行不吸烟吗?"

兰鸽:"只考虑曲子好听了。"

大玉:"孙豆豆的医疗费我给结完了！"

马天行:"太感谢你了,这钱以后我慢慢还！"

大玉:"还,就不用了！就当我给你们俩的贺礼,祝你们幸福……"
马天行、兰鸽会心地笑了……

场次:pre－107

景:老年公寓

时:日

人:马天行、兰鸽、孙豆豆

字幕:一年后夕阳红老年公寓建成

马天行、兰鸽抱着孩子,孙豆豆站在他们身后,一起在夕阳红老年公寓楼前合影……

1992 年 8 月于长影一稿
1995 年 9 月于东宁二稿

- 一部荡气回肠、催人泪下的创业史
- 一幅优美的斯拉夫风情画卷
- 一段泣血滴泪的情感故事
- 对生命的体悟与反思,如禅如歌
- 为中国改革开放三十周年而作

转 运 护 照
Паспорт изменяющего судьбы

序 幕

豪华的办公室,典型的斯拉夫风格装修。镜头从精美的俄罗斯银酒器掠过,又扫过列宾的油画复制品《伏尔加河上的纤夫》,纤夫们艰辛劳作的身影连同墙上一张赵岩锋、高萍、许同、丹妮娅等人的合影照片。

赵岩锋的身影投在照片上……严峻的面孔……

一只老虎扑向许同……

赵岩锋紧皱的眉头……

许同护照的照片上留下黑黑的虎牙孔……

赵岩锋深邃的眼睛……

闪回:赵岩锋的护照在切纸铡刀下被断角……

合影照片在赵岩锋的瞳孔中旋转推进,越来越快……推出片名:
转运护照

街 市 外 夜

字幕:1992 年

标语:热烈庆祝国务院批准我市口岸为国家一级陆路口岸

商铺栉比,如织的俄罗斯游客在购买商品……音像摊隐约传来最
新流行的歌曲《相思风雨中》……

露天小吃铺餐桌前一俄罗斯游客:"来瓶小烧!"服务员把黄颜色
矿泉水瓶装的小烧酒递了过去。

俄游客喝了一口:"中国小烧,哈拉少!"

赵岩锋、高萍坐到空座上。

赵岩锋:"烫一两小烧!"

高萍:"不许喝! 至于愁成这样?"

赵岩锋:"能不愁吗? 结婚一分钱没有!"

高萍:"喝酒要能喝出钱我和你一块喝。"把酒折成两杯。
"来! 干!"

赵岩锋喝了一口小烧:"咱俩的婚事你娘不反对吧?"

高萍:"我妈说了,安居才能乐业,财礼都可以免去,一切从简。但
是房子没有是万万不行的!"

赵岩锋:"要房没有,要命一条! 能咋的?"

高萍:"咋的? 翻脸!"

赵岩锋:"吓! 我结婚还是你妈结婚! 我爹一个红头绫子就把我
妈娶到手了。"

高萍:"算计女人还是你家传统项目!"

赵岩锋:"你娘是怕你掉到我这穷坑里,要翻脸就翻脸!"

高萍:"我娘要翻脸又不是我要翻脸!我怕掉穷坑里?我已经在你的穷坑里待很久了,你的穷坑太深了,我跳也跳不出来。我班同学王冰都二婚了,咱还一婚不婚呢!咱一个县联社小职员的工资不吃不喝也不够买房。"

赵岩锋端起酒杯一饮而尽。

高萍刚端起碗要喝粥,天上突然一声惊雷,下起了瓢泼大雨,桌上的小咸菜碟里很快注满雨水,桌面被雨水打得一塌糊涂,赵岩锋不知所措。

高萍把碗一放:"天不让吃!"

赵岩锋像变戏法似地递过一把油布伞。

高萍怎么使劲伞也打不开:"你这伞是康熙时的吧!"

赵岩锋接过来用劲打,几经周折终于打开,"这伞认生。"

俩人在雨中慢慢蹚着,雨伞上有一个洞漏雨,正好浇在高萍头上,赵岩锋刚把伞转过来,忽然来阵劲风,伞被吹断,伞面随风而去,赵岩锋拔腿要追。高萍一指路边的电话亭。两人快速来到电话亭跟前,高萍刚要开门进去,许同抢先开门让媳妇韩晓蕾进去。赵岩锋一把拽住要进去的许同,让高萍进去避雨。赵岩锋和许同互相较劲对视着……

赵岩锋:"满员!"

身高体壮的许同把赵岩锋拉走……

电话亭内:

高萍和韩晓蕾尴尬地挤在一起,简单地打声招呼……

高萍:"男朋友?"

韩晓蕾:"嗯!"

高萍:"不是本地人!"

韩晓蕾:"公主岭的,去俄罗斯倒包!"

高萍:"不少挣吧?"

韩晓蕾:"一趟下来能挣个三千多块。"

高萍吃惊地:"啊！我的一年工资！"

韩晓蕾:"也没挣多少钱,就去过两趟！"

高萍:"啊！我们俩人一年工资！"

韩晓蕾:"你俩在哪上班。"

高萍:"我俩是学金属冶炼的专科毕业生,在县社工作。"

韩晓蕾:"专业不对口呀！"

高萍:"有个工作,糊弄口饭吃就行！你说说你们的事。"

韩晓蕾:"我俩刚结婚没几个月。我是学俄语的,除了教学没什么用,想出来闯一番事业。"

高萍:"你男朋友呢？"

韩晓蕾:"教计算机的！可惜学校买不起电脑。"

高萍:"办护照容易吗？"

韩晓蕾:"不容易！你们要办得挂靠个边贸公司,一本得花三千多块。"

电话亭外:

急促烦躁的雨声中,赵岩锋和许同争执撕扯在一起……许同占了上风,赵岩锋挨了几拳,又被按倒在泥水里……

许同:"跟我争还嫩了点！"

赵岩锋:"我服过谁？喝多了扶过墙,就不服你！"一使劲转败为胜……

赵岩锋反搏中撕开了许同的口袋,护照掉了出来被赵岩锋攥在手上,许同惊呆了,赵岩锋雨点般的拳头回敬给许同……

许同没有还手:"求求你把护照还给我,千万别淋湿了！快给我！我输了！我服你！"

赵岩锋疑惑地看了看护照。

高萍和韩晓蕾从电话亭跑了出来。

四人在雨中扭成一团……

　　高萍把赵岩锋拉到一旁:"把护照还给人家!"

　　韩晓蕾终于抢过护照揣进怀里:"别毁了护照,那是我们的命呀!"

　　许同被韩晓蕾劝住:"小子你记住! 多打我三拳!"

　　赵岩锋:"不服接着打呀! 你还能揭下来咋的?"

　　韩晓蕾:"欠着! 我们走!"

　　许同:"记住欠我三拳!"

　　许同被韩晓蕾拽走。

　　高萍:"男的叫许同,女的叫韩晓蕾。"

　　赵岩锋:"不就一本破护照,跟要命似的!"

　　高萍:"有了护照能改变人的命运! 有了护照能把你的穷坑填平!"

　　赵岩锋:"真的? 这小本本有这大神通!"

　　高萍:"现在咱这对俄罗斯开放,人家大老远的都知道来这倒包发财,你就知道打架,真没用!"

　　赵岩锋:"我没用? 我服过谁? 喝多了扶过墙! 我还服谁? 他们能干,我凭什么不能干! 我也办护照下海!"

　　高萍:"对! 凭什么倒霉的事老围着咱! 我也要一本能交上好运的护照!"

　　赵岩锋:"我要把穷坑填平! 要你娘别翻脸!"

　　闪电照亮了赵岩锋坚毅的面孔……

　　雨越下越大,《相思风雨中》的歌声越来越清晰……

一组镜头

　　——外事局,赵岩锋、高萍递上申请表……

　　——照相馆,赵岩锋、高萍在照标准像……

　　——俄语培训班,赵岩锋、高萍在认真学习……

——赵岩锋、高萍把护照拿到手后欣喜欲狂……

口 岸 外 日

中俄大理石界碑。

中国的国旗和俄罗斯的三色旗迎风猎猎飘扬。

俄罗斯"卡玛斯"车队正在通关。

大量出国商务人员在等待出境……

赵岩锋在不停地按计算器："一个乳罩进价八块钱,卖四百卢布,一卢布四分五,两千个乳罩,能挣一万多! 借的钱全能还上还有剩。"

高萍："小点声!"

赵岩锋放下计算器打开一个包裹："把这几件运动服穿上。"

高萍："都穿两层了。"

赵岩锋："穿在身上,过关时能省点钱。"

高萍："精明!"

赵岩锋："化妆品带啦?"

高萍："带不少呢! 晒黑了你不要我怎么办?"

赵岩锋："我还担心你跑出我的穷坑呢!"

口 岸 内 日

简易的口岸设施。

赵岩锋和高萍穿得鼓鼓囊囊的像两只滑稽的企鹅。

许同和韩晓蕾出现在通关的队伍里。

边防人员给护照盖上出境章。

俄罗斯公路 外 日

写满日本文字的五十铃二手客车在公路上奔驰。

客车里 日

窗外，俄罗斯原野上美丽的乡间别墅……路旁俄罗斯儿童做友好的手势高喊："大大耶、大大耶斯奇！"……老式的压水笨井……带有哭碑的墓地。

赵岩锋和高萍美滋滋地欣赏异国风景。赵岩锋和许同打了照面，双方嗤之以鼻。高萍和韩晓蕾打了声招呼。

一乘客："快到了！调手表喽！现在俄罗斯用的是夏时制，把表往前调三个小时，就是乌苏里的当地时间。"

高萍在调手表："吓！刚吃完早饭又到中午吃饭时间了！"

赵岩锋拿出《俄汉巧对话》认真地学了起来："阿金、得哇、得雷、起得琳、巴记、舍细……乳罩——丢斯特嘎介列！"

高萍："听着不太像俄语！"

赵岩锋："只要能把货卖出去就成！西红柿——八米道路，同意——三哥拉稀！"

全车人哄地笑了起来……

赵岩锋红着脸："这上面写的吗！同意——三哥拉稀！"

许同："欠我三拳那小子，你什么时候拉稀呀！"

大伙又是一阵哄笑……

赵岩锋："你！"

韩晓蕾轻声地："同意，不是三哥拉稀，是桑格喇塞！"

赵岩锋："你会俄语？"

同车的人:"是'别拉沃其嚓'——翻译! 水平高着呢!"

韩晓蕾脸色难看突然剧烈呕吐起来,赵岩锋忙用双手接住呕吐物……

许同惊呆了……高萍找出方便袋和卫生纸帮助收拾……

赵岩锋:"你晕车?"

韩晓蕾瞅瞅许同点点头,"真不好意思!"

许同:"不让你来你偏来!"

高萍:"态度好点! 坐在靠车窗里!"

韩晓蕾和高萍换座。

赵岩锋用矿泉水洗手:"够辛苦的!"

许同:"哥们儿挺够意思! 谢了!"

赵岩锋:"哥们儿?! 不客气——巴亚斯达!"

乌苏里中国市场　外　日

人声鼎沸、熙熙攘攘。乌苏里批发市场把"中国市场"写成了'中市国场'。

客车缓缓停在了大门口。一群俄罗斯儿童围拢过来高喊:"大大耶、大大耶斯奇!"

韩晓蕾忙把准备好的"大大"泡泡糖发给小朋友。

刚下车的赵岩锋看见头戴绿帽子,裆前吊着胶皮棒子的警察大笑起来……

俄罗斯警察拍拍赵岩锋的肩膀亮出证件:"同志! 护照!"

赵岩锋、高萍、许同、韩晓蕾接受护照检查。

俄罗斯警察又指了指包裹,韩晓蕾:"全都是乳罩!"(俄语)

俄罗斯警察郑重地敬礼:"欢迎来到俄罗斯!"

大伙把包裹卸了下来。

一脸忠厚的石大虎走了过来:"都什么货呀?"

许同:"乳罩! 这一天的收入能赶上种地一年的收成。石大虎,我给你介绍个朋友。赵岩锋,比你小两岁比我大一岁!"

赵岩锋和石大虎握手:"石大哥! 幸会幸会! 多关照! 这是我女朋友高萍。"

高萍:"头次来,人生地不熟的多指教!"

石大虎:"什么指教不指教的! 大伙混饭吃都不容易! 用不了几天就熟了,先找个空地把货卖了就成。"

市 场 一 角　外　日

赵岩锋和高萍摆好了地摊。

赵岩锋生硬的俄语:"乳罩——丢斯特嘎介列! 起得列斯大卢布里! (400卢布)"

高萍手拿《俄汉巧对话》:"丢斯特嘎介列!"

几名俄罗斯妇女围了上来购买,高萍在收钱……

一俄罗斯妇女拿着两张十元人民币比画着要买乳罩。

高萍:"十六元怎么说?"

赵岩锋:"以前练过,忘了! 快看书!"

高萍拿着《俄汉巧对话》翻看:"找不着。"

赵岩锋张开五指比画,"巴基! (五)"手翻了过来,"巴基!"手又翻了过来,"再巴基!"又竖起一个手指头,"阿金(一)元呢!"

俄妇女掰掰手指头想了想:"噢! 塞思那嚓齐! (16)"

赵岩锋:"塞思那嚓齐! 十六元! 对! 对! 对!"

高萍的钱包已经装满了……

赵岩锋:"我出去一下!"

高萍继续卖货……一会儿赵岩锋拿着矿泉水和半米多长的俄罗

斯大肉串回来。

赵岩锋:"一切顺利,咱也庆祝一下!"

高萍:"肉串好大啊! 足有一斤! 你看还有血丝呢!"

赵岩锋:"七分熟!"

高萍边喝水边吃肉串:"味道还不错。"

赵岩锋:"刚才看许同他们卖得也挺好。"

高萍:"附近有厕所吗?"

赵岩锋:"挺远的,人多车多过去不方便,得两个小时。"

高萍:"尿急!"

赵岩锋:"有了!"快速用大包围了一个窝棚,递给高萍空矿泉水瓶,"怕你没挤到厕所就尿裤子了,对付用吧!"

高萍很难为情地钻了进去……

赵岩锋忙着卖货……

高萍把用后的矿泉水瓶放到一边,用矿泉水净净手……

几个俄罗斯人瞅到黄色的矿泉水瓶大嚷:"小烧! 中国小烧! 哈啦少!"

高萍一把攥在手里:"不卖! 涅! 涅!"

俄罗斯人纷纷要买:"小烧! 小烧!"

高萍急得要哭……

赵岩锋见状拿起《俄汉巧对话》:"别特那嚓其得夏奇!(一万五)"

俄罗斯人摇摇头纷纷走了……

高萍满脸通红:"你跟他们说了什么?"

赵岩锋:"我说这一瓶要一万五千卢布。"

高萍:"合人民币六百块,一泡尿比茅台值钱!"

赵岩锋:"还没加关税呢!"

市场　外　日

许同焦急地跑了过来："卖得挺好,咱们赶快把货款存上! 晚了就存不上了!"

赵岩锋:"保险吗?"

许同:"少啰唆! 快走!"

街道　外　日

赵岩锋紧紧跟在许同身后奔跑……面前走过来一名穿着泳装的美丽的俄罗斯少女……

许同愣住了……

赵岩锋:"我想她肯定不是咱们要找的人! 哎! 哎! 看两眼就行了!"

许同:"俄罗斯少女就是迷人!"

赵岩锋:"别吃着碗里看着锅里的! 到哪去存钱?"

许同:"把钱送到师祥海办事处那换成欠条,回国拿欠条换成人民币。俄罗斯海关不让带卢布过关,这是唯一的招。"

赵岩锋:"他要卢布干什么?"

许同:"购买货车、废铁什么的。"

赵岩锋:"师祥海是谁?"

许同:"泰昌公司经理,买卖干得大,公司效益特别好! 知道师祥海的外号叫什么吗? 叫大月饼!"

赵岩锋:"月饼? 怎么讲?"

许同:"一肚子花花肠子呗!"

赵岩锋:"噢!"

许同:"知道吗？卢布又贬值了！四分了！"

赵岩锋:"这才两天,掉得太离谱了！"

师 祥 海 办 事 处　　内　　日

许同和赵岩锋气喘吁吁走了进来。

四十多岁的师祥海在吸着跟实验室里制作氧气装置相仿的水烟袋,傲慢地:"过点了,不收啦！"吸一口烟,吃一口俄式熏肠……

许同讨好地递上烟:"别介！刚过几分钟。"

师祥海思忖一下:"看在同胞的份上,收下！一卢布按三分八厘。"

赵岩锋:"不是四分吗？怎么又少了两厘？"

师祥海:"给你换就不错了,刚才三个朝鲜人、一个越南人都被我撵走了。"

赵岩锋:"这不熊人吗？打劫呀！"

师祥海:"怎么的？把自己当戈尔巴乔夫和叶利钦啦！不换滚蛋！"

赵岩锋刚要发火被许同劝住……

许同一脸赔笑,搂着师祥海的脖子:"别跟他一般见识,第一趟过来的生荒子,打欠条吧！"

师祥海没好气地:"三分八厘！欠条拿好,丢了没人认账！"油腻腻的手递过欠条。

宾 馆 房 间　　内　　日

赵岩锋:"许同,在大月饼那儿,你说我是生荒子！要不是你多看人家姑娘几眼能过点吗？"

许同:"不就差两厘吗？"

　　赵岩锋:"少这两厘,一平方米的房子没了!"

　　丹妮娅给床铺上换上洁净的床单,铺完后对赵岩锋比画睡觉打呼噜的动作。

　　赵岩锋非常满意地递给丹妮娅一头大蒜:"даватьначай(小费)!"

　　丹妮娅欣喜若狂上去吻了赵岩锋一口。

　　一旁的高萍怒目圆睁,把一小兜大蒜塞给丹妮娅:"даватьначай(小费)!"

　　丹妮娅不解地看着高萍。

　　石大虎正好拎兜走了进来,高萍用手一指石大虎:"他、噢恩!"。

　　丹妮娅高兴地熊抱着石大虎,石大虎不知所措……"好男人!没有酒味的好男人!谢谢你!(俄语)"

　　石大虎:"快松开!这……"

　　韩晓蕾走了进来:"她说你身上没有酒味,喜欢上你了!"

　　丹妮娅高兴地拿着大蒜走了……

　　石大虎:"我一个农民,哪有这好事?不敢!不敢!"

　　高萍:"有什么不敢?来自莫斯科的爱情多浪漫!"

　　石大虎:"先发财再说。这芒种都快到了,着急回家插秧,有些货便宜让给你们,成不?"

　　赵岩锋:"都什么货?"

　　石大虎:"是最好卖的乳罩!这是样品!"边说边拿出样品。

　　大伙围拢过来……

　　韩晓蕾:"这型号、样式卖得不错!"

　　高萍:"颜色也行!"

　　赵岩锋和许同用眼神交流一下异口同声:"有多少要多少!"

　　大伙喜形于色……

市 场　外　日

人流如梭,摩肩接踵。

赵岩锋、高萍顶着烈日在卖货。

高萍:"今天这是怎么的,乳罩一个也没卖出去!"

赵岩锋:"怪事!"

许同和韩晓蕾急火火地挤了过来:"不好了,今天早晨师祥海的两火车乳罩到货,低价批发。现在乳罩臭行!"

赵岩锋:"我们被石大虎骗了!找他去!"

韩晓蕾:"他一大早就退房回国了。"

高萍:"让一个种地的把我们骗了,太没名了!赵岩锋!怎么办?"

赵岩锋:"我知道怎么办?石大虎我决不能饶了这小子!"

许同:"妈的!这小子不会回来了!卖不出去留给你俩用吧!"

高萍:"我俩十辈子都托生女人也用不完,说一千道一万还是咱想捡便宜,怪不得人家!"

韩晓蕾:"办法只有一个,咱走街串户卖货去!"

街 道一　外　日

赵岩锋、高萍、许同、韩晓蕾四人两手拎着、脖子上挂着各式乳罩,愁眉不展。

几名俄罗斯妇女围着赵岩锋挑乳罩,纷纷摇头:"小、太小了!(俄语)"

韩晓蕾:"她们嫌小!"

赵岩锋:"涅、涅,不小!"说着把乳罩戴在自己身上比画着,引起俄罗斯妇女哄笑。

高萍郁郁不欢,泪在眼圈……

这时几名女人打扮的俄罗斯男青年过来阴阳怪气地伸手调戏赵岩锋,高萍用乳罩把他们打散……

街道二 外 日

赵岩锋四人走在街道上……

高萍突然发现背对着大伙的石大虎在卖蔬菜种子。

石大虎看到地上人影围拢过来惊愕地回头……许同迎面就是一拳,还要打被高萍拉开。

许同:"怎么还没回家种地? 芒种快到了!"

赵岩锋:"今晚我们穷得都没钱住店了,怎么办吧?"

石大虎:"你凭什么打我? 乳罩臭行干我屁事?"

韩晓蕾:"你早就知道师祥海的货到了,退货!"

石大虎:"知道咋的? 也不是我逼你们买的。不退!"

许同:"借你仁胆!"

石大虎:"钱在赌场都输光了! 没钱!"

许同:"胡说!"

石大虎:"真的! 我没撒谎! 玩的是猜大小。"

赵岩锋一把抓住石大虎的脖领子,掏出他的护照:"不退货就废了你的护照!"

高萍瞥了一眼:"又是一次性护照。"

石大虎慌了:"别、别废我的护照! 我真没钱!"

许同:"撕了!"

石大虎:"饶了我吧! 我给你们干活! 当牛做马都行,千万别毁了护照! 全部的家当都在这上面呢!"说完扑通跪在地上号啕大哭。

高萍:"都不容易! 算了!"

许同:"算了? 谁容易? 你说谁容易?"

赵岩锋看看护照:"你杀了他又能怎样? 听高萍的吧!"

许同:"唉! 等着晚上住仓库吧!"

街道三　外　雨日

阴霾的天空下起了小雨……

赵岩锋四人在房檐下躲雨……

仓库　内　雨夜

凌乱、阴暗的库房堆满了货包。不时传来阵阵雷声……

赵岩锋四人在默默地收拾床铺……高萍用大包隔成两个房间。
干完活大伙坐在一起不出声。

高萍:"听说外面治安不好!"

许同:"门锁好了。"

赵岩锋:"来打扑克,别跟受气包似的。天塌不下来!"

许同:"打红八的,来点刺激的!"

韩晓蕾:"都没钱了!"

赵岩锋灵机一动:"咱就赌乳罩,成牌俩乳罩,踹光四个乳罩!"

高萍:"挺大男人,老乳罩乳罩的喊,不丢人啊!"

赵岩锋:"那叫啥?"

韩晓蕾:"叫文胸。"

许同:"文胸? 干脆就叫武装带!"

赵岩锋:"来! 咱就赢武装带的!"

赵岩锋、高萍、许同、韩晓蕾打起了扑克……

几只老鼠在地上逡巡着……

大伙专注地打扑克,每人面前放的乳罩此消彼长……

老鼠在货堆上钻进几件衣服里……

高萍警觉地:"什么声音?"

赵岩锋:"快出牌吧!外面在下雨!"

许同:"这好牌,都不舍得出了!"

一只老鼠爬到韩晓蕾的脚上,"许同别碰我的脚,这把咱俩可不是一伙的!"

许同:"谁碰你的脚呢?"

韩晓蕾低头定眼一看,一下跳到桌上:"老鼠!老鼠!"

赵岩锋抄起乳罩去打老鼠……

高萍、许同拿起木板打起老鼠……

赵岩锋一捆乳罩砸在衣服上,窜出几只老鼠……

许同:"不好,咱们的欠条和护照在里面呢!"

赵岩锋忙去查看,欠条已被老鼠咬碎。

许同捡起咬坏的护照翻看:"赵岩锋,是赵岩锋的护照,连入境有效章都没了!"

赵岩锋一把夺过护照看了看焦急地在地上寻找护照的碎纸屑……

高萍:"看能不能粘好?"

许同:"还好,其他人的护照没事!"

赵岩锋在地上捡纸屑,怎么也捡不起来……仰天痛苦地大喊:"老天爷呀!我遭难了……"

窗外,天空电闪雷鸣……

许同捡起地上欠条碎片:"这都是钱呀!"

韩晓蕾站在桌子上,一只老鼠从棚顶落在韩晓蕾的手上,韩晓蕾惊叫着一个趔趄摔在地上……

许同扔掉碎片,惊恐地:"韩晓蕾,韩晓蕾!"

韩晓蕾面色苍白……

高萍:"小蕾！没事吧?"

韩晓蕾:"胳膊疼。"

仓　库　　内　　日

高萍:"小蕾,好点了吗?"

韩晓蕾点点头。

高萍:"我不明白,老鼠为什么偏偏去啃赵岩锋的护照? 去啃值钱的欠条?"

赵岩锋:"师祥海打欠条时在吃熏肉肠,我的欠条又夹在护照里。这个大月饼,心肠太花花了!"

高萍:"找他算账！可惜毁了赵岩锋的护照!"

许同在小心翼翼地将破损的欠条放到塑料袋里:"也不知道师祥海还能不能认账?"

赵岩锋:"他不会落井下石吧!"

石大虎和丹妮娅进来把牛奶、土豆、面包等放在货包上。

丹妮娅:"姑娘,快起来吃饺子！(俄语)"

韩晓蕾:"斯巴细吧！(谢谢)"

丹妮娅把包的俄罗斯圆形饺子端了出来。

许同:"赵岩锋的护照被毁了,还少了关键的入境有效章的那一页。"

石大虎:"麻烦了！一次性的护照废了,得上哈巴罗夫斯克领事馆补办。"

赵岩锋:"花钱吗?"

石大虎:"能不花吗? 挺远的。太麻烦了!"

赵岩锋:"我怎么也得把费用挣回来再去补办。"

石大虎:"以后警察检查护照时怎么办?"

赵岩锋:"躲远点有了,都是俄罗斯老鼠干的!"

街道　外　日

赵岩锋和许同在奔跑……许同看到俄罗斯美女要停下,被赵岩锋拉走……

师祥海办事处　内　日

赵岩锋、许同把欠条碎片递给师祥海。

师祥海:"这都是什么乱七八糟的!"

许同:"你打的欠条,现在缺钱花。被耗子嗑了,赵岩锋的护照都毁了。"

师祥海:"我没打过这样的欠条!"

许同:"碎了点,字迹还是能看出来的!"

赵岩锋:"你不能昧着良心说没打过。"

师祥海:"没打过,就是没打过! 你们出去! 要不我报警!"

赵岩锋:"你这不是落井下石吗!"

师祥海:"滚! 快滚! 我要报警了! 连护照都毁了,还敢出来得瑟!"

师祥海的两个打手围了过来……

赵岩锋怒不可遏把欠条摔在师祥海脸上:"你他娘的混蛋!"

师祥海:"滚!"

赵岩锋:"混蛋!"

许同拽走了赵岩锋……

师祥海办事处　外　日

赵岩锋、许同走出办事处。

赵岩锋:"自从你上次看美女耽误了时间咱们就没好过! 师祥海,你给介绍的什么破人!"

许同:"我哪知道他那么坏,我的也赔了!"

赵岩锋:"那你敢不敢跟我再进去打个天翻地覆! 讨回公道!"

许同:"你要去你去,好汉不吃眼前亏! 你别忘了你没护照!"

赵岩锋:"豁出去了!"他闯进办事处,一会儿,鼻青脸肿地被人打了出来……

许同忙去搀扶赵岩锋。

一摩登俄罗斯少女经过,许同失神地盯着……

赵岩锋挥起了拳头:"都什么时候了,我叫你看美女!"

许同边招架:"你疯了! 这关美女屁事?"

赵岩锋:"你离了美女能死呀?"

俩人厮打在一起……

街道　外　日

黑着眼圈、肿着下巴的赵岩锋和许同坐在长椅上无力地喘着粗气……

赵岩锋:"长记性了?"

许同:"你又多打我三拳,一共欠我六拳! 记着!"

赵岩锋:"莫斯科不相信眼泪! 我们差在哪? 我不服! 我不服呀!"

许同:"没钱! 翻本的机会都没有了。"

仓库　内　日

高萍把几套运动服叠得非常板正……

赵岩锋、许同垂头丧气地走进来。

高萍："又打架了？钱肯定没要回来！"

赵岩锋嘶哑的嗓子说不出话……

高萍："怎么的？"

许同："上火了,说不出话！"

高萍："咱别上火,没用！把运动服买了,有点本钱倒腾果菜,做盒饭卖,往市场送开水清运垃圾都会赚钱的。"

赵岩锋点点头。

高萍："咱这护照被废了,以后见警察躲远点。"

赵岩锋使劲点点头……

高萍用手沾水给赵岩锋揪脖子败火。

韩晓蕾看着许同的模样："你又打架了！"

许同："摔的！不小心摔的！"

韩晓蕾："我想回家！咱回家！"说完哭了……

二人拥泣在一起……

一组镜头

——赵岩锋、许同在卸果菜……

——高萍、韩晓蕾在给商贩出售盒饭……

——空旷的市场,赵岩锋四人在清扫垃圾……

——市场,警察检查护照。赵岩锋远远看见警察扔下菜篮就跑……

仓库　内　日

石大虎风火火进来:"都在这呢! 有两个消息,一好一坏。"

赵岩锋:"先说孬的!"

石大虎:"卢布又贬值了,掉了三厘!"

赵岩锋:"钱又缩水了。"

许同:"好的呢?"

石大虎:"丹妮娅的表哥多利亚是经营废旧金属的。"

赵岩锋:"叫什么? 多俩! 多俩啥?"

韩晓蕾:"多—利—亚。"

许同:"他经营废旧金属和我们有什么关系?"

赵岩锋:"买卖太大,我们没有本钱。"

石大虎:"货到国内付款。"

许同:"哪有那好事?"

石大虎:"多利亚爱喝酒,今晚好好跟他沟通沟通。他酒量特大!"

赵岩锋:"咱仨还陪不好他?"

石大虎:"我要敢喝酒丹妮娅就不理我了。"

高萍:"你和丹妮娅好上了,可得感谢我的一兜大蒜!"

石大虎:"那当然! 这笔买卖要是做成了我就不欠你们的了!"

酒店　内　夜

墙上精美的壁毯,柴可夫斯基的《忧郁小夜曲》环绕耳际。

餐桌上,摆满了酸黄瓜、烤肉、鱼籽酱、蜘蛛蟹、熏鱼、各式沙拉,还有锡制鹿底5座烛台。

石大虎:"高萍怎么没过来?"

赵岩锋:"看家,害怕闹鼠灾。"

丹妮娅一身旗袍打扮生硬的汉语:"我漂亮吗?"

赵岩锋:"漂亮!"

许同:"漂亮极了!"

石大虎:"丹妮娅说她不想当服务员了,想到中国去倒包,特别想吃咱那儿的糖葫芦。"

赵岩锋:"好! 我下回来给你带一百个! 一人多长的冰糖葫芦!"

石大虎:"一会我给你们引见完了,我就走! 俄罗斯人喝酒可厉害呢!"

韩晓蕾:"他们人高马大的当然能喝。"

石大虎:"说得不对,他们是先喝啤酒后喝白酒。咱们喝反了,先喝白酒再换色是不对的。喝反了! 丹妮娅说的。"

许同:"没啥道理呀!"

赵岩锋:"一会就让多利亚按中国方法喝酒。"

多利亚走了进来,石大虎拉起赵岩锋介绍:"这是俄罗斯红十月贸易公司总经理多利亚。这几位是我的哥们儿!"

多利亚张开大手五指分开猛地握住赵岩锋的手。

赵岩锋握住多利亚的手:"你好! 你好! 手劲这大,握手的姿势特像叶利钦。"

多利亚生硬的汉语:"同志们好! 同志们辛苦了!"

大伙笑了……

韩晓蕾:"请用中国喝酒方式先喝白酒,后喝啤酒!(俄语)"

多利亚:"好! 好!"

韩晓蕾打开一瓶酒,倒在分酒的银酒器上,自动分出六杯酒……

丹妮娅转身就走:"对不起! 我走了!"石大虎紧随其后走了。

多利亚:"她闻不了酒味! 她的父亲是酗酒死的,她特别讨厌酒!同志们! 干!"一饮而尽。

大伙拿起酒杯面带难色……

赵岩锋："现在不兴叫同志了,叫哥们儿!"

多利亚："哥们儿,干!"

韩晓蕾："我喝不了酒呀! 我知道多利亚会中国话,让高萍来呀!许同你快替我呀!"

多利亚："不喝不是哥们儿!"

赵岩锋和许同都干了。

多利亚："我讲一个故事,答对的可以不喝。有个父亲让他二十岁和十二岁的姑娘烧一样的水,谁先烧开谁先出嫁,你们猜这姐俩谁的水先烧开!"

赵岩锋："要是一样的火和一样的水,应该同时烧开!"

许同："同时烧开!"

韩晓蕾："十二岁的先开!"

多利亚："是妹妹的先烧开,姐姐着急出嫁,老打开锅盖看水开不开。"

韩晓蕾："我答对了! 可以不喝酒了。"

赵岩锋："俄罗斯也流行脑筋急转弯!"

多利亚："我也喝!"

大伙又都喝了一杯。

赵岩锋："你的生意不错! 咱们一起合作!"

多利亚："丹妮娅说你们是好人! 我也是靠倒包起家的。中国的商品又多又好还便宜。我愿意跟你们合作!"

许同："太感谢了!"

多利亚："不过……"

赵岩锋："什么?"

多利亚："你们发财了,冬天时别忘了请我到你们国家的海南岛去游泳!"

赵岩锋:"可以！干杯!"

……

仓　库　内　夜

高萍对着镜子发现脸明显晒黑。拿出化妆品,耳边响起石大虎的声音:卢布又贬值了,掉了三厘！犹豫了一会儿,又把化妆品装了起来。

高萍内心独白:明天是赵岩锋的生日,我一定要他过个快乐的生日……

有人敲门,高萍忙去开门,赵岩锋、许同明显喝多了,在韩晓蕾的搀扶下进来……

赵岩锋:"高萍,你不去后悔吧！俄罗斯熏鱼可好吃了!"

高萍:"我得看家,要不老鼠又祸害人了。"

许同:"鱼肝罐头,还有酸黄瓜……好吃……好吃!"

赵岩锋:"韩国辣酱,二十四头的……"

高萍:"喝了不少,多利亚满意吗?"

许同:"我俩轮番灌他,还是人家厉害！不好,我要吐……"韩晓蕾把他搀扶出去……

高萍:"赵岩锋,你难受你也吐去!"

韩晓蕾:"他都吐了两气了!"

高萍:"你还不如许同能喝呢！生意谈得怎么样?"

赵岩锋:"有我在没问题！绝对没问题！明天看货。"

高萍:"酒桌上的事,能有多大谱?"

赵岩锋一头栽在床上……

市 场　外　日

高萍、韩晓蕾在卖菜……

韩晓蕾："你怎么没化妆？"

高萍："最近皮肤过敏。"

韩晓蕾："晒黑了，赵岩锋不要你咋办？"

高萍："我们可是患难见真情！"

韩晓蕾："男人有钱就学坏，男人要变心九头牛都拉不回来！"

高萍："我去趟厕所。"

市场一角　外　日

高萍在卖化妆品……

仓库　内　雨夜

赵岩锋："下雨了，高萍怎么还没回来？"

韩晓蕾："她说上厕所就再没回来！"

许同："岩峰，用不用报案？"

赵岩锋："报案！"

门开了，高萍一手抱着俄罗斯生啤酒罐，一手抱着生日蛋糕等吃的出现在门口，浑身湿淋淋的。

赵岩锋："你上哪儿去啦？急死我了！"

高萍："今天是你二十六岁生日！好好庆祝一下！"

赵岩锋："哪来的钱？"

高萍："我把化妆品卖了！"

许同："今天是喜上加喜,要过的废品也有眉目了。今儿咱好好乐和乐和!"

韩晓蕾："我去做个苏泊汤!"

很快一桌丰盛的酒席摆好……高萍点燃了生日蜡烛……

大伙唱起了《生日快乐》歌……

许同："许个愿吧!"

赵岩锋："祝大家平安、如意,咱们发大财!"

大伙："好!"蜡烛被吹灭……

高萍用手指轻轻沾些蛋糕上的奶油,在赵岩锋的额头上画上两道……

高萍和赵岩锋拥吻在一起……

许同："干杯!"

赵岩锋："干杯!"

这时门开了,师祥海领着打手进来……

赵岩锋："你来干什么?"

师祥海："别害怕! 过生日呢! 给你庆祝庆祝!"

高萍惊呆了……

许同："来还钱?"

师祥海："不错! 你猜对了! 要钱可以,我公司急需翻译,只要韩晓蕾到我们公司来,不仅马上还钱,外加年薪三万,干满三年!"

韩晓蕾："我不去!"

高萍："不能去!"

师祥海："不来可以! 我马上打电话报警,这儿有个没护照的非法入境者!"

赵岩锋："你真卑鄙! 我有护照!"

师祥海："敢给警察看看吗?"

赵岩锋："有什么大不了的,顶多被遣返呗! 我认了!"

师祥海："那得先去海参崴大狱遭几个月罪！"

韩晓蕾："你胡说！"

师祥海掏出手机……

许同："慢、慢！赵岩锋太不容易。晓蕾你去吧！天天下班我去接你。"

韩晓蕾含泪看着许同……

许同："求你了！哥们儿的事就是咱自己的事！"

赵岩锋："不行！"

韩晓蕾朝师祥海点点头。

师祥海："明天上班！"扔下一打卢布……

赵岩锋愤怒地一拳砸在桌子上："嘻！许同我欠你的！"

叠印画面

高萍用手沾水给赵岩锋揪脖子败火。

赵岩锋、许同在卸果菜……

高萍用手指轻轻沾些蛋糕上的奶油，在赵岩锋的额头上画上两道……

高萍和赵岩锋拥吻在一起……

许同在师祥海办事处门口接韩晓蕾下班……

画外音（赵岩锋）：许同用得到的钱给我补办了新护照，我和高萍边倒包边做废旧金属生意。这些年里：石大虎和丹妮娅结婚了，并在中国建起了俄罗斯商品店；许同仍在倒包，天天接送韩晓蕾下班，他们有了一个六个月大的孩子；在多利亚的帮助下我的废旧金属生意越来越红火，我和高萍婚后终于建起了自己的公司……

联鑫公司　外　日

字幕:1996 年 6 月

中俄文书写的铜质联鑫贸易公司牌子格外显眼。

一辆"卡玛斯"55111 型自卸车驶进公司院里……"卡玛斯"车将废铁卸下。赵沿锋在废铁堆里挑挑拣拣。

赵沿锋用电焊分离金属。

高萍心疼地:"不要命了！看看你,瘦了一圈！歇歇吧！"

赵沿锋:"这破烂里可有宝贝,刚才捡了一个挺新的 4.0 电机。多利亚什么家底都当废品卖。你看这汽车配件多新！"

高萍:"喝口水吧！"

赵沿锋:"高萍你把你脚底下那块铁递给我。"

高萍拾起递了过来。

赵沿锋:"你看这还嵌了一块铜呢！把它拆开卖。"

高萍:"这还不够费劲的,值吗?"

赵沿锋憋足了劲把铜撬了下来:"钱就是这样一分一分挣来的。积少成多嘛！"

赵沿锋用冷毛巾敷在眼睛上,拿小锤敲打金属,仔细听着声音……脸上出现痛苦的表情……

高萍:"你的眼睛怎么了?"

赵沿锋:"被电焊打了。"

高萍:"很疼吧！"

赵沿锋使劲点点头。

高萍:"我妈说了用新鲜的人奶可好使了！"

赵岩锋:"快去弄去！"

高萍:"你也不让我怀孕,我上哪了弄人奶去？还要新鲜的。"

这时,一辆尼桑轿车开了进来。许同、韩晓蕾抱着孩子从车里下来。

赵岩锋、高萍忙迎了过去。

赵岩锋:"哥们儿,想死我了!"

许同:"我也想你! 你成了中俄边境有名的'破烂王'了!"

高萍接过孩子:"长得真像许同! 几个月了?"

韩晓蕾:"才六个月,还不会说话。"

高萍:"男孩、女孩?"

许同:"丫头片子! 将来只有当老丈人的命了!"

高萍:"怎么不喜欢女孩? 瞧不起女人!"

许同:"不敢不敢!"

高萍:"哼! 口是心非!"

许同:"岩峰,你的眼睛怎么了?"

赵岩锋:"电焊打了,又疼又涩!"

许同:"没雇儿个人?"

赵岩锋:"都去口岸接货去了。"

高萍盯着韩晓蕾的乳房:"赵岩锋,救星来了! 你要的新鲜人奶来了。"

韩晓蕾:"我也听说过人奶能治你的眼睛。"

高萍拉着韩晓蕾:"走,到屋里去!"韩晓蕾抱着孩子跟高萍走了。

赵岩锋:"许同,回来和我一起干吧!"

许同:"现在倒包更不容易,又要落地签和劳动大卡的。一个字,难!"

赵岩锋:"师祥海那很红火,他对韩晓蕾怎么样?"

许同:"别提了,缺翻译时拿她当个宝,现在哪个摆摊的不会俄语?上个月把工资都给降了。"

赵岩锋:"都过来干咱自己的事业。用不了多长时间,咱也赶上师祥海的公司。"

许同:"你太善良,从这一点看,不太可能!只有狼才能吃上肉!"

赵岩锋:"不瞒你说我的冶炼厂已经开工了,我和高萍都是学金属冶炼的,专业都派上了用场。我不会一辈子当'破烂王'的!一起努力吧!我是人,动物蛋白和植物蛋白,我是通吃的!"

许同:"我决定加入你的公司,拿九十万入股!"

赵岩锋:"欢迎!"

公司办公室　内　日

办公室正中摆放着赵岩锋和高萍在壮美的北极光下照的婚礼照。

韩晓蕾看到照片:"还有北极光,在哪儿照的?"

高萍:"北冰洋边的工业城市摩尔曼斯克,北纬69°,去年结婚时去的!"

韩晓蕾:"收破烂都收到哪儿去了!佩服!佩服!那儿有极夜现象。"

高萍:"是,在长达45天、1080小时的黑夜中工作。"

韩晓蕾:"那多压抑、多无聊、多寒冷、多寂寞!"

高萍:"赵岩锋说把这45天、1080小时看成是世界上最长的洞房花烛夜,想一想,多浪漫、多温馨、多甜蜜、多美好!我拥有过世上最长的洞房花烛夜!"

韩晓蕾:"还美呢?这么长的洞房花烛夜到现在还没有孩子,你能拴住赵岩锋的心吗?"

高萍闷闷不乐。

韩晓蕾:"怎么不高兴了?"

高萍:"你把我最美好的回忆搅乱了。"

韩晓蕾:"对不起!"

高萍递给韩晓蕾一只空杯:"天天忙事业,孩子过几年再要!"

韩晓蕾接过来,边挤奶边说:"我跟你说过,男人要变心,真的是九头牛也拉不回来! 这几年我看多了!"

高萍陷入了沉思……

韩晓蕾:"够了吧!"

高萍猛醒:"够了! 够了!"

冶炼厂　内　日

工人们正热火朝天地冶炼废铝。银色的铝锭整齐地码好……

赵岩锋和许同走了进来。赵岩锋:"大伙休息一下! 这是公司新来的副经理——许同!"

许同给大伙鞠了个躬,工人们报以热烈的掌声……

许同:"希望工作上,大家多支持我,我们一起好好干!"

赵岩锋家　内　夜

赵岩锋:"眼睛总算不疼了!"

高萍:"那么好使,精神作用吧! 漂亮的小媳妇,无私奉献……"

赵岩锋躺在床上:"好累呀! 说啥我都认了! 不和你掰了!"

高萍:"还没提什么要求,就封门了。"

赵岩锋:"什么要求?"

高萍:"别装糊涂! 孩子的问题!"

赵岩锋:"咱事业刚有点眉目,再过两年。"

高萍:"过两年和别人生去!"

赵岩锋:"怎么说话呢? 不和你生和谁生?"

高萍:"去年结婚时候说得多好,我们拥有世上最长的洞房花烛夜！我好感动啊！这么长的洞房花烛夜怎么还没孩子呢?"

赵岩锋:"吃错药了吧！咱不是计划着来!"

高萍:"赵岩锋,你不能剥夺我的生育权!"一只枕头砸在赵岩锋的身上。

赵岩锋:"你疯了？你要干什么？昨天许同韩晓蕾跟你说什么了?"

高萍:"你管得着吗?"

赵岩锋:"你中邪了!"

高萍:"你才中邪了呢！我要孩子怎么的?"

赵岩锋:"不行!"

高萍雨点般的拳头打在赵岩锋的身上:"我要孩子！孩子！你让我做高龄产妇,让我死！你好去娶个年轻的！你有钱就学坏！我才不死呢！我要活得万古千秋的！谁也别想取代我！别想!"

赵岩锋推开高萍:"够了！这翻脸比翻书还快!"

高萍一脚把赵岩锋踹到床下……

赵岩锋:"我走!"

赵岩锋快速穿上衣服,摔门而去……

高萍号啕大哭……

公司门口　外　日

师祥海开着大吉普冲了进来……

公司办公室　内　日

赵岩锋刚刚起床:"稀客！稀客!"

师祥海:"睡办公室了,一定是被老婆踢出来了!"

赵岩锋:"算你猜对了!"

师祥海:"我给你介绍一个芳龄十八,美丽性感的蜂腰姑娘。保你满意!"

赵岩锋:"你自己留着吧!"

师祥海:"都是男人! 装什么装?"

赵岩锋:"受用不起!"

师祥海:"撬走我的翻译,也不跟我打声招呼!"

赵岩锋:"韩晓蕾那叫弃暗投明! 你有事说事!"

师祥海:"爽快! 把冶炼厂卖给我,咱俩都能活! 否则……"

赵岩锋针锋相对:"否则,你死我活!"

师祥海:"不,我活你死! 你必须去死! 一万四千八百二十一点六二平方米的工业用地,二十四名职工,设备不过九十万元,开个价吧!"

赵岩锋:"我的家底比我自己掌握得还细,佩服! 佩服! 不卖! 多钱都不卖!"

师祥海:"话别说绝了! 你好好想想! 这事不能拖过二十四小时!"说完扭头就走! 快到门口时又回头大喊:"现在计时已经开始!"

赵岩锋:"来吧! 看咱谁先死! 我等着!"

开城韩国料理　内　夜

赵岩锋和许同坐在高丽炕上喝着韩国米酒……

桌子上摆着石锅大酱汤、苏子叶、打糕、手撕狗肉等韩国料理。

许同:"这米酒有后劲!"

赵岩锋:"来,干!"一大碗一饮而尽。

赵岩锋:"师祥海要整死我!"

许同一惊:"赶快报警呀!"

赵岩锋:"要整死我的企业。

许同:"你怎么得罪他了！至于吗?"

赵岩锋:"他是狼,要吃掉所有的羊。看好咱厂子的位置,也看好咱的项目！要强买强卖。"

许同:"他的势力太大了,咱不是他的对手!"

赵岩锋:"老婆也跟着瞎闹。没省心的事!"

许同:"是不是不欢迎我们两口子加盟啊!"

赵岩锋:"不是！不过你们两口子给高萍灌什么药了,天天和我没完没了地闹!"

许同:"没说什么呀? 别冤枉好人!"

赵岩锋火了:"我就纳闷,师祥海对咱的家底那么熟悉? 工业用地都精确到小数点后两位数!"

许同明显有了醉意:"怎么? 你怀疑我?"

赵岩锋猛喝一杯:"说对了!"

许同:"你请我吃饭就是为了说这些?!"

赵岩锋:"不是!"

许同:"你以为我没处呆了,来搬着你下巴颏子吃饭！咱哥们不差事吧?"

赵岩锋:"不差!"

许同:"这年头弄个数字,不费劲！你怀疑我!"

赵岩锋:"你喝多了,我把你找来是看看怎么对付师祥海的。"

许同:"你欠我六拳！从认识到现在你欠我六拳！我要还回来!"上去就给了赵岩锋一拳。

赵岩锋:"你不帮忙就算了,还打我！我叫你清醒、清醒!"回敬了一拳！

俩人厮打在一起……

赵岩锋:"师祥海只给了我二十四小时的时间,你说我还能去找谁说? 师祥海要吃了我！我不能跟媳妇说,只能跟哥们儿说……"

许同："现在已经过了一半时间了！你不早说！"

许同手机响了，一看："老婆的，我不接！"

赵岩锋的手机响了……

许同："老婆的电话不接！"

赵岩锋："你老婆给我来的电话！"

许同："不接！"许同的电话又响了

许同："嫂子给我来的电话！"

赵岩锋："不接！"

赵岩锋、许同几乎同时："这事不能让女人知道，咱哥俩一起扛！"

赵岩锋："好兄弟……"

手机同时响起……

赵岩锋和许同两人对视着，许同："接吧？"

赵岩锋："接！"

许同接听电话："是在一起呢！"

赵岩锋、许同："马上回去！"

公司办公室　内　夜建办事处

赵岩锋、许同匆忙地进来……

高萍焦急地："怎么不接电话？"

韩晓蕾："打架了？"

赵岩锋："着急回来摔的！什么急事？"

高萍："我们废铝原料要没了！老客户都不敢给咱送了。师祥海给垄断了！"

赵岩锋拿起电话熟练地拨完号："大宇公司吗？我是赵岩锋，废铝有现货吗？……没有，兴华公司也没有，那顺城公司呢？什么？都没有……"

赵岩锋放下电话忧心忡忡地:"师祥海是要置我们于死地……"

许同:"这就开始了?"

高萍:"他怎么总和我们过意不去! 好像上辈子欠他似的!"

韩晓蕾:"他是一个拔一毛利天下而不为,为己利少一分也要争的人,天性!"

赵岩锋:"算了,商场如战场,他能下血本把铝垄断,求谁都没用,在自身利益上,他是不肯让半步的。这就是竞争,激烈且又无情。"

许同:"赵岩锋说得对,我们求谁都是徒劳的,一切只能靠我们自己!"

赵岩锋:"再过五天,厂子就断原料了,如果我们不能按合同发货,就会被推上法庭了。如果花高价从泰昌公司进原料,我们厂子该关门了。"

韩晓蕾焦急地:"那怎么办呀?"

赵岩锋:"来,咱几个冷静一下想想对策。公司刚运转半年多,没有强大的资金做后盾,不能拿钱去和泰昌公司打价格战,咱也打不起。如果从国外直接进货又没有过硬的合作伙伴。"

韩晓蕾:"伙伴? 多利亚怎么样?"

许同:"他只做废铁生意。"

韩晓蕾:"让他帮我们联系一下。"

许同:"时间这么短能行吗?"

赵岩锋:"只有从国外直接进才能把价格降下来,我们不妨到俄罗斯建一个办事处! 挨村去收!"

许同:"对! 如果不能大批的进货,我们就在国外一斤一斤地收购。"

赵岩锋:"说干就干,我们带些方便面明天一早就出国。"

韩晓蕾:"不行啊! 我刚到口岸送走两台货车,后天俄罗斯过节,口岸闭关好多天呢! 现在各公司驻外人员全撤回来了。以前每天十台出境班车,明天上午只有一台出境的考斯特客车,剩下的车票又被师祥海全买了!"

许同:"这个坏蛋!"

高萍:"出是出不去了,没车! 也不能走着去乌苏里!"

赵岩锋:"实在不行就走着去!"

韩晓蕾:"附近有军事设施,不准徒步过境!"

许同痛苦地:"我们这么倒霉! 比唐老鸭还倒霉。"

赵岩锋:"闭关?! 谁都过不去,这既是个天大的障碍,也是一个很好的机会,利用好了没准我们能打个翻身仗。"

韩晓蕾无奈地:"我们怎样能出去呢? 买不到出境客车票,也不能走着去!"

赵岩锋:"我就不信那个邪!"

高萍:"你又把自己当叶利钦了。"

赵岩锋:"明天试试!"

韩晓蕾:"我们办事情怎么这么不顺呢?"

许同:"什么事都顺,也就挣不着钱了。"

高萍:"有道理。"

口 岸 外 日

赵岩锋四人焦急等待出境……

师祥海坐在考斯特客车里一脸坏笑,韩晓蕾气愤地转过身去……

赵岩锋拦住客车。

乘务员:"先生有事吗?"

赵岩锋:"着急出国,就四个人!"

乘务员:"都坐满了不加座!"

许同:"那不有空位子吗?"

乘务员:"车票已经卖出去了,他的朋友在口岸那边上车!"

赵岩锋:"求求你行个方便! 你让他匀几张票!"

师祥海:"一百万一张,你买吗?"

许同从窗户硬要上……

乘务员:"我要报警了! 出去!"

许同无奈地下车。

乘务员:"我们客车是不准超员的,很抱歉!"

高萍:"这是国际客车!"

乘务员:"国际、国内都是不允许超员的! 发车!"

考斯特客车启动了,师祥海神气地:"乌苏里见!"

高萍:"呸!"

许同:"怎么办?"

赵岩锋走了。

大伙在烈日下汗流浃背……

许同:"再不走口岸要闭关了! 我们企业真的就死去了!"

一会儿,赵岩锋回来了。

韩晓蕾:"有消息吗?"

高萍:"能出境吗?"

赵岩锋:"有可能!"

许同:"不会是走着去吧?"

赵岩锋:"我问你俩,你们说活人和死人,哪一个更吓人?"

许同:"那当然是活人啦! 像师祥海那样的人多可怕! 死人最老实,甭管他生前怎么咋呼! 死人是最守规矩的。"

韩晓蕾:"怎么谈这个? 丧气!"

赵岩锋:"我们现在要过关只能跟送葬车出境!"

韩晓蕾惊讶地:"啊? 这也太恐怖了,没有其他车了吗?"

赵岩锋:"没了。有一个俄罗斯游客在我市游玩,心脏病突发死了,尸体一会要运过去,我们冒充他的朋友去送葬,只有这样才能过关。"

韩晓蕾:"这恐怕不吉利……"

许同:"一会儿? 和死人过境?"

赵岩锋点点头。

韩晓蕾:"我们四个人围着棺材……"

高萍:"在黑漆漆的闷罐里?"

赵岩锋又点了点头:"只有这一辆车了,人家肯不肯让咱搭车还不一定呢! 许同去买几箱方便面、泡菜什么的。韩晓蕾去和多利亚联系,让他给我们在旅店订房间,要便宜点的。记住,到了太平间见了死人我们一定装得像些,一定要哭得死去活来、如丧考妣、痛不欲生、肝胆欲裂,打动外事办人的心,才能让咱搭上这班车。"

韩晓蕾:"我们是不是带些什么送葬的东西?"

许同:"买点烧纸什么的。现在最兴扎几个'小姐'送去!"

赵岩锋:"去你的! 俄罗斯不兴那个,拿几束花就行。"

遗体告别厅　日

人们正鞠躬向遗体告别,赵岩锋四人闯了进来,扑向尸体号啕大哭、悲痛欲绝……

赵岩锋:"你走得好急呀! 老朋友我来送你来了! 你好走! ……"

高萍、韩晓蕾、许同也装着抹起眼泪……

一旁的外事工作人员忙扶起赵岩锋:"请节哀! 我们要把遗体送出国。"

赵岩锋急了:"让我们去吧! 我们不仅是生前友好,还是婚前友好啊! 让我们也去! 我们都有护照、有签证呀! 搭个车……"

外事人员不解地看着赵岩锋一言不发……

赵岩锋四人放声痛哭，一阵高过一阵、一阵悲过一阵……

外事人员无奈地点了点头。

赵岩锋四人哭声戛然而止、一脸得意……

公路　外　日

一辆"卡玛斯"车在公路上飞速行驶……

车厢内　日

昏暗的灯光。赵岩锋四人围着一副铁皮棺材兴高采烈有说有笑……

高萍不住地搂紧赵岩锋。

许同："高萍,你不和赵岩锋打冷战了?"

高萍："闭嘴!"

赵岩锋突然紧张起来："你们听是什么声音?"

棺材随着汽车的颠簸发出'吱嘎嘎'的响声。

韩晓蕾嘴唇直哆嗦,面色苍白,不敢正眼看棺材一眼。

赵岩锋问许同："感觉怎么样?"

许同："呼吸加快,心跳过速,头皮发紧,两手冰凉,真够刺激。"

韩晓蕾："还有……"随着汽车的颠簸,棺材向韩晓蕾滑了过去,韩晓蕾尖声惊叫起来……棺材又向高萍这边滑来……

赵岩锋："高萍,你要掐死我了!"

许同："太亲密了!"

赵岩锋："我给你们讲个笑话放松放松。"

韩晓蕾："快讲吧! 别是吓人的鬼故事就行。"

赵岩锋："从前有一家吝啬鬼……"

韩晓蕾捂上耳朵:"带'鬼'字了!"

赵岩锋:"是吝啬鬼! 一天男的在街上无意间放了个屁。回家告诉了老婆。老婆大怒说,你为啥不赶快回家吹灯用!"

大伙忍不住笑了起来。

宾馆内　夜

客房内挂着漂亮的壁毯,宽大的席梦思床,干净整齐。

多利亚将拎包、方便面放在桌上。

高萍、韩晓蕾惊魂未定,行动有些木讷。

许同:"吓得不轻呀!"

赵岩锋:"这房间两万卢布一宿,太贵了!"

许同:"天亮了,再换个地方。"

多利亚生硬的汉语:"你们太小气了,别亏待了姑娘们! 你们要找的伙伴都去别墅度假去了,有事七天后再说。"

赵岩锋:"一竿子支到七天后了,这效率太慢了。明天你给找个有院的房子,我们自己收废铝。"

多利亚:"那的条件不好。"

赵岩锋:"选好地方后在报纸、电视上做个收废铝的广告。住的地方,条件好不好没关系。"

泰昌公司办事处　内　日

助手:"不好了! 不好了!"

师祥海:"慌什么? 有屁快放!"

助手:"赵岩锋他们坐送葬车过来了!"

师祥海:"这帮家伙聪明得不太可爱了!"

助手:"整他们!"

师祥海恶狠狠地:"整他们不是目的,整死他们才是目的!"

联鑫办事处　外　日

河边一座俄式木屋。一辆"莫斯科人"轿车停在屋前,赵岩锋等人下车。

多利亚:"玫瑰大街290号。两万卢布可以住一年,对付住吧! 离市区远点,我把我的二手车借给你们。"

赵岩锋:"这两万卢布住一年! 合算! 太合算了!"

高萍:"院子好大呀!"

韩晓蕾:"我闻到红梅花的味道了!"

许同:"空气真新鲜。"

赵岩锋:"我宣布联鑫公司第一个海外办事处成立了!"

大伙兴高采烈欢呼起来……

联鑫办事处　内　日

屋子内的桌子,地板,床铺上有厚厚的一层灰尘。多利亚开门进来,惊跑了几只老鼠。

赵沿锋:"快有半个世纪没人住啦!"

高萍:"比住仓库时好多了!"

许桐:"大概是沙皇时留下的吧!"

韩晓蕾:"壁炉! 我最喜欢斯拉夫风格的壁炉了!"

高萍:"带两个里屋,正好一家一间。"

赵沿锋:"高萍、小蕾你和'多俩'去发广告,办劳动大卡和落地签。报纸太慢,去电视台。这的活儿我和许同包了。"

联鑫办事处　外　傍晚

——"莫斯科人"轿车在街道上行驶。

——赵沿锋、许同在打扫房间……

——许同在路旁钉上收废铝的俄文广告和中文"联鑫公司办事处"。

——黄昏,日落熔金,倦鸟归巢……

联鑫办事处　内　黄昏

壁炉熊熊燃烧的火焰,把屋里照得红彤彤的一片。赵沿锋、许同躺在地铺上睡着了。

高萍、韩晓蕾拎着大包小裹开门进来,惊奇地打量着焕然一新的室内:"真看不出来,俩大男人家政学得不错!"

赵沿锋醒了:"回来了!"

高萍:"你们看谁来了?"

许桐睡眼惺忪:"丹妮娅!"

赵岩锋:"你好! здравствуйте!"

丹妮娅:"你好! 我们全家回国过节!"

石大虎:"来趁热吃列巴!"

丹妮娅:"还有火鸡!"

高萍:"丹妮娅在中国没白呆,中国话说的越来越好!"

许同:"我写的俄文广告,还真收上来一些。"

韩晓蕾:"电视广告今晚播,明天能有来卖废铝的。"

许同翻动高萍买的东西:"都买什么啦? 还有一张弓箭!"

韩晓蕾:"还有催泪瓦斯呢! 防止俄罗斯黑社会的!"

—— 203 —

许同："这么吓人！"

饭桌上摆着列巴、火鸡、咸菜、方便面等。

赵沿锋："喝凉水吃热列巴，条件是艰苦了点，对付吃吧！吃完饭再吃一片痢特灵。回国后我请你们上饭店。"

许同："这没电视、没电话、没有网吧、没有慢摇吧，多清静，跟回到古代似的，满有情调的。"

丹妮娅："明天让石大虎来给你们安上电灯！"

石大虎："没问题！"

赵沿锋："咱这条件不算苦，我有一同学在韩国打鱼、塞班、所罗门呀！他都去过。一连几个月在海上漂着，没有陆地，没有花草，就跟电影《未来水世界》似的，天天吃米饭和韩国泡菜，那身上的皮蜕了一层又一层。过年时回来一次，他瞅啥都觉得来回晃，呆得浑身发痒，只好又出去打鱼。人呀！没有吃不了的苦，遭不了的罪。"

高萍："我们待长了，也就适应了。外面有摩托声！"

大家走出屋子……

联鑫办事处　外　黄昏

一个魁梧骇人的俄罗斯青年骑着摩托呼啸而至……

韩晓蕾礼貌地："请问您来有事吗？"（俄语）

来人摘下墨镜："我是大斯拉夫远东黑手党的，我奉我们的教父之命，你们得交一万美金的保护费。"（俄语）

韩晓蕾："他是马飞亚、是黑手党的，要一万美元保护费。"

赵岩锋、许同、高萍惊恐得不知所措。

来人："想不给！知道六月十一号的莫斯科地铁'土拉'车站爆炸案吗？那就是我们干的！"（俄语）

韩晓蕾："他说莫斯科地铁案是他们干的。"

赵岩锋:"你告诉他,我们没钱!"

许同:"没钱!要命四条!"

丹妮娅:"不要给俄罗斯丢脸!滚!"(俄语)

来人一听骑摩托走了……

赵岩锋:"马飞亚!黑手党!土拉站地铁案!一万美金!"

韩晓蕾:"怎么办?"

高萍:"竟敢要一万美金,胃口不小!"

许同:"敌人来了有猎枪!跟他们拼了!"

赵岩锋:"我们一个收破烂的,怎么能惊动他们呢?吓唬咱们吧!还是谨慎点,从今晚安排值夜班,我来头半夜。"

许同:"我来后半夜。"

高萍:"加上我!"

韩晓蕾:"还有我呢!"

赵岩锋:"你俩?知道这句话吗?战争让女人走开,和洋偷动起手来你行吗?就豁出我一个人了!"

高萍:"想不到你还一副侠骨柔肠,以前一点没看出来。"

石大虎:"都安心睡觉去吧!这儿的治安没那么可怕!明天给你们送只大丹狗,看家护院。我和丹妮娅回去了!"

丹妮娅:"再见!"

大伙:"再见!"

联鑫办事处　外　夜

忽然传来"哐当"声响……

赵岩锋冲出去只见两个黑影扔下手中的铝盆极快地逃走了。

赵岩锋拾起一把铁锹,在夜色中来回踱着……

黑暗中,赵岩锋发现一个人影,于是拿把铁锹摸了过去。到了跟前,"你快走！要不我可打你!"

赵岩锋紧张极了:"你怎么不动弹呢? 快走!"用铁锹捅了一下,人影仍是一动不动。赵岩锋又使劲捅了一下,传来一声金属声。

赵岩锋笑了笑:"是雕像,吓我一跳!"

赵岩锋又发现一个黑影,挥锹打去:"又是雕像! 俄罗斯就雕像多!"只听一声惨叫,黑影被另一黑影扶起逃掉了。

联鑫办事处　外　日

赵岩锋开着多利亚的"莫斯科人",许同:"我们收废铝去了!"

赵岩锋:"好好看家!"

高萍:"收少了,回来没饭吃!"

韩晓蕾:"不准上赌场、不准看艳舞!"

许同:"知道了!"

泰昌公司办事处　内　日

师祥海:"你看看你们熊样? 就去侦察一下情况,被当雕像给砸巴了!"

助手一:"他下手真狠啊! 我以为不动就过去了,倒霉!"

助手二:"没有我你不一定怎么样呢?"

师祥海:"你们是指不上了。去把石大虎给我找来!"

助手二:"他们都是一伙的! 好着呢!"

师祥海:"这些年他从我这没少得好处,他会听我的!"

联鑫办事处　内　夜

高萍:"收上不少了吧?"

许同:"明天至少能送来一百吨!"

赵岩锋:"附近十多个村我们都走遍了。"

韩晓蕾:"功臣们!快洗洗脸吃饭吧!"

许同:"灯安好了!"

赵岩锋洗着手:"没留石大虎吃饭?"

高萍:"上午安完就走了!把大丹狗送来了!"

许同:"进来时看见了,跟牛犊子似的!"

韩晓蕾:"还拿来一个煤气罐呢!"

赵岩锋擦着手:"能喝上热乎水了。"

高萍:"你一人就把水洗这么黑!换水!"说完拿盆开门往外倒,大声惊叫起来……

突然,木屋抖动起来……同时传来大丹犬的狂吠……

韩晓蕾:"不好!地震了!"……

联鑫办事处　外　夜

赵岩锋、韩晓蕾、许同、高萍发现整个木屋被人用绳索捆上,两台摩托车正在使劲拽……

愤怒的许同返回屋拿来弓箭……

韩晓蕾:"你们要干什么?"

来人在摩托车上狂喊:"马上拿一万美金!"(俄语)

许同一箭射去……射偏了……又射了一箭……又偏了。

来人更猖狂了:"我要两万美金!不!三万!"(俄语)

赵岩锋拿出菜刀把绳索砍断,两台摩托像箭一样射出,来人被重重地摔在地上……他们很快爬了起来,朝许同扑来……

正在这时多利亚赶来……

多利亚拿着猎枪对着来人:"不许动!我要看看黑手党的脑袋有

多硬!"(俄语)

来人:"不要开枪! 不要! 我们不是黑手党! 不是!"(俄语)

多利亚:"莫斯科地铁案是你们干的吗? 我现在就可以打死你们!"(俄语)

来人:"别开枪! 我们和地铁案没关系。我们是红十月化工厂的失业工人。我叫尤拉,他叫沙沙。"(俄语)

多利亚:"年轻人! 失业就当强盗! 除了酗酒,就不会找工作干?!"(俄语)

尤拉:"我能干什么?"(俄语)

多利亚:"像他们一样收废铝,两千美元一吨。要靠劳动赚钱。"(俄语)

尤拉:"我们厂子周围废铜废铝有的是。我帮你们收。一定办好!"(俄语)

韩晓蕾:"来帮忙的就是朋友、是哥们儿,来捣乱的就是敌人!"(俄语)

尤拉:"我一定帮忙! 我们是朋友、是哥们儿!"(俄语)

赵岩锋:"欢迎加入! 帮我们收铝是有提成的。"

尤拉:"不用给钱,给我酒喝就行!"(俄语)

大伙都笑了……

联鑫办事处　　内　日

大伙在桌子前统计收铝情况。

许同:"尤拉这小子还挺守信用,帮我们收了二百吨废铝。"

赵岩锋:"他也有了来钱道儿了。"

许同:"他说有个厂子有很多废旧机床,我昨天过去看了看,龙门铣、落地铣各种型号的都有,只是坏了几个配件,就成废品了。咱们买回去都给修好,开家废旧机床交易中心,准挣钱!"

石大虎拿箱酒进来。

石大虎吸支烟:"发财了! 可别当土鳖财主,要学会潇洒! 一会我领你们去看脱衣舞。"

赵岩锋:"没那雅兴!"

许同来了兴致:"听说还有钢管舞,真脱吗?"

石大虎:"那还有假! 过瘾啊!"

高萍从后面过来一把揪住石大虎的耳朵:"想当教唆犯!"

石大虎疼得龇牙咧嘴:"我们在谈艺术、谈艺术呢!"

高萍:"我告诉你什么是脱衣舞! 农村给拖拉机打火看见过吗?"

许同:"见过!"

石大虎:"见过!"

高萍:"他们是一个道理!"

石大虎:"不明白!"

高萍:"一个女人拿个绳子在身上来回蹭,突然打着火了,满舞台乱窜乱蹦! 道理是一样的! 回国请你们到农村去看! 免费观看!"

赵岩锋和韩晓蕾止不住大笑起来。

石大虎:"不去看艳舞,去赌场总可以吧!"

韩晓蕾:"不可以! 赌博败家!"

石大虎:"我猜有你俩在,哪都不会让去! 喝点酒可以吧!"

赵岩锋:"你敢喝酒! 丹妮娅不吃了你才怪!"

高萍、韩晓蕾:"行!"

许同:"连女同志都不怕你!"

石大虎:"不过,得打骰子比点大小喝酒!"

高萍:"理账呢! 没工夫! 除非你做午饭!"

石大虎:"行!"

泰昌公司办事处　内　日

助手一:"这几天我们只收到六十多吨废铝!"

助手二:"赵岩锋他们收了有六百多吨!"

师祥海:"他们走村串户,哪像你们在这死糗!"

师祥海又冷笑起来:"最终还是玩不过我,他们糗得更大!"

联鑫办事处　内　日

石大虎:"开饭喽!"

大伙围坐在饭桌前,石大虎给每个人斟满酒,打起来骰子……

赵岩锋、许同、高萍、韩晓蕾依次打完骰子。

石大虎得意地:"我最大! 你们喝酒!"

许同喝完酒:"我不服! 再来!"

赵岩锋:"吃口菜不算赖!"

大伙又打了一遍骰子,高萍:"怎么还是你赢,你是不是会点啥?"

赵岩锋:"愿赌服输! 喝!"

许同:"怎么也得让石大虎喝一杯? 到时丹妮娅替咱们报仇!"

高萍悄悄地把剩的酒倒在地上……

联鑫办事处　外　日

院落里巨大的铝堆,大丹狗无聊地咬自己的尾巴……

联鑫办事处　　内　日

赵岩锋、许同、高萍、韩晓蕾都喝多睡着了……

石大虎试试都没醒,蹑手蹑脚地翻起皮包,一会儿找出四本护照,四处张望看没人,快速把护照放在煤气炉上。打开砖头大小的火柴盒,掏出火柴,慌张地几次才把煤气炉点着……

护照在炉上慢慢燃烧起来……石大虎匆忙离去……

高萍被浓烟呛醒,一看护照在燃烧……一只手快速拿走,一只脚踩在燃烧的护照上……

浇灭护照后,又拿水盆浇在赵岩锋、许同的头上,他俩酒醒了……

许同:"怎么? 下雨了!"

赵岩锋:"高萍你要干什么?"

高萍把一叠烧焦的护照摔在饭桌上。

赵岩锋气愤地:"护照! 谁毁的?"

许同:"谁?"

韩晓蕾惊醒:"啊! 怎么会这样?"

高萍:"石大虎呢! 肯定是他干的!"

许同:"他这样做没道理! 没道理呀!"

韩晓蕾:"知人知面不知心!"

赵岩锋:"废了护照就等于废了生意、废了生计。"

石大虎家　　内　日

丹妮娅在侍弄花盆里栽的辣椒、茄子还有大蒜。石大虎走了进来。

丹妮娅:"大虎,你喝酒了!"

石大虎闷闷不乐:"喝了点!"

丹妮娅:"不是讲好不准喝酒的吗? 你看着我!"

石大虎看着丹妮娅……

丹妮娅:"你做坏事了!"

石大虎点点头。

丹妮娅:"你又后悔了,你都干了什么?"

石大虎苦恼极了:"我把他们的护照给烧了!"

丹妮娅:"护照?! 谁的?"

石大虎:"赵岩锋他们的!"

丹妮娅:"你疯了! 谁让你这样干的?"

石大虎:"师祥海! 我就为了还欠他的赌债!"

丹妮娅:"你为什么这样对待自己的朋友? 你怎么能这么害人呢?"

石大虎:"我错了!"

丹妮娅:"你比喝了一吨伏特加的错误还大! 走找他们去!"

石大虎:"干什么?"

丹妮娅:"争取得到饶恕!"

联鑫办事处　　内　　日

丹妮娅领石大虎进来。

赵岩锋一把抓住石大虎的脖领子:"毁我护照的就是我的敌人!"

石大虎:"饶了我吧!"

赵岩锋:"你说现在怎么办?"

石大虎:"我不是人啊! 就为了还欠师祥海的赌债。"

丹妮娅:"都是他一时糊涂! 原谅他吧!"

许同:"你玩得挺高哇! 把我们都灌醉了! 没想到你跟师祥海一

路货色!"

石大虎:"师祥海他什么坏事都干,走私、嫖妓都干! 我……"

赵岩锋:"他走私什么?"

石大虎:"熊掌、海参还有轿车!"

许同:"他不仁我不义,举报他!"

石大虎:"装在哪个集装箱里我都知道。"

赵岩锋:"他也是你的朋友,你看着办吧!"

石大虎:"狗屁朋友! 只会利用我! 我会让他有报应的! 算我赎罪!"

丹妮娅:"把你们的护照都给我,我到移民局和你们的领事馆去补办。能很快办下来! 请相信我!"

赵岩锋:"只有这样了!"

高萍:"赶快回国吧! 我开始讨厌这提心吊胆的日子了。"

韩晓蕾:"我早就烦了!"

许同:"想孩子了?"

韩晓蕾:"能不想吗!"眼泪夺眶而出……

石大虎家　　内　日

石大虎打开电脑,快速输入文字……

石大虎面对写好的举报信,丹妮娅按下确认键……

联检大厅　　内　日

师祥海和手下准备好护照要入关……

边检战士接过师祥海的护照,往电脑里输入护照号码,刚要盖入境章,电脑荧屏闪烁。

边检战士:"对不起! 你的护照被没收了,你被通缉了!"护照随即被断角。

四名边防战士出现在师祥海身后……

师祥海狼狈地嚎叫:"护照! 护照! 我的护照!"

正在等候入关的赵岩锋、许同等微笑地招手……

师祥海蹦高地骂:"王八蛋! 赵岩锋等我出来,绝不饶过你们! 等着……"

赵岩锋把新护照和烧焦的护照一并递给边检人员……

烧焦的护照幻化出以下画面……

一组画面

联鑫集团会议室陈列着赵岩锋用过的十本护照,和"对俄边境贸易明星企业"、"全省百强企业"等林林总总的奖牌。

赵岩锋画外音:回国后,高萍再也没有出国,她和韩晓蕾负责公司国内事务。转眼十年过去了。我的儿子赵图强已经六岁了;联鑫公司已变成了联鑫集团,拥有了两个果仁加工厂、两个木材加工厂、四个商场和一个宾馆,一个机电产品经销公司和六个国外办事处;许同正和一个叫琪琪的女孩打得火热……2006 年 4 月 1 日愚人节这一天,我办了第十本护照……

豪华别墅　内　晨

字幕:2006 年 5 月

精美的装饰,宽大的水床。床头成堆的请柬、邀请函、名人录……赵岩锋躺在床上熟睡,斑驳的阳光透过窗帘照在床上。

高萍的画外音:"海参和松茸汤准备好了,趁热吃吧!"

赵岩锋从被窝里伸出手在床头摸手机,摸来摸去摸到电视遥控器,在上面按上一组号码:"喂! 喂? 许同!"睁开眼睛一看手机竟是电视遥控器,气愤地摔在地上:"高萍! 高萍! 我的手机呢?"

高萍:"三部手机都在'手机休息袋'里。"

赵岩锋:"我不是说只把那部黑色的放进去吗? 其他两部要二十四小时开机!"

高萍:"看你刚出差回来太辛苦,让你多休息一会!"

赵岩锋:"耽误事怎么办?"

高萍:"还有张秘书呢! 我都成你保姆了!"

赵岩锋:"这样的保姆早辞了!"

高萍:"怎么想把我休了? 赵岩锋! 我看你是有俩儿钱烧的!"

赵岩锋:"怎么越来越不会说话?"

高萍:"嫌烦啊! 你说这个家,孩子六岁了,你管过吗? 海参必须吃三头的,松茸不准开伞的,小猫进灶坑——焦毛不少啊!"

赵岩锋:"那叫品位! 我闲着呢? 天天起得比鸡早,睡得比三陪小姐都晚,跟狗撵的似的。我为了啥? 我容易吗? 还不是为了这个家!"

高萍:"家? 谁知道你为了哪个家? 北京、上海、大连、珠海买那么多住房干什么? 今天又寄来催缴物业管理费的单子了。"

赵岩锋:"我有我愿意买!"

高萍:"见房子就买! 什么毛病?"

赵岩锋:"谁让当初你娘嫌我没房子,落下病根了!"

高萍:"你说房子是空的,我担心里面住着小三、小四、小五!"

赵岩锋:"又想歪了! 买房子比存款强,这点事都不懂?"

高萍:"就你懂? 你赞助'关东风情'选美大赛,一出手就是一百万,你以为我不知道?"

赵岩锋:"那是扩大公司知名度嘛?"

高萍:"少打这些幌子! 太俗! 没劲! 那个第一的吃国家标准粮

也不长标准样,凭什么把冠军给她?"

赵岩锋:"给漂亮的你不更吃醋!"

高萍:"谁知道里面有什么猫腻? 不正常!"

赵岩锋:"你不觉得她和二十岁时的你很像!"

高萍略有所思:"哦!"

街道　外　日

许同开着一辆豪华车,琪琪坐在车上,两人有说有笑……

一人手拿数码相机拍了下来……

宾馆房间　内　日

许同和琪琪在床上缠绵热吻……

琪琪:"公粮、私粮我都要,一点余粮不准剩!"

许同:"什么公粮、私粮? 老子让你给我开花结果生儿子!"

琪琪:"急什么嘛? 有苗还愁长?"

许同:"有了?"

琪琪:"人家两个月都没来了!"

许同兴奋地:"好! 太好了! 马上兑现,我先给你买辆宝马 Z4!"

琪琪:"不! 我要 Z8! 红色的!"

花瓶里,微型录音机在转动……

公路上　外　日

琪琪开着崭新的宝马 Z8 兜风,打着手机:"他根本就不想和我结婚,只想要个儿子! 哼! 我成啥了? 那个傻子! 他真以为我怀孕了……"

跑车风驰电掣远去……

公司办公室　内　日

赵岩锋西装革履坐在宽大的办公桌前。

张秘书:"橡树公司董事长丹妮娅派人送来的油画! 她说你一定喜欢。"

两名服务员抬进来一幅油画,打开覆盖在上面的蓝布。

张秘书:"这是由俄罗斯著名油画家柴森·尼基塔临摹的列宾油画《伏尔加河上的纤夫》!"

赵岩锋仔细欣赏了一遍:"不错! 我喜欢! 挂到对面墙上去!"

张秘书打开记事本:"这是前几天的电话记录,尤拉要在建好的别墅门前立两个中国的石狮子,给买对石狮子。"

赵岩锋:"欧式建筑前加俩中国石狮子,不伦不类! 倒也有创意! 买一对送去!"

张秘书:"昨天多利亚来电话说,到原始森林考察都准备好了,明天出发,要咱们多带些西瓜去就行,西伯利亚就缺西瓜! 他还说现在俄罗斯人喝酒的少了,健身的多了。以后多进些健身器材!"

赵岩锋:"知道了!"

许同走了进来。

张秘书:"许经理好!"

许同:"好!"

赵岩锋:"张秘书你找几个注册会计师,把公司全部资产评估一下,准备抵押贷款。"

张秘书:"是!"

赵岩锋和许同习惯地击了一下掌。

赵岩锋:"正要找你呢!"

许同:"西伯利亚的林场有消息了?"

赵岩锋:"明天出国! 投标前我们最好去实地考察一次,害怕蓄积量评估不准!"

许同:"境外联合建厂,这次大手笔,可是押上了咱俩的身家性命,背水一战!"

赵岩锋:"为了生存,必须成功,不能失败! 凡事要小心!"

许同的手机响了,许同:"我是许同! ……知道了……我不怕! 你送夫! 我敢作敢当! 走着瞧!"

赵岩锋关切地:"出了什么事?"

许同:"是师祥海!"

赵岩锋:"他出来了?"

许同:"师祥海判了八年,没收了一半财产。出来后,又被手下的骗了。今年开春时往俄罗斯倒腾果菜,遇到寒流冻坏了,赔了二百多万! 现在成了穷光蛋! 日子过不下了,还想跟咱斗!"

赵岩锋:"冤家宜解不宜结! 找他好好谈谈! 别跟他斗了!"

许同:"师祥海是咎由自取! 揭发走私,怨不得咱们!"

赵岩锋:"能饶人处且饶人,咱不能痛打落水狗吧?"

许同:"现在是他不饶咱们,是他要打咱们! 又跟踪,又拍照! 拿我和琪琪那点事要挟我,要我把好的俄罗斯伙伴让给他一个,再借给他钱,想东山再起。"

赵岩锋:"琪琪是谁?"

许同:"一个幼师毕业生,我和她有了!"

赵岩锋:"我没看住你,这么做可太对不起弟妹了!"

许同:"什么年月了? 这还算事?"

赵岩锋:"有本书说,男人要永远感谢在他20多岁的时候曾经陪在他身边的20多岁的女人。因为20多岁的男人处在一生中的最低点,没钱、没财产、没事业;而 20 多岁的女人却是她生命最灿烂的时候。"

许同:"什么意思? 让我喜新不厌旧? 没有想象的那么复杂,我许同只是想要个男孩,将来继承家产!"

赵岩锋:"重男轻女! 又违反国策!"

许同:"上国外生! 你说韩晓蕾都 39 岁了,还有子宫肌瘤。我的财产能不交给儿子继承吗! 师祥海太小儿科了,拿几张照片逼我,他已经成了一只没有牙的狼!"

赵岩锋:"虽然还想咬你,已经咬不疼你啦! 师祥海要是心术正的话,也是一个非常成功的商人。咱最好见见他,有些事当面谈清!"

许同:"那种人我懒得见他! 不过得回家哄哄媳妇!"

许 同 家　　内　　日

韩晓蕾打开速递邮件看了一遍,又打开录音机:公粮、私粮我都要,一点余粮不准剩!''什么公粮、私粮? 老子让你给我开花结果生儿子!'……

韩晓蕾痛苦地闭上眼睛,泪流满面……

许同若无其事地走了进来:"邮件接到了! 好快呀! 不用你问,那上面是真的!"

韩晓蕾:"许同! 你无耻! 你混蛋!"一个巴掌打了过去,被许同一把抓住。

许同:"我都承认了,请你原谅!"

韩晓蕾哭泣着:"我知道早晚有这一天! 看上你钱包的女人有的是! 没想到你瞧不起我们母女俩! 我没给你生儿子……"

许同:"对不起! 是我伤害了你! 不过我永远不和你分手!"

韩晓蕾:"当年穷小子发达了,章程大了! 第一个要伤害的就是自己的患难妻子！许同我没做错什么！我做错了什么？你要干什么？孩子我还能生啊！许同,你……"

许同上去搂住韩晓蕾:"对不起！我还是爱你的！原谅我！我明天出国！"

韩晓蕾挣开许同:"你给我滚！少碰我！滚！滚！"

口 岸 门 口　外　日

庞大的美国雷鸟货车通过 Cu - 60 集装箱检测系统,荧屏使车内一览无余。

大量回国劳务人员等待入境……

大批的到期护照被剪角作废。

一个低头戴草帽的人,在卖矿泉水……

赵岩锋、许同等人前呼后拥地进入联检厅……

戴草帽的人用手把矿泉水瓶抓碎,水溢了一地……

原 始 森 林　外　日

郁郁葱葱的茂密原始森林。

多利亚、赵岩锋、许同、张秘书等人牵着马走在密林中……马背上驮着帐篷、食物等。

多利亚:"欢迎来到西伯利亚苏苏曼地区的原始森林。"

赵岩锋:"你来过几次？"

多利亚:"第一次！"

许同:"林子里好凉啊！"

张秘书拿出 GPS 进行定位测量……

赵岩锋:"看！这棵松树最少能出三米木头。"

多利亚:"旁边那几棵也不少！往里走能更好！"

赵岩锋:"不虚此行！风光无限啊！"

许同:"我们是在氧气罐里散步！"

他们骑着马在森林里继续走着……突然,马毛了,大伙被摔下马背。森林深处传来黑熊的怒吼！

多利亚:"有黑熊！"快速取出猎枪。

赵岩锋:"别慌！"黑熊的吼叫越来越近……马匹惊叫地挣脱缰绳跑掉了……

多利亚胡乱朝天空开了两枪,黑熊的叫声远去了。

张秘书:"完了！吃的喝的都在马背上呢！"

许同:"快去找马！"

赵岩锋:"别急！我们不能分开,就一把猎枪！"

大伙惊恐地聚在一起。

张秘书:"GPS、电池、手机、地图都丢了！"

赵岩锋:"别急,能找回来！"

大伙在森林里继续寻找……

许同:"这么多马转眼一匹也不见了。"

赵岩锋:"不好！又走回来了,我们已经麻达山了。"

多利亚:"什么是麻达山？"

赵岩锋:"迷路了！"

大伙四处寻找出路……

广 场 外 夜

美丽的套娃广场,巨大的屏幕上播放着俄罗斯流行歌曲《要嫁就嫁普京这样的人》的MTV。妙曼的乐曲落在以下画面上……

刻有国徽的中俄大理石界碑。

酒 吧 内 夜

幽暗的灯光,舒缓的音乐。

高萍、韩晓蕾慢慢呷着红酒……

韩晓蕾:"日子过得太快了!"

高萍:"结婚十多年了,真不扛混,四十了! 这个年龄,丈夫只亲额头,不亲嘴唇了。"

韩晓蕾:"赵岩锋和许同的俄语都比我好了,这些年俄语不用已经生疏了。"

高萍:"公司里的事,我也靠边站了。"

韩晓蕾:"许同这么多年只问过我一个俄语单词,我还没答上!"

高萍:"什么单词?"

韩晓蕾:"尿不湿! 婴儿用的尿不湿!"

高萍:"尿不湿? 是不太好翻译!"

韩晓蕾:"男人一旦变心真的九头牛都拉不回来!"

高萍:"听说许同有小三了?"

韩晓蕾点点头。

高萍:"什么程度了?"

韩晓蕾:"怀孕了! 许同给人买了一辆宝马Z8!"

高萍:"真的吗?"

韩晓蕾:"不知道是谁,把照片和录音寄给我,许同也承认了!"

高萍:"你想怎么办?"

韩晓蕾眼泪簌簌流下……

高萍:"等许同回来,我去替你教训他! 太不像话了!"

韩晓蕾:"也不怪他,有钱的男人是森林中最值钱的动物,瞄着的人太多了!"

高萍:"创业时哪天咱们不是灰头土脸瞪着眼睛巴结着过日子!现在日子好了,好大发了! 忘本了!"

韩晓蕾:"没想到穷和富,日子都不好过! 都不开心!"

高萍:"其实,穷和富对人都是一种考验,穷和富离幸福快乐都不近! 你说我家赵岩锋,出门就买房子,在大商场包试衣间。一年能去几次? 那钱不花出去难受!"

韩晓蕾:"许同说过一个人死时有一大堆钱没花出去也很凄惨!"

高萍:"他们是不是有病,心理有病!"

韩晓蕾:"我看他们有病! 我认识一个心理医生,咱明天问问去!"

原始森林　外　白夜

许同:"多利亚,你猎枪里还有几颗子弹?"

多利亚:"三颗!"

许同:"打只西伯利亚虎开开洋荤!"

赵岩锋:"别被西伯利亚虎当了点心就万幸!"

许同:"一天没吃东西了,谁有吃的? 奉献点!"

赵岩锋:"有罐头! 吃吗?"

许同:"吃呀! 在哪儿呢?"

赵岩锋:"这儿的空气新鲜,装罐头里可以出口! 你只要深呼吸就等于吃罐头了!"

许同:"拿我开涮! 又饿又困! 我们休息吧!"

赵岩锋:"休息! 轮流值班!"

大伙围坐在一起……

许同:"你说我们为什么来这片森林里! 在家里躺着多舒服! 遭这洋罪!"

张秘书:"我们躺在这儿,是为以后日子好过一些!"

赵岩锋:"为什么来?问得好!为什么呢?是出于商人的猜疑、狡黠吗?什么事情都是确认、确认、再确认!生怕被人骗了!"

多利亚诙谐地:"要我看,这里一点不拥挤,走二百公里见不到一个人,多宽敞。"

医院心理门诊　内　日

崔大夫在给病人看病。一旁等候的高萍和韩晓蕾说着悄悄话。

韩晓蕾:"我昨天晚上做了一个梦,梦到一条蛇,可真亮呢!是好是坏,给说说。"

高萍:"梦到蛇是要有坏事缠身!"

韩晓蕾:"不对!在俄罗斯那可是有外遇,走桃花运啊!"

高萍:"可这是在中国!"

韩晓蕾:"俄罗斯的说法我爱信!"

高萍:"老公才出门几天就受不了啦!"

韩晓蕾:"看你说的,他在家也很少理我。"

崔大夫:"韩晓蕾,找我有事吗?"

韩晓蕾:"也没什么事!简单咨询一下,高萍你说!这是崔大夫!"

高萍:"崔大夫,这几年我家先生有些怪毛病,可爱花钱了!买了东西又不用。"

崔大夫:"你先生干什么的?"

韩晓蕾:"联鑫集团的董事长!"

崔大夫:"久仰!久仰!成功人士啊!佩服!佩服!"

高萍:"他还总担心企业垮台怎么办,天天疑神疑鬼的!"

韩晓蕾:"我的那位也这样!"

崔大夫:"就这些?"

高萍:"就这些!"

崔大夫:"这没什么? 很正常!"

高萍:"我们丈夫没病,难道我俩有病?"

崔大夫:"我不是那个意思! 英国有一位著名的心理咨询师叫杰西·欧尼尔。她说过,有钱人普遍因拥有庞大的财富而出现难以调适的心理机能障碍,因此,人们对这些富豪们,要参照对贫苦大众的同情心给予关怀。"

高萍:"什么? 他们缺少关怀?"

韩晓蕾:"还要参照对贫苦大众的关怀去关怀,现在抢着关怀他们的人多了!"

崔大夫:"我说的不是生活上的关怀,是心理安慰!"

高萍:"什么狗屁大师? 想讨天底下有钱男人的欢心,想傍大款!"

韩晓蕾:"是巫师!"

崔大夫:"你们怎么能侮辱科学家呢?"

高萍摔给崔医生一沓钱:"你以后少拿狗屁大师的话骗人钱,缺钱我给! 晓蕾咱们走!"

韩晓蕾气呼呼地:"走! 太让我失望了!"

崔大夫莫名其妙地:"别走,你们挂号已经交钱了! 拿回去!"

高萍、韩晓蕾头也不回走了。

崔大夫:"给我这么多钱干什么? 典型的富贵心理机能障碍! 绝对典型!"

原始森林　　外　日

茂密的森林,弥漫着薄雾……

大伙起来了。

张秘书:"都醒了! 许经理,今天怎么走?"

许同四处看了看:"几点了?"

赵岩锋:"爬到树上,看看太阳有多高!"

许同:"这么高! 猴也爬不上去!"

赵岩锋:"我们的驻地附近有条大河,沿小溪去找大河寻找出路! 这是森林法则!"

许同:"我反对! 按太阳的方向去找。"

赵岩锋:"这里是高纬度,现在是六月份,白天最长,只要天上有云彩,你很难分清东南西北,甚至白天晚上!"

多利亚:"那叫白夜! 俄罗斯作家陀思妥耶夫斯基在小说《白夜》里描写过!"

许同:"要不看树的苔藓,不就知道方向了? 这也是森林法则!"

赵岩锋:"知道方向又怎样? 我们是坐直升机到的驻地,这里无论往哪个方向走,哪怕偏一点,都得走二百公里! 到时不是累死饿死就是被老虎吃了!"

许同:"我的两个意见你都反对! 我许同就没有对的时候了?"

许同俯在赵岩锋耳旁小声地:"给个面子,听我一回!"

赵岩锋大声地:"都什么时候了? 你还小家子气! 长不大似的!"

许同:"你喊什么喊? 不同意就算了! 你喊什么喊? 凭什么就你对? 你怎么就那么自信? 你就没错的时候? 凭什么你的森林法则就比我的好使?"

赵岩锋打了许同一拳:"你冷静点!"

许同:"你敢打我,你欠我七拳了!"许同往前冲被张秘书拦住……

赵岩锋:"打你是让你长记性,让你成熟!"

许同气愤地:"跟着太阳方向走,错不了! 跟我走的出发!"

赵岩锋:"你不知道这里有白夜现象?"

许同:"少蒙我,这里不是北极圈! 咱们打赌,看谁先到驻地! 多利亚,把猎枪给我们!"

多利亚:"给你! 不过没子弹了!"

许同:"你不是说有三颗吗?"

多利亚:"我都打出去了,怕你们怪我!"

许同:"走!"

赵岩锋:"许同,你会后悔的! 你回来!"

许同:"不用你管! 你欠我七拳,我会还回来的!"

赵岩锋从怀里掏出一块巧克力扔给许同:"拿着!"

许同接过巧克力:"你还欠我六拳!"转身走了……

赵岩锋:"我的全部战备用品都给他了! 我们也走吧!"

多利亚:"我真不知道你们谁对谁错!"

小溪　外　日

赵岩锋、多利亚等沿着小溪艰难跋涉……

驻地　外　日

赵岩锋、多利亚等筋疲力尽回到驻地……

赵岩锋:"许同他们回没回来?"

没人回答。

赵岩锋又用俄语问了一遍。

驻地人员:"我们已经报警了,森林搜救队昨天就出发了!"(俄语)

一辆红色救援车停了下来,将许同血迹斑斑的护照递给了赵岩锋……

救援人员:"许同遇难了!"

赵岩锋痛哭:"我还欠你七拳呢! 你怎么就这样走了?"

多利亚:"其他人呢?"

救援人员："已经就近送到了医院,只有许同被老虎吃掉只剩几根骨头了!"

赵岩锋跪在地下:"许同呀! 我怎么向韩晓蕾交代啊! 你姑娘管我要爸爸咋办? 咋办呀? 兄弟呀! 疼死我了!"

多利亚红着眼圈:"别哭了! 咱们尽早建厂,才是对许同最好的安慰。"

口岸货运进口处   外   雨

淅沥沥的小雨下个不停……

赵岩锋等人打着伞在雨中等候……

不远处的小摊上,戴草帽的师祥海给顾客付货。

师祥海:"一个下雨天,那头怎么这么多人?"

顾客:"听说有一个中国商人在俄罗斯被老虎咬死了。尸体一会入境!"

顾客走了,师祥海无聊地向人群走去!

人群中师祥海和赵岩锋打个照面,赵岩锋:"师祥海,你过来干什么?"

师祥海:"我在这卖矿泉水。"

赵岩锋:"日子过得怎么样?"

师祥海:"托你们福,还有口气!"

赵岩锋:"要不到我们公司来吧! 管理一个部,年薪二十万!"

师祥海:"我考虑一下!"

赵岩锋:"我等你消息!"

这时,一辆敞篷小型货车,拉着银色铝皮棺材缓缓驶进中方……

师祥海凑上前去:"里面是谁?"

赵岩锋:"许同! 只剩几块骨头了!"

师祥海呆愣半天,默默地将草帽摘下放在棺材上……

师祥海:"赵岩锋,我还是卖矿泉水吧! 谢谢你!"

墓 地　外　雨

阴霾的天空! 寂静的白桦林!

许同的独女十岁的桐桐手捧许同的骨灰盒,泪流满面……

石大虎接过骨灰盒放到水泥棺椁里……

赵岩锋将一个装有金鱼的鱼缸放了进去……

高萍将许同的护照交给了韩晓蕾。

护照上,许同的照片有虎牙留下的黑洞……

韩晓蕾悲痛欲绝……

多利亚把松枝花环放在坟前……

高萍、丹妮娅、尤拉等人献上一束束鲜花

……

宾 馆　外　日

琪琪的红色宝马 Z8 跑车停在宾馆门口。琪琪和一个长发男人手
拉手走进宾馆。

宾馆大厅　内　日

服务员:"琪琪有人找你!"

琪琪打量着韩晓蕾。

长发男人:"我在 1825 房间等你,快点!"

韩晓蕾:"我是许同的爱人!"

琪琪:"来要车的吧！告诉你,没门!"

韩晓蕾:"肚里的孩子怎么样啦?"

琪琪:"打掉了!"

韩晓蕾:"为什么?"

琪琪:"实话告诉你,我压根就没怀孕!"

韩晓蕾:"没怀孕?"

琪琪:"没有怎么的? 车你别想要回去,行驶证都办我的名!"

韩晓蕾:"没怀孕! 我就没什么问题了。车是许同给你的,我尊重他的允诺!"

琪琪:"还有事吗?"

韩晓蕾:"我想问一个问题,你爱过许同吗?"

琪琪:"也许……我不回答你! 以后不要来找我!"

韩晓蕾:"不会来的,我来是想告诉你,许同的遗腹子可以继承许同在联鑫集团百分之十二的股份。"

琪琪:"百分之十二的股份是多少?"

韩晓蕾:"七千二百万元。"

琪琪愣住了。

韩晓蕾走出了大厅,身后传来琪琪歇斯底里般的尖叫声……

卧室　内　雨夜

熟睡中的高萍。梦境:大伙围坐在棺材边过境时的情景,突然只剩高萍一个人了,高萍惊恐地大喊(无声)! 一阵剧烈颠簸,棺材盖开了,赵岩锋躺在里面……

高萍被噩梦惊醒,一身冷汗,她呆呆地看着空荡荡的房子……搂了搂熟睡中的孩子。

口岸 外 日

碧蓝的天空,白鸽飞翔……

国旗、国徽、界碑……雷鸟大货车往来如梭……

公司办公室 内 日

张秘书在给赵岩锋准备出国的物品,皮包没拿稳物品撒了一地……张秘书发现赵岩锋的护照竟被拦腰切断……

赵岩锋:"怎么了?"

张秘书举起断角的护照:"坏了! 护照废了!"

赵岩锋吃惊地:"怎么会这样? 你怎么保管的?"

张秘书:"上次回国后,始终放在这里没谁动过? 也没谁进过你的办公室?"

赵岩锋气愤地:"还能说我自己弄得吗?"

张秘书不知所措:"要不报警?"

赵岩锋:"报警! 马上报警! 查看监视录像!"

公司大门 外 日

警车呼啸而至……公安人员迅速下车……

公司大楼楼梯 内 日

公安人员迅速上楼……

公司办公室　内　日

公安人员迅速布置好侦察设备。

监视录像上模糊显示一个人影从皮包中拿出护照,放在切纸铡刀下断角……

高科技电子设备快速运行,解析分辨作案现场监视录像画面……

公司大门　外　日

电视台记者手持话筒:"我市倍受关注的中俄联合投资,在俄罗斯境内建设的中俄木业旗舰项目——佳鑫木业集团公司成立签约大会,由于联鑫集团董事长赵岩锋护照被莫名断角,不能如期签约,引起了各方关注。就这个问题,我们采访了主抓外经贸工作的刘副市长。"

刘副市长:"案件发生后,市委、市政府高度重视,从优化经济发展环境入手,已经联系省公安厅启用了护照绿色通道。这次中俄企业合作的项目,不论企业投资规模,还是经营方式都是前所未有的。如果项目不能如期签约,将是我市外经贸发展史上的一项重大损失。而赵岩锋又是唯一的签约合法人! 为此,只要有一线希望,我们都积极争取。"

市公安局门口　外　日

记者:"记者在公安局和外事办了解到,目前我省对办理普通护照的时限由原来的自受理申请材料之日起 15 个工作日办结,取消了护照损毁必须等待三个月期限才予受理的规定。申请人只要提交损毁的护照及损毁原因说明,就可以办理换发护照手续;申请人符合省级公安机关出入境管理机构认为的紧急事由等 5 方面条件并提交相关材料的,可以加急办理普通护照。自受理申请材料之日起 5 个工作日办结。也就是说现在省公安厅启用护照绿色通道也得五个工作日办结。而明天上午就到了签约时间。现在离签约还有不到 16 个小时,我们只能祈盼奇迹发生……"

市外经贸局门口　外　日

记者:"记者在市外经贸局了解到案发几个小时后,我省的木材、松子、废旧机床等市场价格出现明显波动……"

公司办公室　内　日

电脑在解析现场监视录像的画面……

当荧屏出现基本轮廓时,警察:"看,是两个人干的!"

赵岩锋仔细查看,表情紧张起来,在经过电脑跟前时无意绊断电源导线……

警察:"谁关了电源?"

赵岩锋:"对不起! 对不起! 我不小心绊断的!"

警察:"白白浪费了三个小时!"

赵岩锋:"让你们白辛苦一场,这样吧,我取消报警! 取消报警!"

警察:"这事我得请示一下局领导。"

赵岩锋:"好! 好!"

警察和局里联系……

赵岩锋的手机不停地响着,他打开公文包关掉了三部手机……

警察:"赵董事长,经请示局里同意您取消报警!"

赵岩锋:"对不起! 给你们添麻烦了!"

公安人员拆卸设备迅速撤离……

赵岩锋一个人静静地待在屋里,仔细看着墙上合影上的每一个人……

高萍走了进来。赵岩锋:"明天是许同烧'三七'的日子!"

高萍:"我都准备好了!"

墓地　外　日

赵岩锋、高萍胸前戴上白花来到许同的坟墓前。

韩晓蕾正在烧纸……坟墓前是许同被老虎咬碎的护照,那黑洞洞的牙印像只眼睛……韩晓蕾充满泪水的眼睛。十岁的女儿桐桐扑进高萍的怀里:"大娘!"高萍泪如雨下……

赵岩锋盘腿坐在坟墓前,斟满三杯酒倒在地上,又不断地往火堆里续纸:"许同,我来看你来了! 哥俩儿谈谈知心话! 原打算把合资建厂的合同签完,好祭慰你的在天之灵,可惜我现在出不了国,护照被断角……功亏一篑……功败垂成! 痛心啊! 许同你爱说命不好,可这么多年咱哥俩什么事情都扛过,被强盗绑过,枪孔对着脑袋,刀架在脖子上的事,咱都挺过来了! 千金散尽还复来的起起落落都挺过来了,今天……许同帮帮我吧! ……"

韩晓蕾痛哭起来……

高萍:"别说了!"

赵岩锋:"这切断护照的刀,其实是切在我的心上……"

高萍:"不错! 护照是我给断的角! 是我!"

韩晓蕾:"还有我!"

赵岩锋:"我说过,废我护照的都是我的敌人! 你为什么要和我为敌? 和自己的爱人为敌? 两口子至于跟仇敌似的?"

高萍:"我们不是敌人,是在保护你!"

韩晓蕾边哭边点头……

赵岩锋:"没有想到给护照断角的竟是自己的亲人、竟是曾冒死保护过护照的妻子。公司壮大了,我却连老婆的心都无法聚拢……没想到! 真没想到!"

韩晓蕾:"别在国外建厂了!"

赵岩锋沉重地:"建厂已是开弓之箭……"

高萍:"难道赚钱是你生命的全部吗?"

赵岩锋:"你想没想到企业不发展,就是死路一条! 有多少人失业? 多少个家庭告别幸福!"

高萍:"赵岩锋! 你又把自己当普京了! 你以为你是谁? 你一不小心把穷坑填成了山,现在你是站在山上下不来了。你以为自己有多伟大? 少装救世主,这社会、这世界没谁都行! 太阳照样升起! 可我的世界不能没有你,你是我的唯一,你是我的全部! 我不能让你成为第二个许同,我怕失去你!"痛哭起来……"求你别在俄罗斯建厂了……为了我和孩子……求你了!"

赵岩锋迟疑了一会:"咱们结婚都十二年了! 也算老夫老妻了,快别哭了!"

高萍:"十二年前,我们的蜜月是在北纬69°的摩尔曼斯克,冰天雪地,暗无天日。你让我拥有过世上最长的洞房花烛夜! 你感动了我! 现在,你还能拿出什么让我感动! 我为什么感动不起来了?"

韩晓蕾:"对不起! 你的感动是被我一句不经意的话搞砸的!"

高萍:"不! 不是! 是天天的海参、松茸汤,天天无休无止的手机、请柬、酒会,住不过来的大房子。这样的日子重复一万年和一天有什么区别? 这至少不是我想要的日子! 绝对不是!"

赵岩锋:"这下好了,护照没了,出不去了。现在签约时间已经过三个小时了! 一切都泡汤了,一切都结束了,你们赢了! 让日本投资商和韩国投资商偷着乐吧! 感谢你俩! 给你们磕八个响头感谢你们!"

张秘书来到大家面前打开记录本："多利亚来的电话记录,俄方了解到没能按时签约的原因,经董事局研究一致认为和联鑫集团合作是最佳选择,是双方实现最大利益所在,并拒绝了其他投资人的申请。董事局决定把签约地点改在中国,他们今天下午入境签约!"

赵岩锋："感谢上苍! 感谢许同!"给许同坟墓叩了三个响头……

许同被老虎咬碎的护照,那黑洞洞的牙印……

高萍、韩晓蕾无奈的眼神……

赵岩锋："国外建厂毕竟也是许同没有完成的事业!"

高萍、韩晓蕾对视一下点点头……

办公室　　内　　日

列宾的油画复制品《伏尔加河上的纤夫》和赵岩锋、高萍、许同、丹妮娅等人的合影照片。

赵岩锋站在画像前凝视着……

高萍走上前来依偎在赵岩锋的胸前。

《伏尔加河上的纤夫》油画震撼的细节特写,不断推进……

赵岩锋："其实我们都是拉纤的纤夫,只有前进,前进! 再前进!!支持我吧!"

高萍泪眼婆娑默默地点点头……轻轻地和赵岩锋拥吻在一起……

签约大厅　　内　　日

中俄文会标:中俄木业旗舰——佳鑫集团公司成立签约大会

会场回荡 VITAS 的《永恒的吻》(Поцелуй длиною в вечность),歌声有如"天籁"鸣响!

三联拱门的中间大门打开：多利亚、尤拉、丹妮娅和石大虎走在红地毯上，来宾们夹道欢迎热烈鼓掌……

大门再次打开：韩晓蕾领着女儿坚定地出现在大家面前，各界人士报以强节奏的掌声……

大门第三次打开：赵岩锋、高萍手挽手双双踏上红地毯……掌声更加热烈！

主席台前，高萍和多利亚、尤拉、丹妮娅、石大虎一一握手，高萍和韩晓蕾紧紧拥抱在一起……任凭泪水慢慢地滑落……

赵岩锋、多利亚在合同上签了字……

两只……四只……八只大手紧紧握在了一起……掌声雷动！

俄罗斯广场　外　日

字幕：后来……

"倒爷"纪念青铜塑像前，赵岩锋、高萍、韩晓蕾、多利亚、尤拉、丹妮娅和石大虎向铜像腰包里投掷硬币……

中国导游面对游客："这是为纪念上世纪90年代在中俄边境倒包的商贩而立的，由俄罗斯著名雕塑家罗兹冈尼亚耶夫设计。感谢倒爷们为推动地方经济发展改善俄罗斯人生活水平所做的贡献。很多今天成型的公司，都是由当年的'倒爷'建立的，比如佳鑫、橡树、华宇、华信这样的大公司。"

高萍："赵岩锋，这雕像的鼻子像你！"

赵岩锋："像许同！"

韩晓蕾停住投钱的手，抬起头仔细看着雕像……

多利亚："这姿势像石大虎。"

丹妮娅："像我们每一个人！"

赵岩锋看到一对满脸稚嫩、打扮摩登的青年男女憋足劲在拽大包,一会儿一名魁梧的俄罗斯男子帮忙扛包……

赵岩锋:"倒的什么货?"

男青年:"乳罩!"

赵岩锋:"倒了几次?"

男青年:"第一次!"

高萍:"现在俄罗斯不允许外国人零售。"

男青年:"知道! 雇当地人卖货不就解决了。"

赵岩锋:"为什么倒包?"

男青年调侃地:"她要裘皮大衣我没钱买。"

女青年怒目圆睁:"胡说! 还不是为了买大房子、买好车!"

赵岩锋、高萍会意地笑了……

大伙和"倒爷"纪念像合影……赵岩锋起头,大伙一齐唱起 VITAS 的《永恒的吻》……

一个永恒的吻

建一座通向你的桥

我知道你在听

好想离你更近一点

你在哪里

……

我的爱

我和你的爱

我的爱

我和你的爱

——剧终——

2000 年 6 月 9 日于东宁一稿
2008 年 8 月 8 日于绥阳二稿

看点:爱情时代是否走远？物化的情感能靠多久？一个被金钱招安的代孕女郎……容易受伤的男人面对陌生骤变的世界大声说不！人生若只如初见，初见惊艳！再见美丽能否依然？第一班对刻骨的爱情终于没被金钱击倒……金融危机下，一部道德救赎的经典！一幅当代社会生态画卷！

第 一 班 对

序 幕

——茫茫的大海上，一艘挂着韩国国旗的日本川崎二手渔船在海的褶皱里挣扎，艰难穿越层层浪的叠嶂……具勇在剧烈颠簸中镇定地清理甲板上的鸟屎。

——办公室里，豪华时尚的现代化办公设备。办公桌上的文件被带有"狮头钻戒"的胖手划掉地上……"狮头钻戒"强吻一名年轻女子……并粗鲁地将其按倒在办公桌上……宋雪痛苦无奈的脸。

——渔船上，正在收渔网的具勇被突然跃起的大鱼锋利的脊鳍划伤腹部，殷红的鲜血布满画面。

——美貌绝伦、秀美娇艳的宋雪在一张生子协议书上签下自己的名字。一只带有"狮头钻戒"的胖手接过一张纸。妇检报告单：宋雪，女，28岁，单活体，妊娠……另一只手递给宋雪两捆百元钞票……

——渔船甲板上，具勇和越南水手在打架，众水手吆喝着助威。

具勇始终处于劣势,后终于抓住机会,将越南水手阿阮推进大海……

——风雨中,具勇站在甲板上,用左轮手枪对准自己的头颅,痛苦地扣动扳机……

——飞机机舱内,《同学录》:

宋雪,女,1981 年 12 月 12 日出生　生肖:兔

座右铭:梦,永远是现实手下的败将

志向:太阳底下最神圣的事业——教师

具勇慢慢合上《同学录》,目光转向舷窗外的云海。

——电脑前,宋雪打开《同学录》,具勇的照片出现在上面。

具勇,男,1981 年 7 月 29 日出生　生肖:兔

座右铭:事在人为

志向:当一名军人

栀子树下,同学们纯真的合影,具勇脸庞的特写……

随着敲击键盘的声音,"山顶洞人"悬赏猫币 10 000 元寻找暗恋男友具勇的字样出现在屏幕上。猫扑"人肉搜索"引擎开始工作……文字化为大量缤纷的数字流穿越五彩的光纤……终端,范甲用犀利的目光盯着屏幕……

——宋雪打开电子邮箱,来自网名"扒粪者 - 史克朗":(范甲画外音)具勇,男,28 岁,未婚。父母举债经营长途客运,遭遇车祸,车毁人亡。为还家债,他远赴所罗门、塞班岛,出海打鱼。一干就是八年,现熬成了"海盗级水手",刚踏上中国土地,将于明日乘 CA95624 航班回到本市。

——一架波音 777 客机呼啸降落……

帝王酒店　展厅　夜

展台上龙虾和螃蟹在挥舞着螯钳互不相让,鲜贝不断喷出水

柱……

李方国:"菜我点完了。人通知得怎样?"

范甲:"该我通知的我都通知了,三个孩子太小,需要喂奶。两个老人有病来不了,还有一个玩闪婚的。"

李方国:"你说具勇出国打鱼,八年都没见面了,这些同学一点面子不给,让具勇瞧着多寒心。"

范甲:"说明你这个班长没号召力。"

李方国:"我认!你说玩闪婚的是谁呀?"

范甲:"是'小随便'张涛,过两个月就离了,两口子过得跟仇人似的。"

李方国:"两口子过好了是战友、是同盟军,过得不好,就是敌人!婚姻本来就是一场战争。"

范甲:"不来有不来的道理,你想呀!他们来了一看,你李方国当上了科长。具勇海外打鱼八年,今儿个也算荣归故里,我和梅金玲虽然没考上公务员,也算能自食其力。再看自己,怎么着?大学毕业五年了还没上岗呢!当了啃老一族,心里能平衡吗?"

李方国:"话太多,人太少!"

范甲:"多亏我通知了嫂子!"

李方国:"让她来?胡闹!"

范甲:"怎么?有情况?"

李方国:"一个同学小聚,她又不是,别扭!"

帝王酒店 由外至内 夜

张红玉大步流星地:"老公被撬,股票被套。当今世上两大窝囊事都被我摊上了。真是倒了八辈子血霉!"

梅金玲:"李方国敢吃着碗里盯着锅里欺负你,今儿收拾他。"

张红玉："他哪是盯着锅里,简直是穿着皮裤下锅里捞! 收拾他有用吗? 男人一变心九头牛都拉不回来。我就纳闷了,男人有钱就学坏,他没钱也学坏!"

梅金玲："你别埋汰我们班长,他对你挺好的!"

张红玉停住脚步："虚伪的男人见多了,可从没见过这么虚伪的男人。"

酒店门口　外　夜

黑瘦的具勇从出租车上下来,茫然地环顾四周……

奔驰 X5 急停下来,宋雪婀娜的身影闪现出来,和车窗伸出"狮头钻戒"的胖手挥别,径直走进饭店,推门的手和具勇要开门的手碰到了一起,两人目光也碰到了一起,闪现出惊喜、疑惑、期待、羞涩的目光。挨在一起的手迅速分开……

栀子花厅　内　夜

大家围坐在摆满菜肴的饭桌前,具勇和宋雪不管不顾有些夸张痴痴地盯着对方……

李方国："庆祝具勇海外八年抗战,荣归故里,今个又有美女相迎,来! 干杯!"大伙频频举杯……

梅金玲呷口红酒(内心独白):具勇比过去黑多了,够可怜的。这宋雪上高一时,有两个校外的为了争夺她,结果是一死一残,从此有了"祸水"的绰号。毕业后从没联系过,跟人间蒸发了似的,听说她现在在开发区混得不错。她怎么知道具勇今天回来的?

李方国嗅着香烟(内心独白):长得有档次,穿戴也有档次,这身行头少说也值个十多万! 比上高中时还漂亮,女人味更足! 范甲没说她来,却让我媳妇来,什么意思? 怕我花心? 看来宋雪是冲具勇来的,小子艳福不浅啊!

范甲右手做摸鼠标状(内心独白):难道宋雪就是网名'山顶洞人',上学时,他们两人关系不错,和具勇再刻骨铭心的初恋,时隔八年无音信也继不上那个捻了。当时都是青苹果,还没发展到谁也离不开谁的地步,更不至于爱得死去活来! 我发誓他们连拉拉手都没干过。宋雪暗恋具勇,他俩根本不是一个档次的人,不可思议!

张红玉大口嚼菜(内心独白):这女的长得不说倾国倾城,起码也是祸水级的漂亮! 哪来的狐狸精? 怎么没听李方国说过? 这几个贱男人,看到美女,要没眼眶子,眼珠子肯定掉出来!

具勇和宋雪旁若无人仍在痴痴地对视。

李方国手机来了短信,忙用牙签在彩屏上回发短信。

张红玉闷闷不乐乜了一眼……

李方国边发短信边说:"说说,这八年音信全无在船上都干什么了?"

具勇:"去了头两年在船上刮鸟屎,刮好了让当水手打鱼,最后让看制冷机,干了不下十多个工种。"

范甲一脸的坏笑:"听说外国老板定期给你们送去妓女,有这事吗?"

具勇点点头。

范甲:"有的水手为图一时的快乐,把挣的血汗钱都搭在这上了?"

具勇又点点头。

梅金玲:"审人家呢? 换个话题!"

范甲:"宋雪,你怎么知道具勇今天回来? 我是召集人,我没通知你呀!"

宋雪:"这个太容易了,在网上没有搜不出的人肉!"

具勇:"人肉? 我们海上打鱼可没这种网!"

大伙都笑了……

张红玉刚要说话，被李方国低声制止住："潜伏！"

梅金玲："那是因特网，如果爱他，把他放到人肉引擎上去，你很快就会知道他的一切；恨他，把他放到人肉引擎上去，因为那里是地狱。"

张红玉又要说话，又被李方国制止住："继续潜伏！"

张红玉呼地站了起来："李方国，能不能当着同学的面，把短信念一念？"

李方国略显尴尬："是局长安排工作上的事，得马上回局里。"

张红玉猛干一杯酒："是局长女儿唐晓丽安排的吧！你的科长怎么当的我最清楚！"

李方国："你胡说什么？你喝多了！"

张红玉："天天埋怨我，只能解饿，不能解馋！什么意思？看看这桌上，谁能又解饿又解馋？"

范甲："今天具勇回来不容易，可别搅了气氛。"

张红玉："李方国！今天我就想知道什么是解馋？我怎么就不能解馋？"

范甲："唐晓丽哪比得上嫂子你呀！"

张红玉又喝了一杯："唐晓丽能解馋？还是他当局长的爸爸能解馋？李方国！有吃有喝的，你干什么放着好日子不过？"

李方国："具勇，不好意思，你嫂子电视剧《潜伏》看多了，疑神疑鬼的。今天这酒局不算，改日再请！"

具勇："你忙你的！我也喝好吃好了。都忙吧！"

范甲："班长为你接风，我为你洗尘，请你洗浴！"

具勇："天天在海里泡着，皮都洗掉好几层了，就免了吧！"

宋雪："上忘情水酒吧，我请！"

梅金玲："朋友的菜地熟了，得赶紧回家偷菜。"

范甲："我种的萝卜也该收了！"

具勇:"偷菜? 还种萝卜!"

范甲:"哥种的不是萝卜,是寂寞! 成人偷菜、小孩打怪,很流行!"

具勇莫名其妙……

梅金玲:"网络游戏。我看还是把具勇交给宋雪吧! 我们都不当灯泡了。"

大伙散去……

忘情水酒吧　内　夜

温馨典雅的酒吧内,传来有如天籁之音的《斯卡布罗集市》大提琴演奏曲。

具勇、宋雪双双落座,宋雪熟练地点完酒水。

宋雪:"这班长今天真没面子!"

具勇:"几年不见同学变得怪怪的!"

宋雪:"为了见到你,我花了一万块。"

具勇:"我有那么值钱吗?"

宋雪:"我说的是猫币,寻找你用的。网络上的,虚拟的。"

具勇:"找我有事吗?"

宋雪:"你走后的第四年,经别人介绍我结婚了,去年丈夫车祸死了,我特别痛苦! 偶尔翻开《同学录》,想起你,非常想见到你!"

具勇:"太不幸了! 节哀顺变。最可怜的应该是孩子。"

宋雪:"多亏没要孩子。"

具勇:"我能为你做什么?"

宋雪:"聊天,没事聊聊天!"

具勇:"只要你能开心就好!"

宋雪:"这些年你性格没多大变化,总愿意帮助别人。虽然没什么图报,你却始终热心肠,这点我挺敬佩你的。来! 敬你一杯酒!"

具勇微笑着一饮而尽。

宋雪："今天这酒局被班长太太搅了。现在只剩咱俩倒也清静,上学时别人给我起'祸水'这个外号,难道我真那么爱惹祸? 总是灾星高照的?"

具勇："漂亮的女人是森林里最值钱的动物,瞄着的多了。如果法律允许克隆人类,克隆一亿个你,克隆一亿个玛丽莲·梦露,那就没人注意你了。其实这世上最靠不住的是青春、是脸蛋。"

宋雪："听说你打鱼时有一外号,说说听听。"

具勇："那个外号绝对保密。"

宋雪："就告诉我一个人,我一定替你保密。"

具勇犹豫一下:"那好吧! 别给我瞎传,大伙叫我太监。"

宋雪扑哧一乐:"太监? 怎么能叫太监呢?"

具勇："只因为本人从没嫖过妓。太监又是中国特产。"

宋雪："那是你为了省钱,如果你有很多钱的话,你还能守得住吗?"

具勇："如果我有钱,我就不会到那里受那洋罪。我家举债买了一台豪华大客,打算挣点钱,结果一场车祸夺去了我的父母,也使我负债累累! 父债子还! 唉! 不说这些啦! 宋雪你比上学时显得老成多了"。

宋雪："怎么见得?"

具勇："你的眼神。上学时看你的眼神就能听见你的心跳声,现在多少有些沧桑感!"

宋雪："毕竟过去了八年。"

具勇："你条件这么好,为什么没再找一个?"

宋雪："再婚?! 不是没考虑过。只是过于谨慎。人嘛! 婚前要选择好你的最爱,婚后要珍爱好你的选择。不能把自己一生的幸福随便托付给一个人。"

具勇："也别太慎着,十全十美的好男人只有书上有,那是给傻女人们画饼充饥用的。"

宋雪："其实我眼前就有一个。"

具勇："谁?"

宋雪："你呗!"

具勇有些紧张："我?!你太抬举我了。"

宋雪："喝酒!"

几杯酒落肚,宋雪显得更加光彩照人。

具勇痴呆呆地看着宋雪。突然地："这是怎么了?酒劲这么大。"

宋雪："不是酒劲大吧!难道我就没劲吗?"

具勇带醉意："不瞒你说,在船上时常能梦到你,一梦到你,什么劳累呀!孤独呀!寂寞呀!全都没了!可是醒来一看到四周无边无际的大海,黑乎乎的!这心里呀!甭提多难受!"

宋雪："送你走的那天,我哭了,梅金玲哭得更凶!我还多少有吃醋的感觉!没想到她和范甲好上了,从修电脑到经营网络广场,真不简单。"

具勇："人,也许患难和创业时最能见到真情……"

宋雪："所以我对男人,从不渴望他有多么辉煌的事业,只希望他在不断的奋斗和不懈的努力中。"

具勇又干了一杯酒："刚一回来,就能和你单独在一起喝酒,听你说一大堆感人的话,这是过去只有在梦中才有的事。"

宋雪："这大概就是缘分吧!"

具勇："那你都做过什么工作?"

宋雪："在一家广告公司做策划。"

具勇明显不胜酒力："策、策划是干什么的?是不是搞阴谋诡计的人……"

宋雪："你喝多了!该回去休息了。麻烦你送我回宾馆。"

宾馆 1809 室　内　夜

宋雪搀扶着具勇跌跌撞撞开门进来。刚一进来,二人重重地摔在地毯上……宋雪费了很大劲把具勇扶到床上。

具勇推开宋雪:"我得走……"刚起身又重重地摔倒在地上,不好,"我、我要吐……"慌张地向卫生间摸去……

宋雪忙把卫生间灯打开,把具勇扶进卫生间,具勇在洗手池拼命呕吐,宋雪轻轻地为他捶打后背。

宋雪:"好好洗个澡吧! 身上这怪味太难闻。"说完关门走出卫生间。

客厅里,宋雪从手包里拿出口洁露往口腔喷了喷。然后又用香水把室内喷了喷。来到梳妆台补了补妆。又打开电脑,点击 WINDWS MEDIA PLAYER,很快充满激情、磁性的男中音《小河》乐曲传出。歌曲深沉绵长……屏幕上满是跳动的火焰,随着乐曲的强弱,火焰不断变幻着颜色和摇动的姿势。

具勇洗完澡走了过来。

宋雪关切地问:"好些了?"

具勇点了点头一言不发只是呆呆地看着宋雪。

宋雪微笑着……美丽的眼睛、浅浅的酒窝。

具勇一把抱住宋雪:"你太迷人了!"

宋雪也搂紧了具勇:"你不想吻我?"

具勇轻轻地亲吻宋雪的嘴唇……

屏幕上不断闪现炽热神奇的火焰……

具勇与宋雪热烈地拥抱和亲吻……

屏幕上火焰变得疯狂起来……

宋雪在具勇身上乱摸起来:"具勇,我看看你是不是太监?"

具勇惊诧的面孔。

镜头随着乐曲,从十八层楼的高度,巡视城市夏季迷人的夜空和美丽的万家灯火……

空镜头 晨

街道上初升的太阳,染红了东方。城市从暮霭中醒来……如织的车流、涌动的人潮……

宾馆 1809 室 内 晨

晨光照在宽大的水床上。宋雪醒了,看看身旁的具勇还在沉睡,拿出香烟刚要抽,又觉不妥,穿上睡衣向卫生间走去。

卫生间 内 晨

宋雪坐在坐便上一边吸着烟,一边打手机。"……一切顺利……你怎么知道我在抽烟……不至于吧! 那好吧!"

宋雪收起手机,把烟熄灭,对着镜子看着自己娇好的容颜,戴上钻石项链,脸上露出几分得意的笑容。用手从项链慢慢摸到下腹,轻轻揉了揉。突然听到客房里有响声,忙用"口洁剂"喷完嘴巴,转身进屋。

宾馆 1809 室 内 晨

刚睡醒的具勇,不慎将床头花瓶弄倒。

宋雪走了过来,温柔地:"你醒了!"

具勇尴尬地:"你看昨晚上喝多了,我怎么睡你这儿啦? 都干了些什么？这人是好人，酒是王八犊子。"

宋雪："不对呀！这酒装在瓶子里啥事没有，到了人肚子里就不保险啦！怎么后悔了？你以为我是个很随便的人吗？真应了那句歌词，只是真情难以抗拒，我们是初恋朋友，是有感情基础的。"

具勇："我也不是不小心，只是无法防备自己。"

宋雪笑着与具勇热烈的亲吻，宋雪突然发现具勇腹部上的伤疤，忙问："这么大的疤，怎么弄的？"

具勇："大鱼的脊鳍刮的。"

宋雪："这么危险！"

具勇："这伤可是最轻的，能拣条命就是万幸！"

宋雪："你下步打算干什么？"

具勇："我已经不太适应这里了，也许我已经被这个城市抛弃了。但我会为你负责的！"

宋雪："什么意思？想娶我？我可是结过婚的女人。"

具勇："我也是有前科的。在船上，有一个吉卜赛姑娘可怜我，让我摸她的胸……"

宋雪："你摸了！"

具勇羞怯地点点头。

宋雪激动地拥吻具勇："这就是你的前科！哈哈！你还是那么实在、那么可爱！"

佳鑫网络广场　内　日

大大的镏金铜字:佳鑫网络广场

众多年轻人在网上冲浪……排风扇扰动着光线忽明忽暗。沿着密集的导线进入总控制室，范甲悠闲地看着监视器。监视器上一个半老女人杨乔直奔控制室……

范甲:"您老有事吗?"

杨乔:"我有那么老吗?"

范甲:"对不起! 您是?"

杨乔:"我是爱家者导弹,你是赏金猎手——屎壳郎!"

范甲:"是扒粪者——史克朗,你怎么找到这儿的?"

杨乔:"你的 IP 地址,外加 2000 猫币!"

范甲:"你没经过我同意就见面,犯了行规! 有什么急事非得见面?"

杨乔:"帮我查个人!"边说边递上一个信封口袋,"要查的全在这里! 里面还有一部手机,是我们单独联系用的!"

范甲:"拿走不查!"

杨乔:"年轻人别后悔! 事成后我拿的可是真金白银! 这年头还有和钱有仇较劲的吗?"说完头也不回走了。

范甲追了几步:"拿走! 你拿走!"

杨乔头也没回走远了,范甲好奇地打开口袋,宋雪和张吉顺的照片赫然显现,范甲目瞪口呆。

民居一 内 日

简陋的房间,满头白发的大娘在吃力地用搓板洗衣服……

具勇和宋雪怯生生地推门进来。

具勇:"大娘,不认识了? 我是大勇!"

大娘:"是勇子?! 这么多年了,你瘦了!"

具勇:"我今天是来替我爹娘还钱的,还有八年的利息!"说着递上一个信封口袋。

大娘:"你的爹娘都不在了,这钱我不能要!"

具勇:"您要不收我爹娘死不瞑目的!"

大娘:"说得怪邪乎的。"

宋雪:"大娘您就收下吧! 就当大勇孝顺您的!"

大娘接过信封:"这么漂亮的媳妇! 大勇爹娘在九泉之下一定会高兴的。"

民居二 内 日

一保姆将具勇、宋雪领进装修豪华的客厅里。一中年男子被固定在高档电动按摩椅上,悠闲地边按摩边欣赏音乐。

具勇:"金叔! 我是具勇,来给你还钱!"

金叔微睁开眼:"老具家的,叫张阿姨数数。"

张阿姨数起钱来……金叔又闭上眼睛。

具勇和宋雪尴尬地站在门口……

张阿姨:"一共一万六千七!"

金叔紧闭双眼:"对了! 放那吧! 钱是好道来的吧?"

宋雪:"钱是具勇汗珠子摔八瓣挣的! 每一分都是干干净净的!"

金叔在按摩椅上打起了鼾声……按摩椅机械地摆动着……

具勇和宋雪面面相觑退出房间。

民居三 内 日

具勇和宋雪走进一家豆腐房,正在泡黄豆的伙计发现宋雪,木讷地:"嘿嘿! 好看! 好看!"说着伸手去摸宋雪……吓得宋雪躲到具勇身后。

具勇:"你要干什么?"

正在切豆腐的老汉搭讪:"这是我儿子大虎,精神不太好! 买豆腐?"

具勇透过雾气:"是房大爷吧! 我,大勇!"

房大爷:"你小子总算回来了! 找得我好苦呀! 接到法院传票了?"

具勇:"我今天是来还钱的,连本加利都带来了。以后不用上法院了!"

房大爷:"告诉你,我不要钱! 当初借给你爸的钱是给儿子买房娶媳妇的钱。说好半年还,结果……嗨! 现在这些钱连房子一小间都买不起了。儿子结婚没房子,对象黄了一个又一个,精神受了点刺激!"

具勇:"您的意思是?"

房大爷:"我不要钱,也不要利息。当初的钱能买房子,你还我一套房子,哪怕小点我都认!"

具勇:"可我挣的钱不够啊! 我还没房子呢!"

大虎冲着宋雪傻笑:"嘿嘿! 好看! 给我当媳妇!"

房大爷:"没房子,把姑娘留下做我儿媳妇,也成!"

具勇:"你疯啦! 钱我加一倍还你!"

房大爷:"不成! 我就要房子。你再加倍也买不起房子!"

宋雪:"你这是讹诈!"

房大爷:"咱法院见!"

具勇气呼呼地拉起宋雪的手走了!

殡 仪 馆　　内　　日

昏暗的骨灰存放处。具勇小心翼翼地打开柜门,郑重捧出两个骨灰盒。宋雪在一旁用手帕遮住鼻子,不安地看着。

祭祀厅　内　日

具勇将父母的骨灰放好,摆好供果,点燃蜡烛。

具勇上完香,扑通跪在地上。

宋雪迟疑一下也跪在地上。

具勇望着父母的骨灰泪流满面:"爸爸! 妈妈! 儿子来看你们啦!"

宋雪眼圈红润起来。

具勇哭诉着:"爸爸、妈妈! 儿子用了整整八年的时间,在海上漂了整整八年! 儿子日日夜夜思念着你们,想得都睡不着觉,可我们一家三口人却只能在梦里相见……"

宋雪泪如泉涌……

具勇:"爸! 妈! 你们知道儿子这八年是咋过来的吗? 这八年儿子是什么苦都吃过,什么罪都遭过! 一次,我实在忍受不了,偷了船长的左轮手枪,压上一颗子弹,我打赌,如果上天就是要我来到人世间遭罪的,三枪之内,就结束我的生命吧! 可是我扣了三次扳机,都没有死,我想我的生命一定有奇迹出现。以后又有多少次死里逃生,大难不死,儿子知道是你们在九泉之下保佑的结果……"

具勇放声恸哭起来。"如今你们又让宋雪来到我身旁,安慰我这颗受伤的心……我盼望的奇迹终于来了,好日子来了……"

宋雪:"我们都是一家人啦! 爸妈! 我会好好地照顾具勇的。"

具勇:"爸妈你们同意宋雪做儿媳妇吗?"一阵风将香火吹旺。"宋雪,爸妈同意我们结婚了!"

宋雪:"我们结婚?"

具勇:"结婚! 明天租房结婚!"

宋雪:"结婚!"

具勇郑重地磕了一个头:"爸、妈,您的儿子就要结婚了。以后我和宋雪会常来看你们,爸妈! 安息吧!"

具勇和宋雪相拥而泣……

宋雪搀扶起具勇:"我们走吧! 回家!"

具勇:"回家!"

一组镜头(快闪)

——具勇和宋雪布置新房。

——试衣间,宋雪穿婚纱前勒紧小腹……

——具勇和宋雪幸福地照结婚相。

——具勇和宋雪领取结婚证。

——具勇和宋雪布置新房……

佳鑫网络广场控制室　内　日

一染成黄颜色头发的男青年刚从电脑桌前站起来,一个趔趄倒在旁边的女孩身上,引起一片惊叫。网服画外音:杀了三天三夜没合眼,绝对的钢铁战士! 服务员连忙扶走……

李方国领唐晓丽进来。唐晓丽带着"红唇立体口罩",怪模怪样地坐在一台电脑前,投入网游中。

范甲正在控制室查看本市新闻网:建国以来我市最大毒枭拒捕被当场击毙!

李方国走了进来:"我们那片网速不行,犯卡! 90后的怎么样?"

范甲忙关上页面:"这就是唐晓丽吧! 你够大胆的! 别让梅金玲看到!"

梅金玲进来:"我看到了! 我全看到了! 带'红唇立体口罩',够摩登的！班长，你太不像话！你把她领走，要不要我给嫂子打个电话。"

李方国："我们之间没什么！你多虑了！"

梅金玲盯着李方国脖子上的抓伤："都快被挠成土豆丝了！我还怕你把我家范甲教坏了。"

李方国："别把我想歪了！"

梅金玲："婚姻是斗地主呀？非得仨人玩！"

李方国扑哧笑了："弟妹，你太有才了！"

唐晓丽摘下口罩进来："李方国，我死了十回了。不好玩！"

李方国："来，这俩是我同学认识一下！范甲、梅金玲！"

梅金玲忙迎上前去没好样地一把掐着唐晓丽的脸蛋："局长的千金，长得真水灵儿，迷死个人！"

唐晓丽："你弄疼我了！"

梅金玲："你怎么和一个结了婚的男人打'连连'，不清不白的，没羞没臊！"

唐晓丽："不结婚、不花心的男人我还懒得搭理呢！"

梅金玲："咋的？花心的男人值钱呀？"

唐晓丽："没有花心，就是没出息。这样的男人我不理！"

梅金玲："今天真是开眼了！"

李方国忙打圆场："停！停！有一特大新闻忘说了，宋雪和具勇明天结婚。"

梅金玲吃惊地："不可能！绝对不可能！"

李方国："刚通知我的，让我帮忙张罗一下！"

范甲："昨天见面才几个小时就要结婚，他俩脑瓜子被门弓子抽了，还是进水了？"

唐晓丽好奇地："这有点意思！"

梅金玲："这么快？一个敢娶，一个敢嫁！"

李方国:"得情流感了!急性的、非典型的!我问具勇,宋雪结过婚。具勇说不管宋雪枕过谁的名字入眠,只要能和我一起变老就行!"

梅金玲:"对呀!宋雪可是结过婚的,白瞎具勇这个小伙儿了。"

唐晓丽:"这么说不对!太 OUT!这年头女人只要没生过孩子,她就是处女!一整就是处女情结,处男情结咋没有呢?"

梅金玲:"领教了吧!我们80后的光鲜和前卫,早被90后给拍到沙滩上了!"

范甲:"我们是太 OUT 了,落伍喽!"

李方国:"明天咱都去,捧捧场!"

范甲:"这俩疯子!怎么个结法?"

李方国:"他俩在市里也没什么亲戚,租个房、照张相,晚上在饭店办几桌,同学闹一闹,这婚就算结成了。不可思议!太不可思议了。"

范甲:"有什么不可思议的?孤男寡女大龄青年情投意合,干柴烈火!我纳闷具勇八年的钱包,去掉还账,还没有攒到能让一个漂亮的班花投怀送抱的地步!尤其是宋雪这样的美人!"

李方国:"范甲,你分析得有道理!难道宋雪也好玩闪婚?"

梅金玲:"人家有感情基础嘛!"

范甲:"我敢打赌,他们过不到三个月就得吹灯拔蜡!"

唐晓丽:"好,咱打赌,我也赌他们三个月之内离婚!"

梅金玲:"你们损不损?离婚又不是吃方便面!我赌他们不离、相爱一生、永远不离!"

范甲:"赌请吃日本料理的!"

唐晓丽:"我不喜欢,咱赌俄罗斯乡村大餐!"

李方国:"好!梅金玲你输定了!敢和我打赌,你真不怕电能过人!"

李方国随意在电脑模拟老虎机上一拍,出现"777"……

梅金玲狠狠地:"我要赢了,你不许和唐晓丽来往!"

李方国、唐晓丽对视一下异口同声:"行!"

梅金玲:"一言为定!"

李方国:"明天婚礼我主持,范甲你负责录像,录像机有吧?"

范甲打开摄像器材柜,从针孔式的到长焦的应有尽有。

大铭贸易公司大厅　　内　日

大厅内聚集了不少讨债的民工,各色装行李的丝袋子摆满了一地,工作人员和民工们发生争执,一片狼藉⋯⋯

大铭贸易公司经理室　　内　日

经理张吉顺戴着"狮头钻戒"的胖手在给关公上香⋯⋯墙上挂着张吉顺、杨乔和两个女儿的全家福。

助手旺财慌慌张张跑了进来:"经理! 经理! 民工要半年工钱,死活赖在大厅里不走!"

张吉顺冲上前去给了旺财两巴掌⋯⋯

旺财委屈地:"你干嘛打我?"

张吉顺:"我说过几次,今年我犯太岁,不准踩我的门槛子! 眼瞎呀! 大厅是我的财位! 正财位! 怎么能让民工那帮无赖穷鬼在那儿待着?"

旺财:"我报警!"

张吉顺:"报个屁! 自己想办法! 干不好我掰你牙!"

杨乔走了进来:"你难为旺财干什么? 欠人工钱给呀!"

张吉顺:"钱不凑手!"

杨乔:"三天前,马来西亚回的那笔货款都花光了?"

张吉顺:"业务很熟呀! 告诉你,我的事你老娘们儿少掺和!"

杨乔："把钱搭在哪个小狐狸精身上了?"

张吉顺："一部分炒股! 一部分给老娘看病!"

杨乔："看病? 医院怎么老来电话催款?"

张吉顺："没时间跟你磨牙,去帝王酒店参加一个婚礼!"说完拿起手包走了。

杨乔："唉! 孩子上大学后,跟我说话一点耐心烦都没有了。"朝旺财使了一个眼色……

帝王饭店　　外　　日

范甲手拿 DV 为来宾录像……

奔驰 X5 慢慢停住,张吉顺从车里出来。西装革履的具勇迎了上来,宋雪一愣忙给介绍:"大勇,这是我表舅。唯一的娘家亲戚!"

具勇："表舅好!"

张吉顺使劲握住具勇的手,目光狡黠:"祝贺、祝贺! 祝你们早生贵子!"

具勇疼得直咧嘴……

不远处,旺财在鬼鬼祟祟地窥探……

帝王饭店　　内　　日

随着婚礼进行曲的鸣响,具勇和宋雪缓缓走了进来……场面简洁而不乏温馨、热烈。

李方国当起了主持人,拿着讲稿:"具勇先生,您愿意娶您身边这位宋雪小姐为您的妻子吗? 无论是贫贱与富贵直到永远!"边主持边整理衣领子,遮盖脖子上的抓伤,手上的抓痕不争气地显露出来。

具勇深情地:"愿意!"

李方国:"请问宋雪小姐:您愿意嫁给在您身边这位具勇先生为您的丈夫吗?无论贫贱与富贵直到永远!"

宋雪:"愿意!"梅金玲等同学热烈掌声……

李方国:"我宣布2001届高三九班第一班对诞生!让我们祝二位新人一生平安,前程似锦,白头偕老,永远相爱!"更热烈的掌声……

范甲给婚礼录像。镜头扫过所有来宾,在张吉顺面前停下,镜头特写手上的一枚"狮头钻戒"……镜头又转过来,给李方国脖子上的抓伤来了个特写。

街 道   外   日

张吉顺边开车边打电话:"民工走没走呢?……什么……到劳动局告我!什么,让我去,你去,就说我参加高交会去了!给我顶住,能拖就拖!干不好我掰你牙!"

具勇家卧室   内   夜

具勇和宋雪的婚照占据了一面墙。

具勇提着包裹和宋雪进来,两人迫不及待地拥抱起来……

一阵急促的敲门声,具勇忙打开门:"什么事?"

社区章老太太:"给你们送计划生育宣传册。我们这个社区外来人杂,二婚的、三婚的多,又是计生黄牌区。要办准生证,要见证怀孕,持证生孩!"

具勇接过宣传册:"我们一定见证怀孕,持证生孩!"

宋雪:"大妈!谢谢您!"

章老太太:"那就不打扰了!"

宋雪无聊地发现客厅里多了一个大花瓶,"花瓶哪来的?"

具勇："这花瓶是范甲今天一大早送的,说咱家家具太少、太空!"

宋雪仔细打量起来,"人生若只如初见,何事秋风悲画扇？纳兰性德。这诗是什么意思?"

具勇："什么意思？我猜大概是人第一次见面,印象呀什么的都是美好的。以后再见到就不一定了,人是变化的! 可能变得更好,也许很糟糕!"

宋雪若有所思:"人生只如初见,初见是多么美好……"

特写:花瓶里的声控录音机在转动……

具勇："范甲挺会买东西的,咱们同学里数他最聪明鬼道。"

宋雪："我看李方国也是个人精,没好眼光的瞅这瞅那!"

具勇环视室内:"回国不到七十二个小时,我竟然有家了! 不是在做梦吧?"

宋雪："当然不是!"

具勇："天上掉下个林妹妹!"

宋雪："那不把林妹妹摔死! 快打开你的包裹。"

具勇："好! 看看你丈夫八年的生活物品。"

具勇麻利地打开包裹取出父母的照片、一本《同学录》、干瘪的海星、贝壳等一堆。

宋雪："可以开博物馆了。"

具勇："将来留给我们的孩子。让孩子知道他老爹八年在船上没着过地。"

宋雪："船不靠岸呀?"

具勇："护照没签证,靠岸也下不了船!"

宋雪："不能给孩子留点美好的东西?"

具勇："有啊!"

具勇打开《同学录》,取出一枝干了的栀子花:"这是你八年前送我的栀子花。"

宋雪微微一怔："还有吗？"

具勇拿出一摞画纸："看，船每到一个国家，我只能站在船甲板看岸上人来人往，欣赏她们的服装，把漂亮的服装都画下来……"

宋雪翻看着画纸："这穿的什么衣服，跟扑克牌大小王穿的差不离。嗯！除了这张其他的都挺漂亮，有眼光。这人怎么都像我？"

具勇："只有一个念头，让你也穿上她们的服装，更好看的服装。"

宋雪略显激动："画得真的很不错！"

具勇："为了让你过上好日子，我决定租个门市仓库开家服装店，联系越南、菲律宾、塞班、所罗门的那些难兄难弟们联合起来经营服装，搞品牌代理、网络销售。"

宋雪："凭你的眼光，错不了！"

具勇："我在网上已经发了多家代理申请，我就不信这个城市没我容身之地。"

宋雪情绪高亢："好！这才是我的大丈夫！有豪气！有担当！有作为！"

具勇收拾床褥："你是上对花轿，嫁对郎啦！"

宋雪的手机来短信，忙去查看：按协议第三条规定，结婚三十天内必须离婚，现在计时开始！

宋雪的情绪低落到了极点……

具勇忙整理包裹："什么短信？"

宋雪："推销商品的垃圾短信！"

具勇："怎么啦？不高兴？"

宋雪："今天累了，真累了，不舒服！委屈一下，今晚你在客厅睡好吗？"

具勇有些疑惑："怎么？这个……也得持证上床？我有结婚证啊！"

宋雪苦笑着："我累了！很累！想一个人安静一下！"

具勇面露难色、极不情愿地:"那……好吧!"

宋雪:"对不起!"

具勇拿走一条毛毯又转身取走画纸无奈悻悻地离开卧室。

具勇家客厅　内　夜

具勇心神不定地在电脑前上网……

一会儿,具勇又躺在沙发上,睁大眼睛发呆……

具勇家卧室　内　夜

宋雪关掉手机,躺在床上仰望天花板,内心独白:计时已经开始,谁是我能依靠的人? 千万别幻想! 男人没一个能靠得住的! 千万别动真感情!

宋雪渐渐进入梦乡……

梦境一,一名男子疯狂地逃跑……身后警犬紧追不放。警察鸣枪示警! 男子拔枪拒捕,慌乱中抓住一名人质,和警察对峙……狙击手一枪击中男子的眉心……毒品撒落一地……

梦境二,宋雪呆呆看着警察查封别墅,印有滨海市公安局缉毒大队封的封条贴在大门上……

梦境三,宋雪站在海边悬崖上,巨浪幻化出狰狞的恶魔,魔爪伸向宋雪……睡梦中的宋雪呼吸急促、挣扎着惊叫起来……

在客厅中听到动静的具勇跑了进来,抱住大汗淋漓的宋雪:"别怕! 我来了! 别怕!"

宋雪惊魂未定一下子紧紧抱住具勇……

大力士牛酒吧　外　日

昏暗的灯光下,张红玉和梅金玲默默地喝着无聊的闷酒。

张红玉:"中邪啦! 都中邪啦! 结婚才三年,从他死活不要孩子时,我就怀疑他有外心!"

梅金玲:"你各方面条件比他强多了,他怎么这么待你?"

张红玉:"嫌弃我家没钱没背景,害得他还得多奋斗二十年! 说天生不能选个有'章程'的爹,但老丈人还是可以挑的!"

梅金玲:"这班长怎么变成这样了! 不可思议!"

张红玉:"从小就是个官迷! 单位选后备领导干部没选上,把怨气全撒到我身上了!"

梅金玲:"为什么不跟他父母说说? 劝劝他!"

张红玉从手包里掏出一叠纸:"一提找父母就给我写保证书,说他父母能做到结婚时买到房子就不易了,别让父母伤心! 瞅瞅! 多虚伪! 我父母呢? 他就从不在乎!"

梅金玲:"哦!"

张红玉:"唐晓丽! 戴个口罩跟鬼似的! 我真不知道,是我疯了还是世界疯了!"说着喝了一大口酒,眼泪扑簌簌地落下……

梅金玲:"别生气,慢慢会好的,我见到他就狠狠批他。你看你也别下狠手挠李方国,让他到单位都抬不起头。两人都让一步,多想想对方的好!"

张红玉:"他的好? 他真是太好了。全是结婚前的好,把我哄得天天跟喝了蜜似的! 现在显原形了! 说别的女人风情万种,我连0.5种都没有,连四舍五入的可能都不存在!"

梅金玲:"嫂子你挺有魅力的!"

张红玉:"他审美疲劳得也太快了! 嫌我腰粗了、鼻孔大了、吃饭不注意姿势了！还说我不是他需要的那种女人！都结婚三年了才发现,他早干什么呢?"

梅金玲:"太不负责任！太不公平！他要求别人风情万种、倾国倾城,他自己又是什么质量,不过是两条腿支楞个稀屎肚子！尿的尿也是臊的！我就不信他能尿出路易十三来！装啥贵族?"

张红玉:"你说得太对了！现在你们班长最大的愿望就是我能跟他一样,也找一个,然后他就可以理直气壮地从我这里逃走了！"

梅金玲:"你看看我能帮你什么忙?"

张红玉:"我要抓他和唐晓丽的现行！帮帮我！"

梅金玲面露难色:"抓到又怎样？不够恶心的。你想离婚呀？宁拆一座庙,不拆一桩婚。这事没人能帮得了你！"

张红玉略带哭腔:"我可怎么办呀?"

一组镜头

具勇的画外音:我的网络服装店开业了。和我的婚礼一样迅捷高效！选货、拍照、上网、查询、分配、调货,当天货当天发,让客户以最快的速度收到他们想要的服装。有了宋雪这个好帮手,生意打理得井井有条。我们的蜜月和创业就这样一起开始了……

——室内,架满各式照明灯具和深蓝布景……具勇和宋雪给选出的各式精美服装照相,并传到网上……

——具勇和宋雪在电脑前点击收到的订单,进行网上交易……具勇握着宋雪的手指在确认键上轻轻按下……屏幕上出现交易成功的字样,两人露出开心的笑容……

——宋雪在给服装进行最后的熨烫……喷出滚烫的蒸汽"嗤"到手上,具勇忙用嘴吹拂被烫处……

——具勇给服装包装,贴上邮单……

——仓库里,宋雪在整理服装统计型号。具勇献上一束玫瑰花……两人幸福地拥抱在一起……玫瑰花瓣落在美艳的服装上……

公路　外　日

阳光明媚,晴空万里。

具勇开着二手长城皮卡行驶在高速公路上。车门上印着"YY系列品牌服装总代理""网络直销"等字样。

宋雪:"什么时候学会了开车? 在船上吗?"

具勇:"我学过开客车,这太小儿科喽!"

收音机里传来欢快的歌曲《我们的生活充满阳光》……

宋雪:"上个世纪的歌听起来很新鲜、很美!"

具勇:"我就喜欢老歌,让人振奋! 越听越起劲! 你喜欢什么歌?"

宋雪:"《要嫁就嫁灰太狼》,还有《要嫁就嫁普京这样的人》!"

具勇:"这普京,有权有势能力强,不难理解! 灰太狼是什么呀?"

宋雪:"动画片里的大灰狼呀! 很听媳妇话的。"

具勇:"我就是你的普京、你的灰太狼!"

宋雪:"灰太狼听令,这批发往越南的货,只准办好不能办砸!"

具勇:"遵命! 夫人! 我现在觉得自己特别幸福!"

宋雪:"是吗! 和你的过去比!"

具勇:"是的! 无比幸福! 千帆过尽! 好日子终于来了!"

宋雪:"这么容易满足! 不缺点什么?"

具勇:"缺什么呢? 缺一个胖儿子! 这就看你的啦!"

宋雪突然感到恶心,忙示意具勇停车。车停稳后,宋雪忙下车呕吐起来……

具勇递过一瓶矿泉水,兴奋地:"是不是有了?"

宋雪边漱口边点点头……

具勇高兴地:"我要当爸爸了!……真是想什么来什么……太幸福啦!这都是我爹娘保佑的结果。"在地上翻起跟头……

宋雪:"我们还没办准生证呢!"

具勇:"送完货回去就办。"

宋雪面无表情地看着具勇……手机接到短信……

宋雪查看短信:计时第十天!

具勇:"又是垃圾短信!从今天起,你什么活都不要干了。你是我的全部!"

宋雪默不作声,表情很不自然……

佳鑫网络广场　内　日

电话响了,范甲拿起电话:"这里是佳鑫网络广场……好……好!马上去!"

大铭贸易公司经理室　内　日

范甲带着软件包推门进来。

张吉顺:"小师傅,修电脑几年啦?"

范甲:"八年!"

张吉顺:"从昨天开始犯的毛病,网速比蜗牛还慢,开机没几分钟就死机!"

范甲:"得重做系统,一会就好!"

张吉顺:"抓紧修!修不好掰你牙!"

范甲苦笑了起来。旺财将张吉顺叫走。

范甲打开电脑,开始做系统……完毕后又将 U 盘的文件拷到电脑上……

张吉顺进屋:"怎么样? 什么毛病?"

范甲:"有木马病毒!"

张吉顺:"我怎么瞅你面熟! 在哪见过?"

范甲:"我以前来修过电脑!"

张吉顺疑虑重重……

佳鑫网络广场　内　日

范甲在电脑前紧张地操作……一会儿,屏幕上出现张吉顺在办公室面对电脑发呆的画面,远程控制接通了。范甲一阵窃喜……

酒　吧　内　夜

范甲、李方国二人在喝酒……

范甲:"你猜宋雪的前夫是怎么死的?"

李方国:"车祸!"

范甲:"不对! 宋雪在骗咱们,她丈夫是贩毒拒捕被打死的! 去年轰动全省的 729 大案。"

李方国:"毒王就是她丈夫啊!"

范甲:"没错! 宋雪那个 LV 女包、范思哲服装、苹果牌 3G 手机这身行头,虽然有些旧,要是新的也得值个十多万!"

李方国:"想嫁个白马王子,却嫁给个白粉王子。"

范甲:"她丈夫死后,全部毒资被没收。父母又有病,生活很艰难,仗着有姿色追的人还不少。"

李方国:"怎么跟了具勇了呢? 具勇能养得起她吗?"

范甲:"我也很纳闷,具勇这头不难理解,他还生活在八年前,还没有走出初恋的影子。这宋雪就不好说了? 今天上午我看见具勇去买

《父母必读》和孕妇用品什么的,宋雪可能怀孕了!"

李方国:"结婚才不到半个月,这么快? 正常吗?"

范甲:"现在没什么证据,不好说!"

李方国:"如果这里有什么阴谋,咱作为同学不能不管,别让具勇吃亏。"

范甲:"我们赌他们三个月内能离婚,看来是很在谱! 没准能提前知道答案。"

李方国:"我的眼光没错!"

范甲:"你和嫂子的事怎么样啦?"

李方国:"这事你得帮帮我,我们过的是平平淡淡、没滋没味儿!"

范甲:"真正的婚姻就这味儿! 你还想要啥? 你让我帮你什么忙? 缺个孩子,有孩子就好了! 这忙我可帮不上!"

李方国:"我不是这个意思! 孩子我能生,我不想生! 我还没玩够呢! 趁没孩子,早点散了!"

范甲:"班长,你思想真有问题! 看来你是巴不得张红玉也出轨,你好名正言顺地全身退出! 是这个意思吧!"

李方国点点头……

范甲:"班长呀班长! 你要真不想和嫂子过了,就大大方方地离婚! 非得玩点手段,太不爷们了! 我在网上看到一张唐朝的离婚书,在敦煌的山洞里找的,说夫妇若结缘不合……二心不同,难归一意,快会及亲友,各还本道……从此,一别两宽,各生欢喜。丈夫愿娘子相离之后,重梳蝉鬓,美扫蛾眉,巧逞窈窕之姿,就是好好打扮一下,再嫁高官。解怨释结,更莫相憎。你看看古代人,多大度! 多敞亮!"

李方国:"我可不是什么圣人! 时代不同了!"

范甲:"人家也是跟你一样姓李的普通人家。"

李方国:"今非昔比。这、这追女孩子要有技术,分手嘛还得艺术点好! 你是这方面的高人,有招! 以前你做的事我都知道!"

范甲:"你这是?"

李方国:"我可没有要挟你的意思! 都是哥们! 帮帮忙!"

范甲:"嗨! 真应了那句话了,经济越发达,爱情越脆弱! 现在哥们感情他妈的也脆弱呀!"

李方国:"喝酒!"

具勇家客厅　内　夜

具勇对着灯光,用镊子仔细地给收拾好的笨鸡摘细小绒毛:"在船上,除了天天吃韩国泡菜、海鲜、米饭,从来没吃过其他地上的东西。"

宋雪:"日子不错,天天有海鲜!"

具勇:"架不住天天吃,跟吃白菜土豆一样,烦腻透了! 今儿我给你做一顿韩国的人参、枸杞、江米鸡,这可是大补。"

宋雪:"补大了,发福没人要了怎么办?"

具勇:"你现在可是两个人,营养跟不上不行! 你真胖了,也是咱们家的功臣,我和孩子都敬着你!"说着已经把鸡和佐料放好,关上高压锅。

宋雪:"你卖的孕妇衫款式颜色我挺喜欢的! 明天去孕检。"

具勇洗完手,剥好一粒荔枝放到宋雪嘴里,宋雪有些不好意思。

具勇:"明天孕检我陪你去!"

宋雪:"不用了! 现在还没显怀呢! 我自己去。"

具勇:"检查,是不是得空肚子去? 今晚多吃点。我看书上说怀孕时爱放屁,脚肿尿频,还缺钙! 我一定要照顾好你。"

宋雪:"我这些就不用你操心了,你把生意照顾好就行!"

具勇:"今天拢了一下账,开业十天,效益不错! 再添点钱,我估计这个月,咱就能把租的仓库买下来,到时咱也有固定资产了。"

宋雪:"婚后财产,得有我一份!"

具勇:"全是你的! 除了你我什么都不要!"

宋雪:"是真心话吗?"

具勇:"我说过假话吗?"

宋雪扑哧乐了,这时手机来短信了……宋雪没有查看。

具勇:"看看短信,没准是生意上的事!"边说边去拿手机。

宋雪一把夺过手机:"都是垃圾短信,生意上的事都和你联系!"

高压锅响了,具勇忙去查看……

宋雪望着具勇的背影,内心独白:好险呀! 他要知道事情的真相,杀我的心都能有……

妇幼医院门口　外　日

宋雪从面的车上下来。不远处范甲从另一辆车下来……

妇幼医院　内　日

——宋雪在排队挂号……

——宋雪在生化室送尿样检查……

——宋雪在做 B 超……

护士工作站　内　日

宋雪在桌子上找自己的化验单:"护士,怎么没有我的化验单?"

护士:"可能还没做完,等一会!"

宋雪:"我后面的都出来了。麻烦你给我催催!"

护士:"好吧!"

医院厕所　内　日

一穿着白大褂、戴口罩的医生正用数码相机对化验单逐张进行拍摄……

医院走廊　内　日

白大褂、戴口罩的医生将一沓化验单交给护士……

护士工作站　内　日

宋雪从护士手中接过化验单。

宋雪："化验结果怎么样?"

护士："医生说第一次孕检各项指标都很正常,这些化验单和《孕妇健康手册》你要保存好,过两周后你来第二次孕检!"

宋雪："谢谢你!"

护士："不客气!"

佳鑫网络广场　内　日

范甲在电脑前仔细查看宋雪的化验单:胎儿心音正常……

范甲拿起电话:"李方国吗? 我,范甲。你想想具勇回来时聚会宋雪喝没喝酒?"

李方国的声音:"让老婆闹的想不起来了!"

范甲:"好好想想,我记得喝了一点,不多!"

李方国的声音:"好像是! 问这个干什么?"

范甲："没什么!"

李方国的声音："我拜托的事别忘了。"

范甲："给你记着呢!"

李方国的声音："周六晚上,在帝王酒店张红玉初中同学聚会!"

范甲："明白!"

范甲撂下电话,在网上搜索起资料……资料显示:孕妇第一次孕检应当在怀孕的第十二周进行。范甲自言自语:"从见面、结婚到现在半个月就做第一次孕检正常吗? 能听到胎儿心音吗?"

大铭贸易公司经理室 内 日

宋雪敲门进来……

张吉顺："怎么才到?"

宋雪："走着来的!"

张顺吉："会省钱了!"说着要去拥抱宋雪,宋雪一把推开……

宋雪："我们之间就是生意关系,别整合同以外的事!"

张吉顺："孩子都能生,还有什么不好意思的?"

宋雪："这是第一次孕检的单据!"

张吉顺没有接过单子,仔细地看着宋雪:"你不会对那小子动了真感情吧?"

宋雪："合同以外的不要问! 你只不过是我的一个顾客。"

张吉顺："过得怎么样?"

宋雪："下辈子的活都干完了!"

张吉顺："妈的! 这小子白得个保姆! 以后少干活,当心孩子!"

宋雪："可是我愿意!"

张吉顺："不要气我! 怀的是姑娘还是小子?"

宋雪："再过两个月才能看出来!"

张吉顺从抽屉里拿出一份协议书，"你看最后这条，对未尽事宜可以协商解决！千万别动真感情！我真担心你过了三十天后舍不得离开那个臭小子！这是我最不愿看到的！"

佳鑫网络广场　内　日

范甲在电脑前远程监视到张吉顺和宋雪交谈的画面，迅速进行截图、保存……

范甲对张吉顺拿着的合同进行放大，但画面不够清晰。

大铭贸易公司经理室　内　日

宋雪："醋劲挺大！你放心，我会按合同去做，把钱准备好就行！不过我还没想好，我将以什么理由离婚！"

张吉顺："这简单，就是无理由离婚！"

宋雪不解地摇摇头……

张吉顺："现在很时髦、很流行的！"

仓库　内　日

具勇把包裹扛到货架上分好，拿出笔纸认真进行统计……

街道　外　日

具勇在自动存款机上查看……货款不断增加……具勇露出灿烂的微笑。

具勇买了两个猪手，又在旁边买了一束玫瑰花……

具勇家客厅　内　夜

具勇进屋将玫瑰花插到花瓶里。

宋雪在熨烫衣服:"回来了!"

具勇:"回来了。快别干了。孕检结果怎么样?"

宋雪:"都很正常!"

具勇:"我今天到孕妇学校给你报了名,还交了学费。后天开学我送你去!"

宋雪:"好哇!"

具勇夺过蒸汽熨斗:"晚上吃黄豆清炖水晶猪手,外加八宝鸡肉安胎粥。"

宋雪:"吃得没有吐得多!"

具勇给宋雪按摩肩膀:"再辛苦也得坚持,我和孩子都会感谢你的! 永远!"

宋雪心存愧意故意回避具勇的目光:"今天法院来电话了,房大爷欠款的事!"

具勇:"法院怎么说的?"

宋雪:"让咱还上本金和利息就行,可是房大爷不干,天天闹访。"

具勇:"咱听法院的!"

慢摇吧　内　夜

光怪陆离的各式灯光,风车般飞速旋转的舞曲……

唐晓丽在振动舞池里如痴如醉地尽情狂舞……李方国边吃圣代边欣赏着唐晓丽的舞姿……

主持人激动地夸张地宣布:"在这迷人的夜晚,我们迎来了美丽之神唐晓丽小姐的 20 岁生日，一位无名男士倾情献上九十九朵玫瑰。他只留下一句话，说！结婚证只是一张纸，美好的爱情之路靠心血铺就！在此我代表全体来宾，衷心祝愿唐小姐生日快乐！有情人终成眷属！"

张红玉出现在李方国身后，李方国正得意地朝舞池里的唐晓丽挥挥手……唐晓丽见状迅速离去。张红玉和李方国厮打在一起……

主持人忙喊："保安！保安！"

派 出 所　内　夜

张红玉嘤嘤地哭泣……李方国衣衫不整。

女警察："作为一名国家公务员，在公共场所和自己的老婆厮打，太不像话！"

李方国："我还不是公务员，只是有事业编的干部。等提副科级才能转成公务员！"

女警察："不用参加录用考试？"

李方国："不用！"

女警察："连自己的家人都不爱，还能干好工作吗？"

李方国："你少教训我！"掏出几张照片往桌上一拍，"你看看！"

女警察和张红玉上前仔细查看照片……

女警察："上面的人是你吗？"

张红玉惊恐地："是我！"

女警察："男的呢？"

张红玉："我同学，我记不清了！喝多了！"

李方国："被人吃了豆腐，还在那乐得花枝乱颤！什么关系？张红玉你说！"

张红玉莫名其妙地："我……"

女警察:"照片哪来的?"

李方国:"网上发现下载的!他们同学聚会的视频照片都上网了!"

女警察:"剩下的事你们回家自己解决!不过提醒你两条,不准使用家庭暴力,不准扰乱公共秩序!"

李方国:"知道了!"转身去拽呆愣的张红玉,"回家吧!"

张红玉躲开李方国:"我不回家!我是清白的,我什么也没做!"

李方国:"回家吧!我会原谅你的!"

女警察:"你看你丈夫多好,快回家吧!"

张红玉用手死死拽着桌子腿,泪流满面:"我们离婚!离!马上离!"

李方国:"不至于吧!"

张红玉:"李方国!我怕!我怕你!"说完号啕大哭跑了出去……

酒吧　内　日

"嘭"的一声,一瓶茅台啤酒被启开……李方国开怀大饮……

范甲:"离婚是什么感觉!"

李方国:"跟喝了这杯茅台啤酒一样!"

范甲:"什么样?"

李方国:"爽!"

范甲:"我是缺了八辈子德了!"

李方国:"不能这样说!不要只看到离的一面,更要看到生!爱情重生!人的生命不能再生,可是爱情可以重生,非常神奇!"

范甲:"但是一点都不美丽,一点都不好玩!你的臭狗屁理论一套一套的,都是他妈的歪理邪说!"

李方国:"不说这些!咱和你老婆打赌的事怎么样了?"

范甲："咱们准赢！我终于知道里面的秘密了！"

李方国："什么秘密？"

范甲："大铭贸易公司经理张吉顺知道吗？"

李方国："知道！成功人士！"

范甲："也就是宋雪的所谓表舅！其实什么亲戚也没有，是骗具勇的。他唯一不成功的是没有儿子，万贯家财无人继承。和老婆杨乔是后到一起的。二婚之后又是丫头，非常糟心！"

李方国："两个姑娘也不错！听说他挺扣门的，属于上厕所带筷子，拉个豆都得夹回去的那类。"

范甲："有钱人手都紧！他特别，不养老娘养小三！"

李方国："小三是谁？"

范甲："宋雪！其实宋雪也不是小三，和真正意义上的小三不一样，只是个代孕女郎，不要名分只要钱。这叫什么？叫不三不四！"

李方国："说话可要小心！别瞎说，要是具勇知道了，能跟你急！"

范甲："只跟你说，别瞎传！具勇的绿帽子肯定是戴定了，没准是全世界最大号的！这个290！"

李方国："290？"

范甲："一个250，还有点38，有点2，就成了290！"

李方国："这么个290！看来我们打赌准能赢！我开始一看具勇有艳遇，就觉得不对劲，你真以为有天下能掉了一个林妹妹的事，真掉下来也摔得七裂八瓣的！"

范甲："这出租房子和出租子宫究竟有多大区别？"

李方国惊愕："这？"

佳鑫网络广场控制室　内　日

张红玉推门进来。

梅金玲:"哎呀! 你怎么瘦成这样?"

张红玉:"三天减了九斤,告诉你,离婚是世界上减肥效果最好的方法!"

梅金玲:"听说你离婚啦?"

张红玉点点头。

梅金玲:"和李方国这样的人怄气不值得! 以后我帮你找个更好的!"

张红玉:"我终于想通了,干嘛拿别人的错误惩罚自己! 范甲上哪去了?"

梅金玲:"范甲去大铭贸易公司修电脑,电脑又坏了。有事吗?"

张红玉:"想让他帮我查一个 IP 地址!"

梅金玲:"一个人怪寂寞的,上网种菜偷菜挺过瘾的!"梅金玲打开电脑,却发现加了密码。梅金玲输入密码仍没进入。

张红玉:"换密码了?"

梅金玲:"这鬼东西换密码不告诉我! 听说李方国有你的不雅照片?"

张红玉:"我们同学聚会是喝多了,后来把聚会的照片挂在同学群里了。我都看了,没什么问题!"

梅金玲:"没准是李方国搞的鬼呢!"

张红玉略有所思……

大铭贸易公司经理室　内　日

范甲在修电脑,趁旺财出去的机会,迅速打开文件柜拿出一份合同,进行偷拍……

具勇家　内　日

正在打扫房间的宋雪,俨然一副家庭主妇的打扮。微微隆起的肚子……

具勇填写邮单:"李方国离婚了!"

宋雪:"知道了!"

具勇:"这离婚怎么跟吃方便面似的。"

宋雪:"如果我们也离婚,你会怎么办?"

具勇:"没想过!"

宋雪:"如果我真的不和你过了,你怎么办?"

具勇继续填写单子:"太阳不会从西边出来。"

宋雪:"万一呢!"

具勇头都不抬:"不会有万一。明天我把仓库买下来,房照办你的名字。"

宋雪迟疑了一下:"办你的名,本来就是你挣的! 以前是和你开玩笑。"

具勇:"不争了! 过两天我们结婚就满一个月了,把同学请来好好聚聚。"

宋雪愁眉不展,目光落在花瓶上……花瓶内的录音机已经不见了。

佳鑫网络广场控制室　内　夜

范甲在电脑上仔细看着合同放大图。桌子上放着声控录音机和耳麦。范甲打开杨乔留下的文件夹,拿起了小灵通手机……目光狡黠。

房屋产权登记大厅　　内　日

拥挤、喧嚣的交易大厅,排队办房照的近乎疯狂……

具勇在焦急地排队,终于排到自己办照。交上各种证件。

工作人员:"自己来的? 要求夫妻都来。"

具勇:"产权人写我媳妇就行! 我同意!"

工作人员:"不后悔! 将来离婚有财产纠纷怎么办?"

具勇:"不会离的!"排在后面的人大声催促……

工作人员:"回去和老婆一块来吧!"

具勇:"你不给办,我不走!"

工作人员:"你这人怎么好赖不分呢? 得! 快签字吧!"

具勇:"谢谢!"后面人议论纷纷,"傻子!""脑进水!""被驴踢了!"

佳鑫网络广场控制室　　内　日

梅金玲为打不开电脑而焦急、生气……

范甲买回了香奈儿手包进来,递给梅金玲。

梅金玲:"香奈儿,名牌! 怎么? 你中彩票了? 福彩还是体彩?"

范甲:"帮朋友编了一个程序!"

梅金玲高兴地亲了范甲一口:"看不出来,你太有才了!"

范甲:"一小般吧!"

梅金玲:"你怎么把控制室的电脑换密码了?"

范甲:"大厅那么多不够你用的! 你不知道最近电脑病毒爆发! 乱动染毒影响生意。"

梅金玲:"这么回事! 懂了!"

范甲:"今天中午打个盹做了一个梦,梦到自己满口的牙全掉光了,一颗都没剩!你给解解!"

梅金玲:"一听就不是什么好梦!以后做事要加点小心。"

街道　外　日

旺财开着路虎发现3,拉着杨乔,像清晨的风一样,在街道上无拘无束快乐地游荡……留下阵阵欢笑。

特写:车上一个绿色邮包……

一组镜头

——宋雪接到短信:今天是最后一天,明天八点有人来接。宋雪回复:明白。

——孕妇学校,宋雪在做保健操……

——市场内,宋雪在买菜……

——厨房内,宋雪在炒菜……

——一桌丰盛的晚餐做好,宋雪在等具勇回来……

——宋雪在给具勇留言……

宋雪内心独白:具勇当你看到这封信时,我将离开这里。非常感谢你这一个月的细心照顾。不要问为什么,对不起了,我不是过去的我了。你要保重!

仓库门口　外　日

具勇在卸货。

一名邮递员骑摩托过来,扬起一个绿色包裹:"你的邮件!"

具勇马上停住手中活儿,签完单接过邮件:"谢谢你!"

邮递员:"不客气!"

仓库门口　内　日

　　具勇把货物放到货架上。简易办公桌前，具勇打开绿色邮包，一沓照片和信件落在地上。具勇捡起仔细看着……

　　信上留言：……傻小子，事情的真相就是这样的。我都知道你结婚洞房之夜宋雪没让你上床。你该信我说的都是真的……

　　具勇气得脸色惨白，看到房照上宋雪的名字，拿起来要撕，最后没有撕毁。具勇疯一样地将头撞向货架，任凭货物掉在自己的头上……他找手机要打电话，又停了下来。具勇打开自来水龙头，用水冲脑袋……

一组镜头

　　——风雨中，具勇徘徊在孕妇学校门口……
　　——具勇出现在大铭贸易公司门前。
　　——婚礼上：张吉顺一脸坏笑使劲握具勇的手，"祝你们两个早生贵子！"
　　——花瓶上"人生若只如初见，何事秋风悲画扇？"的字样。
　　——具勇气愤地砸自己的脑袋。

具勇家　内　夜

　　具勇浑身湿透、面色惨白进来。宋雪迎了过去："怎么？生病了？"
　　具勇强忍着点点头……
　　宋雪要帮具勇换衣服被具勇推开……
　　具勇刚要发火，看到一桌丰盛的饭菜，又忍住了。这时，手机响了。

具勇接电话："……好,我马上送去!"撂下电话就走。

宋雪:"快回来,我等你回来一起吃饭!"

具勇头也没回走了。

公路　内　夜

具勇心不在焉,前面的皮卡车上的苫布被风刮起,一具塑料模特跟着弹了起来,冲具勇的车飞去……具勇急忙一避,车翻滚着冲出公路,扎进海里……

医院走廊　内　夜

具勇躺在担架上被快速推进……

医院急救室　内　夜

医生紧急抢救具勇,输血输液……

李方国、范甲、梅金玲赶来,焦急等待……

宋雪来了,见此情景,泪流满面……昏迷中的具勇要说话,宋雪忙俯下身来,用耳朵贴近具勇的嘴,仔细听,不住地点头……然后急匆匆走开……

李方国、范甲表情面面相觑。

楼梯　内　夜

宋雪边下楼梯边打手机:"我是宋雪。具勇出车祸了,我要等具勇伤好了再离开他!"

经理室 内 夜

张吉顺:"一辈子不好呢？你不趁这个借口脱身,你等着我接你去,湖滨别墅都给你准备好了!"

宋雪的声音:"你千万别来!"

仓库 内 夜

宋雪按照订货单找出不同号码的服装……

宋雪小心爬到货架上面,突然发现具勇的皮包,打开看到写着自己名字的房照,眼里闪出感激的目光。当看完绿色文件夹里的照片和信件,脸色变得苍白起来……宋雪从货架上摔了下来……宋雪忍着剧痛慢慢爬起,殷红的血沿着大腿流下……

医院门口 内 夜

急救车闪烁着蓝光,急促的笛声划破夜空……

妇科病房 内 夜

手术后的宋雪被推进病房……

张吉顺急匆匆进来质问宋雪:"怎么回事？究竟怎么回事？"

宋雪在麻醉中……

护士:"有什么事过了危险期再说。不准打扰病人休息!"

宋雪慢慢苏醒……

张吉顺:"说！谁杀了我儿子?"

宋雪摸摸肚子,眼泪夺眶而出……

护士把张吉顺推了出去:"不走我喊保安了!"

外科病房　内　夜

医生:"从片子上看,有两处轻微骨折,多处软组织损伤,失了一些血,其他没什么危险。"

李方国:"不幸中的万幸!这样我们也就放心了!"

梅金玲:"具勇好好养病,明天我们还来看你!"

包扎好的具勇在床上和大伙挥手……

范甲:"明天我把掌上电脑拿来!"

梅金玲:"宋雪怎么还没回来?"

李方国:"回去发货去了,一会回来陪具勇。"

护士:"现在病人需要休息,你们请回吧!"大伙离开病房……

一会儿,张吉顺来到病房,走到具勇面前:"怎么没摔死呢?你还我儿子!就凭你还能养得起又白又滑,还非常漂亮的宋雪!"

微微睁开眼睛的具勇,狠狠给了张吉顺面部一拳……张吉顺刚要还手,被赶来的护士制止住。由于动作过猛,具勇雪白的纱布渗出血来……

张吉顺狼狈地溜走……

具勇打手机,宋雪的手机关机……镜头从具勇的外科病房移向楼对面的妇科病房……

妇科病房　内　夜

张吉顺趁护士不在又溜了进来。

张吉顺流着鼻血:"宋雪,好好养伤,等好了还得给我生儿子!"

宋雪气愤地:"你快滚!"

张吉顺:"不还儿子就得还钱!"

护士进来:"你怎么又进来了？ 快走!"

张吉顺:"明天我还来!"

宋雪痛苦地闭上眼睛……

妇科楼顶　　外　　日

宋雪站在楼上要自杀。

楼下聚集了很多围观的人……

消防救援人员赶来展开救援……

外科病房　　内　　日

明显好多了的具勇,醒来就给宋雪打电话,始终打不通。他在焦急中突然发现宋雪竟站在对面的楼顶上。具勇挣脱护士的阻拦,冲出病房……

妇科楼下　　外　　日

张吉顺开车进来,发现宋雪要跳楼自杀,吓得赶紧躲开。

妇科楼顶　　外　　日

具勇忍着伤痛从防火楼梯爬到顶楼,快要接近宋雪时被发现……

宋雪:"你不要过来! 你过来我就跳下去!"

具勇停住了脚步："宋雪！你千万别做傻事！"

宋雪："别过来！这都是命运的安排！"

具勇："人这一辈子,谁没一个坎坷,忍忍过去就好了。我的父母车祸,给我的打击还小吗？我不还是挺过来了,你要是这样走了,对我又是怎样的打击……你想想我好吗！"

宋雪哭求着："忘掉我吧！我只是你的一场噩梦,饭碗里的一条蛆虫！我伤害你太深、太深！我对不起你！"

具勇："这么多年,我早已经是伤痕累累,死过多少回！我能原谅你！回来吧！我的生活里不能没有你！我离开你八年,没能好好保护你、照顾你！才变成这个样子的！我知道真实的你！回来吧！一切都能回到美好的从前"

宋雪："你真能原谅我吗？"

具勇："能！我没有更多的钱,可我有责任。我一定能让你过上好日子的！让你幸福！请相信我！"

宋雪哭诉着："你还能爱我吗？"

具勇："永远爱你！"

宋雪泪如泉涌……

防火通道上,具勇艰难地往前走,伤痛作怪,一个趔趄,身体失衡大部悬在楼梯外……宋雪疯一样地跑了过去,死死拽住具勇的双手……

宋雪的泪水和血水滴落在具勇的脸上……

救援消防员迅速过去将二人救起。

围观群众欢呼起来……

佳鑫网络广场控制室　内　日

梅金玲和张红玉在给电脑解密码……

张红玉:"这个解码软件非常有效。"

梅金玲:"范甲说最近病毒多,怕电脑中病毒才改的。"

张红玉:"网上每天都有新病毒!解开了!"

梅金玲:"好了。怎么这有个文件也加密了?打开看看!"

张红玉:"双层加密,什么机密这么重要?"

梅金玲:"打开看看,他不会背着我找小三吧?"

张红玉很快解开密码进入文件……

梅金玲看到宋雪和张吉顺的截图:"范甲早就知道宋雪的事,我还傻傻乎乎跟他们打赌呢!"

张红玉:"这有我们同学聚会的照片,不会吧!跟原来的照片不一样!"

梅金玲:"被人 PS 了!"

张红玉:"我的艳照是这么来的。我全明白了!"

范甲进屋:"你们怎么随便看我的电脑呢?"

张红玉一言不发转身拿起拎包要走。

梅金玲:"你怎么走啊?"

范甲:"你听我给你解释!李方国他……"

张红玉:"咱们法庭上见!"

梅金玲呆愣住了,"我知道你在梦里为什么牙全掉光了!"

范甲:"为什么?"

梅金玲大声地:"你无耻!"

大铭贸易公司经理室　内　日

张吉顺在给宋雪打电话,手机回音:对不起!你拨打的手机号码不存在!

张吉顺气得暴跳如雷,把手机摔个粉碎,狠狠踹了几脚。"具勇!

我掰你牙！非掰不可！旺财！旺财！"

旺财匆匆赶到："经理,什么事?"

张吉顺："去！找几个人把具勇的仓库给我烧了！再狠狠给我揍他一顿!"

旺财："经理,这纵火罪最少得判三年啊！我有毒的不吃,违法的不干!"

张吉顺："反了！你干不干?"

旺财："不干!"

张吉顺："你不干,我掰你牙!"

张吉顺和旺财打了起来,闻讯赶来的杨乔拉起架来……

杨乔拉架明显偏向旺财,使旺财趁机占了上风,屡屡得手……

张吉顺气得哇哇大叫："反了!"

杨乔："你背着我干的坏事我知道,今天咱就离婚!"

张吉顺："你不要脸!"

杨乔："真正不要脸的是你!"

仓库 外 夜

一个黑影撬开具勇家仓库大门,钻了进去……

仓库 外 日

字幕:三个月后

具勇和宋雪把被各色油漆污染的服装取出,摆满一地。

又一包衣服被拖过来,打开是油漆污染过的。

宋雪："好像是用注射器打进去的。"

具勇："不错!"

房大爷领大虎过来,宋雪:"房大爷来了!"

房大爷:"大勇啊! 这是哪个丧良心干的!"

具勇:"不知道,但能猜到! 已经报案了!"

房大爷:"今天过来告诉你,我的豆腐坊动迁了,就地置换了一间门市,想让大虎给你当个帮手,好好学学。现在大爷就这一个心愿了。以前老难为你怪不好意思的。"

具勇:"大爷,我这真的需要一个帮手!"

宋雪:"欢迎大虎加入。"

大虎嘿嘿地笑……

佳鑫网络广场控制室　内　日

范甲帮具勇查看资料。屏幕上出现各式截图……

范甲:"我在网上查过了,宋雪和张吉顺签的合同属无效合同。因为违反了《合同法》和《婚姻法》。"

具勇:"我让宋雪把那些赃钱退回去,正好碰见一群讨工钱的民工,把钱给了民工,替张吉顺还了债!"

范甲:"你这么实在! 你和宋雪遭的罪还不值那些钱?"

具勇:"那钱不干净!"

范甲:"能花就行!"

具勇:"张吉顺老婆给了你多少钱?"

范甲:"你都原谅我了,咱不提了!"

具勇突然发现张吉顺往注射器灌油漆的截图。

具勇:"你电脑里就这张截图有用! 我要了!"

范甲:"我还有张吉顺偷漏税的证据!"

梅金玲递给范甲一张法院传票:"这是你今年最大的收获!"

法院门口　外　日

张吉顺、杨乔和旺财出现在法院门口。三人相见嗤之以鼻。

范甲、梅金玲、张红玉、李方国默默地走进法院……

审判庭　内　日

法官："下面本庭就张吉顺和杨乔离婚财产冻结申请一案,做出裁决。由于被告张吉顺属过错方,证据确凿。根据《中华人民共和国婚姻法》第四十六条、《中华人民共和国妇女权益保障法》规定,本院同意冻结被告张吉顺的全部财产,离婚满一年后,再根据婚前财产、共同财产和责任进行分割。法庭会充分考虑……"

张吉顺大喊："我上诉! 我上诉!"

法院调解室　内　日

调解员："经法院调解,被告方向原告方赔礼道歉。赔偿原告损失 2 万元……"

张红玉强忍悲伤……

调解员："双方无意见,在调解书上签字!"

双方签字。

李方国和范甲鞠躬向张红玉道歉……

张红玉痛哭起来……梅金玲也跟着哭了起来。

法院门口　外　日

张顺吉刚走出法院就被两名警察截住。

警察:"你涉及一起刑事案件! 跟我们到公安局去一趟!"

张吉顺惊恐万状……

杨乔:"下月我和旺财结婚,你来参加呀!"

张吉顺:"滚! 狗男女!"

飞机场候机大厅　内　日

唐晓丽戴着墨镜走进验票入口,禁不住回头看看,李方国朝这边跑来……

唐晓丽急忙检票登机……

飞机场　外　日

一架波音 777 飞上蓝天……

李方国凝望良久……

佳鑫网络广场控制室　内　日

李方国、范甲、梅金玲在一起。

梅金玲:"三个月可过去了,赌输了的应该自觉点吧! 俄罗斯乡村饭店。"

李方国:"我请! 愿赌服输!"

范甲:"不就一顿饭嘛!"

梅金玲:"只想到吃,不为具勇和宋雪庆祝一下?"

范甲:"应该! 把张红玉也找来!"

梅金玲:"我早就打过电话了。她要趁年轻出去闯荡一番,已经远走高飞了。"

李方国若有所失……

俄罗斯乡村饭店　内　夜

欢快的风琴乐曲传来……穿着俄罗斯民族服装的俄罗斯服务员站在门前将客人迎了进来。李方国、具勇、宋雪、梅金玲、范甲走了进来，从热情的服务员手上的托盘上，掐块面包蘸上咸盐吃到嘴里……

宽敞的大厅，墙上是美丽的俄罗斯挂毯，宝剑和舵盘……

俄罗斯服务员把具勇装扮成哥萨克骑兵，给戴上了高高的黑熊皮帽，长长的假胡须，红色的呢制服。逗得宋雪大笑起来。宋雪扮成了俄罗斯农妇。

具勇从服务员手上接过哥萨克骑兵战刀，另一位俄罗斯少女给战刀上斟满三杯酒。

范甲要和梅金玲扮成农民，被梅金玲拒绝了。梅金玲选择羊皮扮成老羊，围着具勇、宋雪撒娇似地欢跳……

李方国和范甲无奈地在一个角落里喝闷酒……宽大的桌面上是丰盛的俄罗斯大餐：各式沙拉、土豆泥、大肉串、圆形饺子等，还有各式分酒器……

范甲："唐晓丽怎么没来？什么时候和唐晓丽结婚？"

李方国："我现在是孤家寡人了。唐晓丽到加拿大上学去了！"

范甲："你们吹了？"

李方国："能不吹吗？她让我保证每年要像刘德华、关之琳一样到瑞士打一次羊胎盘素针，而且是现在开始。我做不到！"

范甲喝了一口酒："羊胎盘素针多钱？"

李方国："一针贵的五十八万，一般的也得十多万。"

范甲："天价！才二十岁就打这种针，想当妖精啊！真疯了！"

李方国："当嫦娥改变了对猪八戒的看法，白毛女改变了对黄世仁的看法；骚扰变成了安慰，丑恶变成了欣赏。这世界就真的疯了！"

范甲:"来,喝酒!"

李方国略带醉意:"你看俄罗斯人活得多快乐!快乐跟流行感冒一样能传染就好了!中国人咋这么累?"

范甲:"就你累!我家的梅金玲就不累!"

李方国:"我们都累,因为我们是人类,人类就是人太累了,所以叫人类……"

范甲:"你的混蛋理论太多!其实,你只是唐晓丽饥饿时的一碗快餐面、瞌睡时的一个枕头,炎炎夏日的一把纸扇。张红玉干什么呢?"

李方国:"联系不上,她总是不接电话,躲着我!我伤她太深!"

具勇和宋雪喝完马刀背上的两杯酒,"老羊"过来喝了第三杯,大伙快乐地跳起舞来。宋雪脉脉含情地给具勇捋着搭到耳根的假胡须……假胡须微微颤动。

俄罗斯女歌手在手风琴的伴奏下用中文唱起了《歌声与微笑》,将欢乐的气氛推向高潮……

李方国和范甲酩酊大醉……

墓 地　　外　　日

字幕:一年后……

具勇将欠条摆在父母坟前,掏出打火机点燃欠条……欠条化为灰烬升腾着、翻滚着,渐渐远去……

医 院 产 房　　内　　日

宋雪在生产……大汗淋漓、痛苦不堪……

随着一声清脆的婴儿啼哭声,门外的具勇兴高采烈、如释重负。

监狱大门　外　日

深黑、沉重的大门被打开……张吉顺走了出来……

典当行　内　日

柜台前,张吉顺慢慢地摘掉狮头钻戒,中指上留有戒指的白印。他迟疑地将钻戒递给伙计……

酒店门口　外　日

具勇在门口招呼前来贺喜的朋友。

宋雪把孩子抱了出来,梅金玲逗起孩子:"这孩子像具勇……你们两口子的优点都继承了! 我给这孩子当干妈!"

宋雪:"叫范甲当干爹!"

梅金玲:"范甲肯定当不成干爹!"

大虎:"我愿意当干爹!"

大伙笑了起来。

宋雪:"怎么? 两口子还打冷战呢?"

这时,垂头丧气的张吉顺出现在具勇身后,双眼直勾勾地盯着宋雪手中的孩子……

宋雪、梅金玲惊恐万分,异口同声:"你要干什么?"

张吉顺指指具勇:"找你们家具勇!"

具勇:"放出来了! 什么事?"

张吉顺掏出一张纸:"打听一下,去太平洋打鱼当水手,这十多家公司哪家好,不欠账?"

具勇:"你一点钱都没有了?"

张吉顺:"我那个企业,外强中干,去掉还贷款,偷漏税罚没,又被杨乔分去一大半。哪有钱啦! 唉! 报应啊!"

具勇:"这活你干得了吗?"

张吉顺:"体检了,还行! 要不干什么去? 什么都没有了!"

具勇:"这几家都行,他们有行业工会,没有敢欠工钱的!"

张吉顺:"那谢谢你,以前做错的地方请原谅。我去了!"

具勇:"好好干,千万别走邪道!"

张吉顺:"谢谢!"

具勇:"祝你好运!"

满月喜宴在鸣响的鞭炮声中开始了,具勇、宋雪一家三口幸福地合影(定格)。

——剧终——

2009 年 8 月于东宁

作者于 1991 年元月在长影创作

杀　　魂

　　陶筠苓的唯一三岁的女儿丽丽竟然大白天在国家科学院第二幼儿园被人贩子冒领拐走。人贩子用了最先进的全息易容技术，通过了极严格的检查，是光天化日下大大方方地从老师手里把丽丽带走的。一同被拐失踪的有三个幼童。陶筠苓没有像别的妈妈哭得死去活来满世界发疯地搜寻女儿。只是报警后和同为科学家的丈夫欧嘉继续投入科研工作中，在很短的时间里利用量子的纠缠超距作用原理，和母婴孕期同体的特性，成功研究制作出"量子寻亲仪"。很快准确定位出在距离被拐地点六千公里之外的一座拥有两千万人口的城市的地下室里丽丽的方位，并能确认是有呼吸和心跳的活体。警方救出丽丽等被拐幼童，一举捣毁了一个庞大的跨国人口贩卖集团。陶筠苓在丈夫的支持下决定将发明成果无偿捐献出去，让更多的家庭从失去亲人的悲痛中走出来，让更多的孩子回到父母身旁，让更多的罪恶得到惩罚和终结。

　　这是一个晴朗的夏日清晨，空气中弥漫着枣花的幽香。陶筠苓要去参加一个国际学术交流会，会上她将公开发表"量子寻亲仪"的原理和技术突破的难点，并无偿捐献这一科研成果和一台样机。告别丈夫和女儿后,淡蓝色的玛莎拉蒂敞篷跑车刚开出三百多米,就被一架迎面而来的无人机发射的一枚榴霰弹击中爆炸。瞬间的巨大高爆压力,首先将陶筠苓一只眼球抛到了高空。欧嘉虽然第一时间赶到现场,面对熊熊燃烧的大火除了捶胸顿足毫无办法。陶筠苓连同即将公布的学术资料和样机全部化为灰烬。

欧嘉在车的残骸附近捡到一枚直径 56 毫米的碳合成物弹壳。弹头是一枚自制的高爆榴霰弹弹丸,能彻底摧毁人的大脑组织,让任何先进仪器都无法读取神经元和其他脑组织上的任何信息,案件侦破无从下手。陶筠苓那只仅有的完整的眼球挂在路边高高的枣树枝头上,在凝视着欧嘉父女俩,枣树上的金灿灿黄色小花纷纷落下,像是滴落的泪花。刚救出爱女,又痛失娇妻,欧嘉肝肠寸断痛不欲生。

在离开妈妈的日子里,丽丽变得更加懂事,长大不少,常常在默默地思念母亲,欧嘉看在眼里痛在心上。偶然的机会,欧嘉发现有人进入书房寻找东西,为了女儿的安全,欧嘉把量子寻亲仪另一台样机藏了起来,并销毁了全部研究资料。在接受记者采访时一再否认有量子寻亲仪的说法,坚持陶筠苓是通过梦境寻找到女儿的。

"爸爸,人死后叫什么呀?"

"人死后叫鬼!"

"鬼死后叫什么呀?"

"鬼死后叫聻。"

"聻死后叫什么?"

"这个我就不知道了! 又想妈妈了吧! 你妈妈虽然离开了我们的世界,但她在另一个世界的生活刚刚开始! 她的一切都安好!"

"我要到哪里才能见到妈妈? 爸爸,你是科学家,一定能带我找到妈妈!"

"爸爸答应你! 一定让你再见到妈妈!"

欧嘉教授为了实现对女儿的承诺,开始研究人的生死归宿和阴阳两个世界。欧嘉认为世上应至少有两个以上宇宙空间,一个是现在的世界,人以碳水化合物的形式存在,获取碳基能量,所以称之为"碳界"。而人的能量总和应该包括有效能量和无效能量,当人死后,他的无效能量就会来到另一个世界变成有效能量、由无序变成有序,当然这些能量不仅包括人的体力,还有健康、智慧、思维、生存时间和运气等。欧嘉用了一个物理学和社会学意义都很强的词,称之为"熵界"。还冥思苦想了两个问题,一个是当把两界的所有能量都消耗尽了,人还能去哪里? 二是祈祷、感恩等意识活动在"碳界"和"熵界"究竟是有效行为还是无效行为? 能给社会输入怎样的能量? 获取超过自身溢出的能量,简称溢能。溢能将会由谁获得? 还应该有一个宇宙空间,只能感受到它的存在,但摸不到、看不见,暂且叫"聻界"。碳界是一个行为空间,熵界为意识空间,聻界能是一个怎样的空间,还没有结论。

在茫茫的宇宙中,小小的地球像张大大的光碟没日没夜不停地旋转。人死后会以不同的物质、频率、密度,叠加在这个光碟的不同维度上,在地球这一舞台上演着永不终幕的悲喜剧,用特制的解码器才能穿越不同的时空,品味世间的真谛。欧嘉教授在研究"中子俘获法"中意外发现改变物质性质的奇特奥秘。于是他致力于研制 LHL – M 型世界最先进的解码器。二十年过去了,当欧丽已经长成美丽的大姑娘时,解码器终于研制成功。欧丽沉浸在就要见到母亲的喜悦中。

欧嘉告诉女儿神奇的解码器有三种功能。第一是闪传功能。能把人在瞬间由 A 地传到 B 地,闪传有效距离两万公里,可以抵达全球各地。第二是预知功能。这是由监听对话功能改进升级而来的。预测时间可以自由设定,但最长不能超过 2 小时的预测。欧嘉一再告诫千万别使用这一功能。使用中仅限用监听对话功能,预测功能将让有良心的使用者成为奔波于阴阳两界的救世陀螺,不停地高速旋转,去拯救受难的人,直到生命终结或被阴阳两界恶人联手追杀,而死无葬身之地。第三是无界通行功能。可以随时进入"碳界"和"熵界",即阴界和阳界。至于"罾界",目前还只是停留在理论阶段,中国古老文化中的"人、鬼、罾"之说已经证明这一点,但没有足够的实践支撑。天地是舞台,人鬼罾才是主角。

解码器开动后,面前的卫星地球 3D 图片发生了逆转,原来是海洋的地方变成了陆地,而陆地变成了海洋。欧嘉和欧丽戴上头盔,按下按钮,启动了无界通行功能,瞬间就进入"碳界"和"熵界"叠加模式。蓝天上白云飘过,竟还能看到"熵界"的航空母舰在头顶驶过……欧嘉输入了陶筠苓 DNA 密码,很快机器显示没有搜寻到的结果。妈妈究竟去了哪里? 欧丽不停地问! 欧嘉也百思不得其解。后来找到去世多年的爷爷,遗憾的是爷爷并不认识他们,因为前世的善恶恩仇,并不能随着转世而转移,记忆只能保留在原有的空间。但爷爷十分喜欢跟欧嘉、欧丽在一起,有着一种天然的亲近感,并解答陶筠苓失踪的可能,那就是来到"熵界"的魂魄被杀掉了! 什么人能对陶筠苓有如此仇恨? 竟在极短的时间里连续两次追杀! 被杀掉魂魄的陶筠苓又能去了哪里? 到底发生了什么事情?

回到"碳界"的欧嘉父女,打开书房里珍藏多年的宝匣,取出陶筠苓那只风干的眼球。这只眼球是在欧丽五岁时,欧嘉给欧丽过生日时,灵机一动,通过利用欧丽的身体逆向使用"量子寻亲仪",搜寻陶筠苓的信息时找到的一只风干的眼球,放到水晶盒里珍藏多年。今天取出,还想逆向使用"量子寻亲仪",渴望奇迹发生。但得到的反馈信号除了那只风干的眼球,其他信号极其微弱,其结论是陶筠苓不在这两个维度空间。欧丽通过提取眼球最后图像遗存,得到了一张清晰的无人飞机图像,上面有向外伸出索取的八只手的标志清晰可辨。而调取的同品牌无人机,却没有这一标识。

这时有人敲门,欧丽开门发现是一个快递机器人,送来一张请柬。请柬是九重霄航天集团发来的,邀请欧嘉教授参加世界第一条由纳米碳管制作的"乌布西奔"号天梯运行庆典。这是能把人和物品直接送入太空最廉价的办法。一头固定在地球上，那是在一个三千公里长的椭圆形铁路上疾驰的列车，以弥合天梯尽头近地点和远地点存在的变化，十节列车上装满了长达36 000公里长的碳纤维绳索及收放设备。另一头连在同步太空站上，电梯厢车在长长的碳纤维绳索上，直上九重霄。乌布西奔是一个生活在古代东北亚老萨满的名字，传说她是沟通天地之间的人。

天梯的运营将使"月宫"航天运输集团面临倒闭的命运。总裁卡迈尔决定聘请一个名叫"快手"的黑帮出面摆平此事。神通广大的"快手"黑帮头目叫"箭"，他从没有失过手的记录。他的原则就是收人钱财替人消灾，不同的是事成付款。为什么叫快手？"箭"的解释很简单，所有的利益就像盘子里的奶酪，都是有数的。有抢多的，必然有抢少的，更有抢不到的。所以，手是慢不得的！认为世间没有是非，只有得失，有利益赚一切就圆满了！为了彻底消灭"乌布西奔"天梯，"箭"制订出精密的链球计划。就是当天梯厢车由近地点400公里处提升到远地点36 000公里时，操控飞机改变航线，来切断碳纤维绳索，失去应力的空间站像抛出去的链球似的摆脱地球引力，抛向太空，乘客将永远不能回到地球。

七月十日这一天，"乌布西奔"号天梯将进行它的处女航。各国政要代表、知名学者前来参加庆典活动。欧嘉教授和女儿欧丽一同前往。

天梯的枢纽中心被一群冒牌的科学家、记者用全息易容技术混入，并对真正的科学家大开杀戒，很快秘密控制了天梯枢纽中心……

庆典仪式上，欧丽被眼前盛大的场面和热烈的气氛惊呆了。在第一批太空乘客就要出发时，欧丽看了一下不停闪烁的解码器。解码器清晰地告诉她，再过十分钟，天梯厢车将和改变航线的MH913班机在一万米高空相撞，飞机被天梯绳索整齐地一割两半而机毁人亡，由于空间站受到扰动影响轨道发生了改变,4 小时后将和哈勃 6 号望远镜相撞,并且天梯绳索被彻底割断,天梯厢车漂向太空。欧丽马上向大会警备处报案,众警官认为警戒如此森严不可能发生任何纰漏,对报案感到非常可笑。只有雷杰警官相信并跟随欧丽来到枢纽中心。经过一场激烈的搏斗,神勇的雷杰将歹徒们制服,只有匪首"箭"逃走……他对没有完成链球计划异常愤怒,留下清晰的口头禅"邪性!"欧丽在"箭"的同伴的遗体上发现了八只手的文身。

雷杰的英勇表现获得了反恐特级勋章,也赢得了欧丽的倾慕……

温馨典雅的咖啡厅里,雷杰和欧丽在约会。交谈中欧丽了解到雷杰是一个正义、勇敢、处处行善、常常碰壁的侠义警官。他有超人的胆识和武功。他特别推崇 20 世纪美国作家西勒·库斯特的理论,右手成为完美的右手,是上帝的奖励,好人成为好人也是上帝的奖励,尽管生活总不青睐好人,他毕竟获得奖赏,因此执着不辍、九死无悔。欧丽既欣赏雷杰崇高的品德,又对生活中的逆淘汰不解。天道酬勤为何不酬善?善的存在价值是什么?明朝恶吏钱能不论生前还是死后,何等的恶贯满盈、何等的荣华富贵!恶人恶行无恶报!恶!使他八面玲珑。坏!使他荫及子孙、福禄寿全收。为什么生活总会有淘汰忠诚、成全罪恶的事情发生?某些领域的胜出者往往是情商高、智商高、德商欠佳的人。

正当两人谈兴正浓。"箭"带领杀手闯了进来。欧丽成了人质。为了欧丽不受伤害,雷杰只能束手就擒。失去反抗力的雷杰被"箭"当着欧丽的面残酷地杀死……欧丽虽被赶来的警察救下,但痛不欲生……

欧丽突然想到了解码器……她开始搜寻"熵界"的雷杰。很快,她根据雷杰的 DNA 密码找到了雷杰,来到雷杰的身边。遗憾的是已经超过了 2 小时,雷杰说自己并不认识欧丽,也不知道自己曾是一名警察,并被"箭"杀死。但雷杰仍有一副助人为乐的热心肠。仍然愿意和欧丽讨论关于善和恶的问题。对欧丽有着生来具有的亲近感。虽然雷杰已不叫原先的名字，但欧丽还是管他叫雷杰。令欧丽感到意外的是"熵界"的天地和"碳界"是全反过来了，包括白雪皑皑的赤道和烈日炎炎的两极，北极熊会出现在赤道上。"熵界"也有装满罪犯的监狱。

　　回到"碳界"的欧丽把在"熵界"见到的一切告诉了父亲。并谈到两个空间的社会管理和人性善恶问题。欧嘉告诉女儿世间本没有只许容纳好人的天堂和专门惩罚恶人的地狱，上帝也觉得区分好人和坏人是件很麻烦的事情。其实世间相率为伪，人性本质为恶，只有从这个理论出发制定的法律制度，才能规范人类社会行为。欧嘉一再叮嘱女儿，在"熵界"不能超过两个小时。否则，即使回到"碳界"，也不会认识自己的父亲了。

　　一天欧丽带雷杰来到"碳界"，参观新建成的雷杰英雄纪念馆，帮助雷杰回忆在"碳界"时的事情。欧丽教雷杰使用解码器时，预测功能显示雷杰纪念馆旁的银行就要发生抢劫案，雷杰得知后立即赶到现场，挺身而出制服罪犯。没想到自从雷杰学会了使用解码器，他挽救了美国第二个911、西班牙爆炸案、东突恐怖分子北京世界杯足球赛的爆炸案、搜缴毒品三千吨、一夜使一千三百零五名少女免遭强暴……雷杰和他的解码器令两个维度空间犯罪集团异常恐慌……

　　雷杰成了奔走在阴阳两界的救世英雄，这可急坏了欧嘉父女，担心这样下去雷杰会成为被追杀灵魂的人！好人的魂这样杀下去，这个世界还有好人了吗？全是坏人的世界，坏人还能坏谁去？上帝也不愿意看到一个比谁更坏的世界。可是让雷杰见死不救却比登天还难！雷杰坚信坏人都是好人惯的，不能由着恶人胡作非为，除暴安良、惩恶扬善也是人的天性。

　　此时，"箭"接到的所有生意订单，全指向一个人，那就是雷杰。而"箭"深知雷杰游走于阴阳两界，又手握神奇的解码器，想杀他谈何容易！对雷杰始终怀恨在心的卡迈尔给出了主意，要联合阴阳两界共同围剿雷杰，好比两个房间要同时都下蟑螂药，才能达到彻底消灭蟑螂的目的。"箭"决定联合"熵界"启动消灭蟑螂计划。

"箭"很后悔第一次没有联合阴间的"风"一同杀死雷杰的魂魄，但转念又想，第一次给的只是杀一次的钱，现在佣金已经翻了好几十倍，生意这么好，还是很值得的！首先请来印度的通灵大师古逾来和"熵界"进行沟通，很快就找到了合作伙伴"风"，得知两界都在为追杀雷杰绞尽脑汁，告诉"风"有关消灭蟑螂计划的设想。又经过一番密谋，寻找到雷杰身上存在的突破口。这位一百一十岁的通灵大师得到来自"熵界""风"制订的消灭蟑螂计划的细节，利用人血液中的 $\omega724$ 的酶蛋白来破坏雷杰无界通行的透层技术，"碳界"的血液提取物用于"熵界"，"熵界"的血液提取物用于"碳界"，才能攻破雷杰的透层技术，才能使他丧失闪传和无界通行能力，困住后才能将他一举消灭。然而，最大的难题是雷杰活动半径太大，没有足够的血液来布置足够大的网，而且是阴阳两界同时布置。这个天大的难题，在阴险狡诈的"风"和"箭"面前并不是什么难事！他们一致认定雷杰是所有世界不受欢迎的人，共同签署了阴阳两界的一级红色杀魂令。

"阿弗洛迪忒"号拖船拖着从南极运来的冰山，在印度洋的公海上航行。船长巴巴拉正在计算这些淡水拖到海湾能卖多少钱。"黑豚"号潜艇派出的黑蜂突击队队员以迅雷不及掩耳之势登上了"阿弗洛迪忒"号拖船，一阵激烈的枪战后，黑蜂突击队控制了拖船。他们把中弹死去的船员全部扔到大海里，又残忍地将活着的船员关进船舱里，然后用神经毒气和糜烂毒气将他们杀死。巴巴拉按他们的要求修改了航海日记之后，被注射活体病毒……

一条爆炸性新闻从"阿弗洛迪忒"号拖船传出，二亿年前封冻在冰山里的 HZ9V 病毒，随着冰山的融化开始肆虐人类。对付 HZ9V 病毒、挽救人类的办法只有一个，用人血液中的 $\omega724$ 的酶蛋白做原料才能培育出抗病毒特效药。消息传出,各国政要纷纷带头义务献血。歌星、球星等众明星们举行各种义演活动,号召人们以保护社会为己任积极参加义务献血活动。全人类掀起了史无前例的义务献血高潮……善良的人们被恶的势力利用并且完全调动起来。义务献血行为是人类的崇高之举、善良之举,如今却成了阴险狡诈之人维护私利的手段,实在是全人类的悲哀!

身为国际传染疾病预防委员会的执委,欧嘉教授在 P4 实验室研究 HZ9V 病毒,他发现所谓的 HZ9V 病毒只是戊型肝炎病毒的变种,不仅和船员的死亡无关,和人体血液中的 ω724 的酶蛋白更是风马牛不相及,航海日记竟是假的。公布的病毒基因排序也是漏洞百出。到了吃晚饭的时间,他用电话告诉欧丽事实的真相,要连夜形成报告不回去了,他还猜测 ω724 的酶蛋白有可能是针对解码器中的透层技术的,叮嘱让雷杰一定要小心。这次通话被"箭"全部监听。

当天夜里,欧丽被一阵急促的电话铃吵醒,研究所告知父亲感染上 HZ9V 病毒,已经亡故。尸体按 A 级传染病处理,不能和家属告别立即被火化了。被感染的原因初步查明是空气负压系统失灵,在结束工作换防护服时感染的。欧丽有如五雷轰顶……但她很快从痛苦中冷静下来,世界上最先进的 P4 实验室有负压备用系统!不可能出现这样的低级事故。她打开解码器,却寻不到在另一个世界中的父亲。她明白了一切,她知道父亲的魂魄也和妈妈一样被他们杀掉了,任何先进的科技设备也不能再见到父亲的音容笑貌了,绝望之中不觉又是一阵剜心的疼痛。自己也被卷入了这场惨烈的争斗中。

繁华的街道夜景,五光十色,车水马龙,巨幅 LED 屏幕上滚动播出雷杰感染 HZ9V 病毒的紧急通知。庞大的消毒喷雾车对街道进行所谓的喷雾消毒……不远处高楼楼顶,雷杰盯着 LED 屏幕和喷雾车略有所思……这时解码器亮了,欧丽哭诉父亲的遭遇和雷杰面临的困境。雷杰来到楼下,用手试探刚喷过粉色消毒液的一朵花,当快速穿行时一切正常,动作稍慢点,手和鲜花渐渐凝固融为一体不能分开,雷杰自言自语地说,"初凝时间不到一秒,多亏仅仅是一朵花,如果是钢筋混凝土,我就废了。欧丽说得对!这些都是冲我来的!"

埃菲尔铁塔上,一名歹徒将一名少女劫持到护栏外,警察的探照灯齐聚在他们身上……少女突然踩空一头栽了下去,在危机时刻,雷杰出现了把少女救起放到安全的平台上,转身消失在茫茫夜空中。歹徒被警察击毙。

始终在监视雷杰的"箭",在监视屏幕前气急败坏,"感染者在铁塔上!直升机!快!不留死角,高处都要消毒!不要放过每一个高楼!"

直升机很快到位,对铁塔进行消毒……

太空中,雷杰闪传到"乌布西奔"号天梯箱车里,直上太空。

"欧丽,我在'乌布西奔'号天梯上,只有这一小块地方可容身!他们的飞机上不来!"

"雷杰,你马上回来吧!一会到地球远地点,超过二万公里闪传功能就失效了!现在对付你的航天飞机马上就要发射了!快走吧!再不走就来不及了!"

"任何空间没有我立足之地了!我能去哪?"

航天飞机准时点火发射……

雷杰面对越来越近的航天飞机,灵机一动,"我知道哪里最安全了!"说完关掉手机。

在航天飞机打开外仓,机械手臂准备对厢车喷洒消毒液时,雷杰突然向航天飞机冲去。

放下电话的欧丽忧心忡忡,正当欧丽焦急万分不知所措时,不知在房间里什么地方传来低弱的声音,"这么做也挺不了多久!"

欧丽惊恐地,"你是谁?你在哪?"声音是挂在墙上父母遗像上发出的。

"我是你爸爸!"

"爸爸?真的是你吗?"

"是的!我和你的母亲都在'曡界',就是传说中的灵界。按说灵界是不和'碳界''熵界'来往的,更不能干涉阴阳界的事情。但只有你们所在的世界冤孽太大时,才能和阴阳界联系上,而且仅仅能听到声音,除了声音什么也看不到!这大概就是祖先创造'曡'字的由来吧!我现在初步判断'曡界'是一个过滤层或者叫裁决空间!"

"我能听到妈妈的声音吗?"

"这次曡界只派我来和你通话!其实转世就是来来去去的平常事!你的母亲希望你能战胜这次危机,变得更加坚强和成熟。"

"这个我知道!我现在只想知道是谁杀掉了你和妈妈!是谁让我有了如此痛苦的人生?我要报仇!"

"报仇不是你现在该做的,现在需要你做的是到地下室把备用的解码器取出,把频率、振幅等参数调整一下,就可以看到全球溢能的地方。那些地方才是雷杰最应该去的,才能让雷杰化险为夷。"

"什么是溢能?"

"只有正义的人们对逝去的英雄深深怀有感恩之心的时候,他们的感激崇敬之念会使雷杰纪念馆的地气、地磁发生变化,能够在不知不觉中释放出大量溢能,这些累积起来的溢能量足以让雷杰战胜任何强大的敌人!你快去救他吧!"

欧丽穿戴好解码器装备,把父母遗像揣在怀里,打开了闪传功能……

雷杰在航天飞机失重的状态下和宇航员争夺飞机控制权扭打在一起。机舱外的机械手臂无法对自身喷雾正在纠结地不停摆动。欧丽闪传到机舱内和雷杰联手制服宇航员,控制了航天飞机。在指挥控制室里的'箭'启动了航天飞机自毁程序……

欧丽调整好各项参数终于看到全球溢能量分布区。在分布的四个大片区外,有一个格外耀眼的强光点在不停地闪烁。欧丽告诉雷杰四大片区是北京、莫斯科、诺曼底和华盛顿地区,那里有二战国家纪念碑!那个强光点是雷杰纪念馆,只有去那里才能摆脱敌人的 ω724 蛋白的束缚。怎么还有很多黑色风暴区?看位置应该是快手集团总部,还有一些邪教中心,九段坂的位置也有黑色风暴旋涡。

雷杰从解码器上看到雷杰纪念馆被重兵把守,而航天飞机自毁程序已经倒计时,情况十分危险!

雷杰突然发现离纪念馆附近有一小块雷暴区,"那里有雷阵雨,雨水能冲掉喷洒的药物!"

"离纪念馆还有 5 公里呢!我们不会被闪电击穿吧!"

"来不及了!记住破坏我们透层技术的初凝时间不到一秒,动作要再快些!"雷杰按动闪传按钮,在两人传走的刹那,航天飞机爆炸了,不远处的天梯厢体剧烈摇摆震荡……

雷杰二人穿过雷暴区来到地面,落定后雷杰辨明方向,拉着欧丽的手朝纪念馆方向疾速跑去。

"箭"从察打一体的无人机实时监控的画面上辨认出雷杰和欧丽,密集的子弹像雨点似地射向雷杰二人,被雷杰巧妙躲开,并击毁无人机。"箭"忙调兵遣将去围追堵截……在刚走出雷雨区不远处,雷杰为救出重围下的欧丽,不幸被打过来的警棍击中并融为一体。而欧丽右脚和一个头盔融为一体,好在雷杰神勇过人武功高强,摆脱种种束缚,抢到一辆越野车,一路杀出重围,这时已经离纪念馆越来越近,远远地能够看到纪念馆被两层装甲车团团包围,各式喷雾消毒炮在严阵以待,直升机不停地盘旋在纪念馆上空……车刚停下来,雷杰还没有完全下车,车门被喷雾炮喷了个正着,刚下车的雷杰和车门融为一体,雷杰忙把车门卸下,一名黑锋队员冲上来抓雷杰,被欧丽飞起一脚,用脚上的头盔把敌人踢晕。卸下车门后的雷杰把车门当成盾牌,挡住不少射来的子弹,边打边继续和欧丽向纪念馆冲去!此时欧丽焦急万分,冲不进去！她看了一眼解码器，发现"熵界"也有重兵把守。而身上融进的赘物又甩不掉，也无法使用闪传功能。

已无退路的雷杰突然发现路边的水鹤，灵机一动，用火箭筒炸开，顿时水鹤喷出巨大的水柱，雷杰用背上的车门不断改变水柱的方向，洒在路上的粉色消毒液被冲掉，水柱喷到装甲车和纪念馆外墙，冲出了一条通向纪念馆的路。雷杰和欧丽快速按动闪传键，由于身上融进的累赘太多无法穿墙进入纪念馆，但离门口很近了。在门口和阻拦的黑蜂队员扭打成一团。在欧丽的掩护下，雷杰终于冲进大门，而欧丽不幸被消毒液喷淋上，和风门厅的混凝土廊柱融合在一起，只是头和一只手臂露在外面，失去了反抗的能力，被黑蜂队员团团围住。危急时刻，雷杰和自己的雕像融在一起，获得强大的能量后，背上的车门自动掉了。获得新生后的雷杰，犹如脱胎换骨，枪弹和消毒液已经对雷杰失去作用，他很快把黑蜂队员打得狼狈逃窜、无影无踪。雷杰来到欧丽身边，伸出双手传递能量，轻轻地将欧丽从混凝土廊柱中拽出，二人迅速闪传离去。

摆脱困境之后，欧丽接到父亲让他们先斩断黑帮的"碳界"和"熵界"之间的联系的信息。他们在喜马拉雅山深处的一个寺院内绑架了古逾大师。在欧丽的逼问下，古逾大师说出为什么对陶筶苓杀魂的全部真相。原来发明量子寻亲仪只是得罪了一个国际人贩集团，该集团臭名昭著也没什么太大能量，只能自认倒霉。但他们发现量子寻亲仪不仅可以寻找到失踪的亲人，还能不费吹灰之力抓到潜逃的罪犯，尤其是根据货币里的金属线能找到藏匿在任何角落的钱币，以及发现钱币流通的路径。这让不法的洗钱机构、各国贪腐分子和通缉犯们十分恐慌。反对量子寻亲仪的队伍壮大了！于是碳熵两界的相关利益集团雇佣"箭"和"风"联合杀掉了陶筶苓的魂魄。至于欧嘉教授的死只是因他识破了传染病的真相，影响除掉雷杰的杀魂计划。听到这些气得欧丽几近疯狂,愤怒之下杀掉古逾,雷杰立即返到"熵界",杀掉了古逾的魂魄。欧丽对雷杰除恶务尽的默契非常赞赏!

　　古逾死后,"风"和"箭"失去了联系,各自感到末日来临的恐惧!不甘坐以待毙的"箭"督促手下加紧研究制造解码器。欧嘉告诉欧丽,罪孽深重的人,即使碳熵两界的魂魄都被杀掉,也不会来到灵界,上帝不喜欢恶人。现在凭二人的力量还除掉不了"风"和"箭",这两个邪恶集团首领,必需到四个能量区获取足够的溢能量。雷杰和欧丽首先闪传到坐落在华盛顿的美国国家二战纪念碑,这是为纪念在二战期间服役的 1 600 万美国军人而建的。他们看到 56 根花岗岩柱子,还有拱形塔楼,塔楼里面各有三只巨大的铜质雄鹰举起象征胜利的花冠。在弯曲的"自由墙"上刻有 4 000 颗金星,雷杰强烈感受到每个金星无比巨大的能量,因为每个金星代表着二战中牺牲的 100 位美国士兵。诺曼底海滩上一排排白色十字架,排满了山坡……

　　"箭"组织研制的解码器终于成功了,却是一个只有闪传和无界通行功能的蹩脚产品,闪传有一定误差。"箭"迫不及待地体验一下,把"熵界"的"风"接了过来,结果回来时闪传到一个鱼塘竟然和两只乌龟融在了一起,样子十分滑稽可笑。是流淌到鱼塘里的消毒液起的作用。二人好在回到总部后,巨大的负能量使乌龟自动脱离滑落。二人又把卡迈尔找来进行密谋。"风"认为有了解码器除掉雷杰不再是难事。"箭"说雷杰、欧丽已今非昔比,获得巨大溢能量后随时被除掉的是自己。即使在"碳界"能幸运地杀掉雷杰、欧丽,"风"也不能保证在"熵界"能杀掉他们的魂!关键时刻,卡迈尔拿出一座天梯厢车的模型,讲解天梯厢车由头等舱、二等舱、动力舱、维护舱和逃逸舱五个舱组成。利用解码器闪传半径不能超过二万公里的特点,重新实施链球计划。由箭和风把雷杰引诱到厢车里,当厢车上升到二万公里后,所有闪传功能失效后,"箭"和"风"坐逃逸舱返回。然后剪断连接的碳纤维绳索,雷杰、欧丽如同抛出去的链球,在死前也得离开地球至少几百万公里,他俩的魂魄永远回不到地球上的任何空间,成为飘向太空的孤魂野鬼,就不存在杀魂的问题了。卡迈尔的想法得到"箭"和"风"的赞赏。最后他们谋定先动用一切力量阻止雷杰和欧丽去莫斯科和北京采集溢能量,发动"碳界"和"熵界"的下属不断制造恐怖事件来消耗雷杰和欧丽的溢能量。最后将他们引诱到天梯一举消灭。

三等高铁小站,夜色中一个神秘的身影迅速闪进站台下,匍匐前进到一盏紫色灯下,将一块方钢放在道岔铁轨中,用胶泥固定好,又原路返回。这个神秘旅客看了一下手表在车站外摁下遥控器按钮。方钢和铁轨被快速热熔在了一起。车站调度室里警报大作,电子屏幕不停闪烁:2 号交分道岔失灵,无法安全转线……雷杰收到解码器传来的三分钟后两列高铁客车将要追尾颠覆的警报。雷杰迅速闪传到车站,在列车追尾前一刻费劲全力排除故障,避免了高铁颠覆的悲剧发生。此时雷杰和欧丽的警报不停地闪烁,他们分头奔赴各个除险地点……一会儿是独狼式屠杀、一会儿发生汽车炸弹……他俩忙得筋疲力尽。为了补充不断减少的能量雷杰和欧丽闪传到莫斯科胜利广场。胜利广场的纪念碑高耸入云,他们二人直接闪传到塔尖上,用最快的方式获取战斗民族的超强正能量。这让严阵以待的防疫部队猝不及防,风和箭气得暴跳如雷……欧丽告诉雷杰,不要伤害被蒙蔽的防疫部队和那些义务献血的人们,不能让他们怀疑自己对美好世界做出的高尚努力。

北京是一个成功击退 sars 疫情的英雄城市,电视播放专家在讲解这个比 sars 还凶险的变种病毒并公布了感染者,雷杰、欧丽的照片赫然在列。有观众提出他俩感染公布已经两个多星期了,为什么还没有死亡？专家被问得张口结舌，一再强调信息来自世卫组织！

北京抗日战争纪念馆的工作人员对前来参观的人们进行扫脸和测温。雷杰、欧丽包裹得十分严实，拿出纪念馆的平面图进行研究。纪念馆是1987年7月6日"七七事变"爆发50周年前夕落成。建筑面积接近2万平方米。一进台基有8级台阶象征全国人民8年抗战，二进台基有14阶台阶象征东北人民14年的抗战。雷杰、欧丽打开了全息易容器，正要通过检查，'箭'安排的无人机发出干扰波，全息易容器失灵，顿时警报大作。雷杰和欧丽快速跑进纪念馆的序厅，迎面是一座长18米、高5米的大型铸铜浮雕"把我们的血肉铸成我们新的长城"，墙壁上分别镶嵌着《义勇军进行曲》和《八路军进行曲》的曲谱，顶部悬挂着14口方形古钟，寓意着14年抗战，象征着中国人民抵御侵略的警钟长鸣。杨靖宇、赵一曼等众多抗日民族英雄人物的事迹照片，少先队员在举行庄严的队日活动。这一切让雷杰、欧丽获得了巨大的溢能量。他俩在被防疫部队包围得水泄不通的情况下，闪传撤离。

箭和风在密切监视雷杰、欧丽的行踪，只是不敢靠近这些正能量强大的地方。他们带领黑蜂突击队来到乌布西奔号天梯，迅速控制了天梯和控制中心，以及碳纤维收放专列。人质被赶进厢车里，锁好舱门，天梯启动上升到距地面一百公里，雷杰接到天梯乘客被劫持的警报，和欧丽简单商量一下立即闪传到天梯控制中心，与黑蜂突击队展开了激烈的争夺战。箭和风组织人员负隅顽抗，经过激战，黑蜂突击队被彻底消灭掉，夺回了控制中心。控制中心一片狼藉，主控机器都毁于枪战，控制中心完全失控。雷杰、欧丽又赶到碳纤维专列与卡迈尔带领的黑蜂突击队展开争夺战。雷杰、欧丽强大的正能量摧毁了几辆装甲列车，成片的黑蜂突击队员被打飞，很快就控制了专列，杀掉了卡迈尔和他的魂魄。此时天梯已经接近二万公里的高空,碳纤维绳索车上剩的不多了,躲在碳纤维操控室里的"箭"和"风"看绳索已经接近两万公里,相互会意一下迅速闪传到天梯的逃逸舱里。欧丽告诉雷杰,马上闪传到天梯里,那里有人质,两万公里就要到了,再不走就来不及了,雷杰担心这里有阴谋,看了一眼解码器,心生一计,在天梯达到两万公里的刹那间,闪传到天梯箱车里。

人质都被关在头等舱里,雷杰、欧丽突然出现并在失重状态下,消灭了所有黑蜂队员,让绝望的人们看到希望。欧丽不断地安慰老人和儿童……电视屏幕上,"箭"冲着雷杰狞笑着,欢迎乘坐乌布西奔号!我们现在都没有了闪传功能,真正的公平决斗开始了!

雷杰从一个孩子手里要来泡泡糖把视频镜头遮住,从怀里掏出电脑,快速和厢车电脑系统连接,解码在紧张地进行着……

在逃逸舱里,"箭"和"风"打开手持雷达,很快侵入最近的一架飞机导航系统,飞机改变航线,向碳纤维索飞来……碳纤维索像把刀子在距地面八千米的高度将飞机的右机翼裁掉一截,飞机急剧坠落。欧丽从解码器上看到一会儿有一架飞机坠毁,焦急地问雷杰怎么办?雷杰在解码器上看到飞机的标志,告诉欧丽这里的人质最重要,那只是一架'顺丰'无人货运飞机。此时碳纤维索出现严重破损,但没有完全断裂。"箭"气急败坏地重新侵入就近飞机。欧丽大叫,又有一架飞机飞来了!

飞机驾驶舱里,飞行员发现异常呼叫起来,自动驾驶出现问题,手动操控失灵!副驾发现天地间的细线,惊呼那是什么?是天梯!快绕开!试试侧向航迹控制系统!略有反应,此时飞机已经抵近碳纤维索,飞机倾斜躲过了正面与绳索相撞的悲剧,但飞机的翼尖小翼被削去了一片,像一把刀子被垂直尾翼弹飞在损坏的碳纤维索处,重重地一划,碳纤维索断了……失去应力的天梯厢车舱像抛出的链球一样向宇宙深处飞去……失去翼尖小翼的飞机略微歪斜着飞向远方……

正在紧张进行操作电脑的雷杰,刚要按下执行键,大伙突然处于超重状态,舱里一片混乱……雷杰艰难地爬向电脑按下了执行键。

逃逸舱里,"箭"兴奋地高喊成功了!"风"催促赶快进行各舱飞离,"箭"来到摄像镜头前冲着雷杰大笑起来,"再见了! 大英雄!"边说边按下舱体分离键。

欧丽悲愤地质问"箭","我的父母怎么就得罪了你们? 非得连魂魄都要杀掉吗?"

"箭"轻松地,"你的父母没有得罪我们,我和他们也没有任何仇恨,只是他们破坏了规矩,碳熵两界很多人都容不下他们!"

太空中舱体分开为两个部分。雷杰抠下镜头上的泡泡糖,"八爪先生,我们不会再次见到! 忘告诉你了,本次执行返回任务的不是你,你将继续飞行并成功逃离地月系。"

屏幕上"箭"和"风"惊恐变形的脸! 突然疯狂地操纵仪器,而逃逸舱没有任何反应,拖着二万多公里长的碳纤维索向太空飞去……舱外能够看到头等舱喷出气体调整姿态进行变轨……

"还有两个好消息,一个是你的舱里食物和氧气能够维持 96 个小时。第二个是五分钟后你和空间站不能相撞,还差 30 厘米。你将永远摆脱地球的引力! 祝你们好运! 永别了!"

逃逸舱里,"箭"和"风"绝望地用头撞向钢化玻璃窗、惊恐嚎叫……

头等舱里,欧丽问雷杰你是怎么做到的。雷杰微笑着说只是重新设定了五个舱的系统功能。雷杰冲大伙高喊,"我们回家了!"顿时响起了热烈的掌声。雷杰和欧丽解开安全带在失重状态下拥吻起来……

在壮美瑰丽的天际线下，越来越清晰地传来《奇异恩典》的歌声……

回到地球后，一切都结束了！遗像最后传来父亲的声音，嘱托欧丽和雷杰过上安静平常的小日子才是最需要的！一定要毁掉最后那台量子寻亲仪！并答应一定让欧丽见到妈妈。父亲的声音渐渐消失……当欧丽看到珍藏妈妈眼球的水晶盒后，决定以母亲的名义再次捐献出量子寻亲仪，完成母亲的遗愿，让罪恶无处藏身。

在成功战胜敌人后，欧丽却常常梦到两万多公里长的碳纤维索刮到太空站的天线上，厢车轨道发生改变，围着太空站做旋转收缩状……"箭"为了获得更多的给养，残忍地杀害了"风"等，静候近地点的出现，伺机卷土重来，也许是在某一天的黎明……

1999 年 9 月 19 日于东宁一稿
2011 年 6 月 10 日于绥阳二稿

东宁有座丑陋的"奉纳"祭坛

　　黑龙江省东宁县的西山烈士陵园,是日伪时期靖国神庙的遗址。如今神庙里供奉的"天照大神"早没了踪影,连庙也只剩下残留的地基。在它的不远处的杂草中,有一座高六十五公分、宽一百一十公分、长一百六十公分,上面刻有"奉纳"及三条阴阳鱼图案的花岗岩祭坛。它背南朝北,使祭拜者能够面朝日本东京方向、"天照大神"方向遥拜奉祀。经考证该祭坛是侵华日军片冈部队于昭和十五年(即公历1940年)十一月为皇纪2600年而立。所谓的皇纪2600年,是指日本建国2600周年,是从神武天皇于公元前660年11月11日即位算起。为了宣扬"皇权天授""皇国国体优秀论",日本在本土及其海外殖民地,当然也包括东宁这一偏远的边陲小镇,举行了一系列规模盛大的百年庆祝活动。

　　庆祝活动的序幕是从1940年6月伪满皇帝溥仪出访东京开始的。这是他第二次出访日本,其主要目的是迎请天照大神。7月6日他捧回了代表"天照大神"的三件复制神器:八板琼曲玉、八咫和草薙剑。在满洲各地建起的神庙内供奉"天照大神",并决心"以奉恩感谢之念,奉祀天照大神"。所谓的"天照大神"是日本神话中的太阳神。天照大神在日本有着很深的社会基础,是社会宗教信仰的核心,统治阶级维护统治的工具。尤其在近、现代,日本走向军国主义道路的过程中,天照大神作为一个"国神",成为军国主义分子狂热崇拜的偶像,它与"八纮一宇"的所谓"肇国精神"捆绑在一起,成为一种推行侵略扩张政策的超宗教动力。

在东宁,仅东宁镇内就建了三所神庙,并在国民优级学校、日本驻东宁在满小学及厂矿商店,都供奉起"天照大神"。学生每天都要向日本皇宫和伪满皇宫遥拜,用日语背"国训"。青年男女结婚要在太阳旗下举行所谓的"协和结婚式"。据当时在东宁县老城子沟居住的扳道工人李有利老人讲,从伪康德七年(1940年),他每次进县城都能赶上西山神庙敲钟,钟声一响,街上的所有行人停止一切活动向神庙行注目礼,直到钟声再次响起方能走动。如稍有不恭,轻则遭到日宪的毒打,重则入大狱。11月11日东宁附近的日本驻军及各界绅士名流云集神庙,进行遥拜祭祀,丑态百出,乌烟瘴气,好一通折腾。他们用收音机收到东京庆祝活动的声音,不断地跟着欢呼……

这一天,在日本宫城二重桥前的广场上,天皇和皇后亲自驾临,文武百官及各界代表前呼后拥。东京音乐学校的400名男女学生在陆海军军乐队的伴奏下,合唱了《颂纪元2600年》之歌。庆祝仪式盛况空前。

然而,值得世人欣慰的是,"天庭佑之众神"没有保佑日本神圣不败。不到五年,日本的那些文武百官终于停止了罪恶,天皇也由神变成了人。东宁的西山神庙也变成了废墟。

如今当人们面对"奉纳"祭坛,面对尘封的历史,面对东京的方向,心情依然是十分沉重的……

日本自古信奉"神道"。认为"万物有神灵,万事有神佑",到处建神庙,几乎家家有神龛。杀人被视为"神赋特权",战死则"成神入灵位""为天皇圣战是文明对野蛮之战,高贵的大和民族解放亚洲人民"。这些观点使日本人到今天也不知道怎样区别战争的性质。极右势力乘机大肆歪曲历史美化侵略。每年的"八一五"日本政界都参加

"我们都来参拜靖国神社"的运动。现任首相小泉纯一郎更是多次"以首相身份参拜靖国神社"。足可以看出"神道"的魔力。日本对"神道"的坚信有时到了滑稽可笑的地步。如为永远统治朝鲜,在朝鲜的山川河流找到所谓的龙脉,埋上铁人或铁钉让其永世不得翻身。在东宁的大肚川河,为了防止龟形山上的"灵龟"爬到河里,威胁其统治。先是修了一条公路阻拦。后又在"灵龟"的对面修了一座桥,命名为"御成桥"。了解日本这一特殊的历史文化背景就不难理解日本的现在某些现象及其蕴涵的危险。也真切地认识到"奉纳"祭坛的过去和现在所包含的深刻的历史和现实意义。

以东宁的"奉纳"祭坛为代表的法西斯思想钳制和国民优级学校的奴役教育等,构成了除"东宁日军侵华要塞"以外的一道"防止苏联赤化满洲""神圣不败"的"精神筑垒"。"奉纳"祭坛是日本军国主义对我国人民精神摧残的罪证。

2001 年 6 月 26 日于东宁

本文首次发表在 2001 年 7 月 13 日《牡丹江日报》上,后经国内外网站多次转载。

对东宁城市文化特色
建设的几点建议

元月八日,县第十三届二次全委(扩大)会提出全面加快沿边工贸旅游城市建设的步伐,本人深受鼓舞,觉得有责任有义务积极响应并投身到这一实践中去。下面我就其中有关东宁沿边工贸旅游城市文化特色建设方面的一些细节问题谈几点建议,不一定准确,幼稚之处请见谅。

一、东宁的"态"是什么?

古语:女子无态不美。态是气质、是特色。那么东宁的"态"是什么? 我常常思考这个问题。报告中提出加快形成"中欧合璧、江南风情"的城市特色,定位很准,既不效仿满洲里"原汁原味"的俄国田园风格,又突出了东宁小江南的地域特色。我这里提到的城市文化特色,不只是城市外部的、内在的形式和有形的表现,而且包括更广的历史积淀和旅游资源的文化内涵、文化价值。一个城市的文化特色建设的优劣,将会影响到对经济的反哺,因为今天的文化就是明天的经济。

东宁没有故都的磅礴气势,没有江南的精巧玲珑,也没有东南沿海的悠扬细腻。历史很悠久,可看的东西却不多。东宁的优势在于是整个东北至俄远东贸易旅游链上的重要一环。虽然处在中华母体文化的末梢,却是和东斯拉夫文化碰撞交融的前沿。当前东宁的城市性质已经定位为"沿边工贸旅游城",这些都决定东宁将塑什么样的"形",表怎样的"态"。

记得小时候,印象最深的是电影院哥特式回廊,广场上横竿矮围栏内自然生长的杂树和凯旋门上花体斯拉夫文。颇有几分蒲宁笔下俄国田园风格。还有日本在满小学参天的树木、高大的铸花壁炉,日本神庙、日本民宅、鲜族民宅,以及街道四周泡子里鲜美的菱角。东斯拉夫博大的文化光芒和日伪时期的"胎迹"或多或少还保留一些。现在外地人来东宁对整洁的街道和精美的楼房赞叹不已,唯一感到东宁有特色的却是小桥很多,且仅仅是一个"多"字而已。对外来的文化,我们在餐饮业中继承的要比其他方面好些。对最能影响城市文化特色的城市规划、街道命名、旅游景区开发上,考虑功能性需求的多,在求精、求特、求风格上明显不足。

报告中提到"加强对俄文化交流,深入挖掘团结文化、渤海文化"。对俄文化交流非常重要,这种交流应是兼容的、互补的、多元的。东宁近期应主要以歌舞、建筑和饮食上的内容为主。建筑应以拜占庭风格为主。歌舞可在旅游旺季随时组织,可参考深圳"明斯克"号航母上的俄罗斯艺术团的经营模式。但不要一味学满洲里,"原汁原味"的俄罗斯风格做过了就会有殖民文化的倾向。

对待团结文化和渤海文化要有个正确的客观评估。

团结——克罗乌诺夫卡文化虽然距今两千多年,综观全国其他的著名的类似的古文化遗址开发,如马坝、襄汾、丁村。其深度挖掘的价值并不高。团—克文化关于沃沮人的发展及俄罗斯境内同期文化只能在学术界进行加以研究和探索。在旅游开发上,充其量只能做正餐中的一个配菜。

渤海文化的实质是唐文化和高句丽文化在牡丹江地区的延伸和

变种。渤海文化包括萨满教、后来的流民文化,其继承研究中心都是在宁安,不管我们怎么做都是绿叶的位置。我县的大城子虽然是渤海时期典型的平原城,但只能在去俄罗斯旅游的途中经过时,顺便介绍或看看。我认为大城子遗址研究开发的重心应放在元明时期建州卫的设立后,在清朝龙兴之地上做足文章。这是东宁含金量最高的历史资源。大城子是渤海时期,率宾府下辖的古建州治所。元朝中后期,建州女真已雄居东北女真三大部之首。明永乐元年,在大城子正式设立建州卫。建州女真据此兴兵把部众编入八旗,成为满洲联合体的骨干力量。猛哥帖木儿被明朝授予建州卫指挥使之职(万户)。后又率部迁徙至辽宁。但建州这一名称始终沿用。1644 年,建州女真创建王朝,猛哥帖木儿的六世孙努尔哈赤向明王朝发起猛烈冲击,最终闯入山海关,占领中原,创立了江山一统的大清国。从此,爱新觉罗氏统治天下 267 年之久。上世纪 70 年代有关部门对大城子西窑地进行挖掘时发现历史遗存颇丰,据此提出大城子是渤海国率宾府,引起史学争议,但最终没被权威典籍采纳,正史仍确认大城子为古建州。我认为在中国历史上建州的影响和名气是非常大的,而且很有现实利用价值。还是把级别很高作用不大的率宾府还给乌苏里斯克(双城子)。

二、东宁如股票,不炒不值钱

炒,就是企划、是交流、是经营。如何企划东宁沿边工贸旅游城的文化特色? 如何把旅游这一简单的空间移动,转变为精神上的文化追求和满足呢?

想把东宁现有的历史文化地理资源以及城市的其他功能利用得好,需要技术加艺术的手段来完成。我认为东宁的文化底蕴和内涵,不仅仅靠历史积累,其中更重要的一点是大胆创新。如:

1. 作足清朝龙兴之地和建州女真故乡的文章。首先东宁应加快地方博物馆的建设,集中展示东宁历史文化底蕴;其次寻求历史和现实的结合点。现在猛哥帖木儿在建州时除土夯城墙外,其他荡然无存。但当时的神仙洞仍在,笃信萨满教的建州女真在部落大迁徙重要时刻怎能不拜祭充满圣灵之兆的神仙洞府,祈求上苍降祥瑞于爱新觉罗氏家族呢?这样一个新的历史和现实的结合点就找到了。天府商厦门前的老榆树应是17世纪中叶栽的,正好是皇太极、多尔衮、福临入主中原之时。此榆树可叫成功榆或旺榆、神榆。第二个结合点又找到了。在当今市场经济激烈竞争的今天,人们极度渴望成功,这两个结合点利用好了,会迎合人们的某些心理需求,缓解压力,提高自信,成为新的旅游亮点。海南岛的名胜东山(再起)、(寿比)南山、天涯海角的策划,大抵不过如此。

2. 可以充分利用当地现有的资源加以巧妙改造。引绥渠道和城子沟小河的交汇点,有一定的落差。可以把沉沙池加工成浑似天然的瀑布。模仿桂林象山后面的人造瀑布,做得精致些,成本也不会太高。既能泄洪,又能成为带状公园的点睛之笔。趁现在小河改造之际,一并统筹完成好。

3. 街道命名是城市规划建设中成本最少的,其投入几乎为零。却对突出城市特色识别有着事半功倍的效果。东宁的街道命名仍存在或浅显直白,或晦涩难懂让人一头雾水的问题,缺乏人文底蕴。如水泥厂西的北柱街。好的街名当然也有,如开元路,其一元太宗五年东宁地区属开元路,大城子设开元府;其二取开元盛世之美愿。深圳人现在正为其主要街道深南大道的名称伤透脑筋,起名时无成本,改名时成本和麻烦都不少。主要街道的名字应大气一些,但不要太空洞。东宁的历史名人不少,如抗日英雄李擎天、张传福、姜墨林等,他们的事迹都非常感人,在东北烈士纪念馆都有陈列位置。除用英雄的名字命名外,还可用对东宁有影响的人名、地名命名。如努尔哈赤大街、吴大澂大街、海参崴大街、窝阔台大街等,这样东宁城市的历史厚重感马上就体现出来了。

4. 谈起屠杀,在欧洲就指奥斯维辛和索比堡的屠杀。在亚洲就指南京大屠杀。小时候,曾参加过一场生动的控诉日军在东宁暴行的大会,极其感人。那是在原东宁二百货后面的菜地里,上演了人类最残忍的屠杀,日军用刺刀威逼当地百姓,让父亲活埋正值韶华的儿子,爷爷活埋孙子。这是对人体和人性的双重屠杀。我管他叫"终极屠杀"。屠杀规模不大,但残忍已到极限,从人性角度看,其意义不在南京大屠杀之下。我认为特立独行的事情都是可挖掘的财富。目前,这一历史遗存的抢救开发已经非常紧迫,时不我待。

三、关于东宁要塞

报告中提出深度发掘东宁要塞,并实施一些硬件建设。要想使东宁要塞这一品牌历久弥新,除了硬件建设,技术加艺术策划手段外,还得加上学术。概括起来就是"淡化一个争议,突出两个'神',唱响一首歌,做好一个软件"。淡化一个争议,就是不要过分强调东宁要塞是二战最后战场。因为大学历史教材已把二战终结地定格在 1945 年 9 月中旬菲律宾(美军和日军,除历史教材外,可另见 1995 年 8 月《参考消息》)。虽然有些善意的专家支持我们,改写教科书还是一件很困难的事。这里的淡化不是不谈"最后",也不是不要"最后",而是不把"最后"当成"推销"要塞的王牌。突出两个"神",即挖掘要塞的神秘文化和日军侵华"精神要塞"的神道文化。神秘文化,主要指军事而言,包括要塞分布、要塞功能、作战理念和战争道具的操作等。神道文化,在这方面我县的历史遗存还算丰富。主要有马魂碑、御成桥等,其中"奉纳"祭坛是最具有代表性的,我在 2001 年 7 月 13 日的《牡丹江日报》上曾撰文详细介绍过这方面的内容。唱响一首歌,是策划《同一首歌》在东宁要塞举办抗日音乐专场。原因有三,一是明年是世界反法西斯胜利 60 周年;二是《同一首歌》从没有过以抗日歌曲为主题的演出;三是我国抗日经典老歌没有应有的位置,是名牌节目《同一首歌》功能上的一大缺憾。做好一个软件,就是以东宁要塞为主题开发一个游戏软件,达到宣传要塞、寓教于乐的目的。

2001 至 2002 年本人连续两年在大肚川任三个代表学教督导组组长期间,多次发现有人自备探测仪,到老城子沟一带探察日军遗留仓库、要塞。我认为政府应鼓励这种民间挖掘探险的行为,包括对三角山的探秘活动。调动并保护好民间参与的热情,可以以股份的形式分配探险成果。引导和规范其在文物保护法的许可范围内活动。在电视上公布我县历史文明层的分布资料,动员社会力量最大限度保护性地发掘历史资源,为建设旅游城提供充足的发展空间。

个性鲜明的城市文化特色的建设,既有历史和城市性质赋予的因素外,我认为从某种意义讲也是不同时期管理者素质的体现。当前此问题已引起各级领导的高度重视,东宁城市文化特色建设的黄金时代已经来临。然而这种建设的理念必须通过城市的综合行为体现出来,绝不是几个部门的行为,应是社会活动的总和。如南方旅游胜地的电信部门,会给每个刚一进入该区的外来手机用户,免费发来欢迎词、介绍旅游信息。我们也必须形成人人关心东宁城市文化特色建设的氛围,只有这样才能把东宁建成东北乃至全国对俄贸易旅游链上最精彩的一环。

本文已被《中国城市特色建设思想脑库》、东宁政府网站、东宁论坛等网站转载。

东宁一瞥

关于利用既有铁路将俄罗斯宽轨引入东宁境内建设专线区的建议

在建的牡绥铁路扩能改造建设工程,将于 2015 年竣工营运。通车后除东宁地方铁路及联络线保留外,其他既有铁路将予以废止。届时既有铁路线路的再利用成为发展沿线地方经济的绝佳机会。本人现结合绥阳的实际情况,就我县境内既有铁路再利用的研究项目提出如下建议:

一、建议内容

1. 建立绥绥边境铁路专用线经济合作区。将绥芬河北场宽轨,利用牡绥新线运营后,闲置的既有铁路,采取宽准轨套轨方式,将俄罗斯宽轨铺至绥阳先锋(约 14 公里、绥阳境内 1 公里)或绥阳西南崴子(约 22 公里,绥阳境内 8 公里);

2. 充分利用绥芬河边境铁路专用线经济合作区的平台,大力发展飞地经济,建议划出先锋(木材熏蒸、集散区),原站、西南崴子(集装箱和危险品换装区),河西、绥西、八里坪(企业专线区),作为绥芬河边境铁路专用线经济合作区的飞入地;

3. 建议此项目列为中长期发展项目,研究年度为 5 至 10 年;

4. 加大招引对铁路专用线依存大的企业落户绥阳；

二、落实建议的主要措施

1. 打破地方和铁路的地域、行业束缚,坚持一切以有利于发展经济为出发点。加强领导、统筹协调、多方配合,实现多赢。

2. 扬长避短,充分发挥绥阳既有的铁路资源。日前,绥芬河市完成了《绥芬河边境经济合作区专用线铁路工程》项目的预可研,该项目需征地 295 万平方米,预算投资 29 亿元,新修一级铁路正线 28 公里。如果该项目落户绥阳,可以节约大量资金和耕地(详见附图)。另外,绥阳拥有独立的高铁联络线的优势一定要发挥好、利用好。

3. 利用环境的敏感保护目标,完成项目落地绥阳。一是利用既有绥阳站木材熏蒸,应移至先锋下风口,保证绥阳大气安全;二是绥芬河市危险品换装拟设在南寒,即寒葱河的上游,对下游绥阳的水体安全构成威胁。

4. 此项目应同五花山水库、绥芬河飞机场等项目和绥芬河市一同洽谈。

2011 年 9 月 10 日

绥阳(绥芬河)边境经济合作区铁路专用线建议图

我的规模以上
征拆项目的"辛"理论

在相关部门谦让下,跨界捡了两个号称"天下第一难"的规模以上的征拆项目,当了一名有为无位的"钦差小吏",我深知项目建设是门复杂的政治经济学。接近八年的"抗战"胜利结束,身心极度疲惫到了极点。好心的朋友告诉我,干这活吃苦遭罪、得罪人,出力不讨好,要是碰不上好领导还没有邀功请赏的机会。选票少、矛盾多,休息少、小人多。新常态下,赶快找个轻松岗位退休吧!一席话让我陷入深深的思考中,个中滋味细细琢磨。让我想的最多的不是个人的进退荣辱,而是"辛丑年"(1901 年)和"辛亥年"(1911 年)时的清政府,我深深感受到那时清政府的艰难和无奈。辛丑年的清政府,上有慈禧太后乱政,下有义和团起事,外有八国联军入侵。我们规模以上征拆不外遇到的也是这三个问题,慈禧问题(决策问题),义和团问题(滞迁户问题)和八国联军问题(各部门利益纠葛问题)。不管多大的征拆项目也没法和当年清政府的事相提并论,但其中的道理却大同小异。一不留心从辛丑、辛亥、辛卯年的事件中看出点"辛"问题,悟出了点"辛"

理论,权且当是对规模以上征拆"新"问题、"心"纠结给予的一丝"欣"慰藉。不为项目唱赞歌,只为事实说真话。

一、慈禧问题

慈禧问题应先弄明白三个问题,什么是慈禧问题? 谁是慈禧? 慈禧为了谁?

这里谈到的慈禧问题仅仅是契合项目建设中的决策问题,包括决策的执行力问题、决策结果、决策节点和决策递归过程,也包括决策导向、决策的诱变等问题。

谁是慈禧? 这里的慈禧不是指具体的最高权力拥有者,而是整个"决策树"上能够影响决策结果的全部节点及过程的参与人。如某征收队员错误解释《征收条例》,能让一小片被征收户瞬间变成了"义和团";有人建议"让处级领导承包滞迁户",往往会让"尺子"变形,后续工作难以推进;有人建议项目建设和规划新城一并推进,结果却让有限的资金打了水漂。

慈禧为了谁? 慈禧挪用海军军费建颐和园的事,直接导致了北洋舰队的覆灭。我坚信慈禧从没有过把大清天下断送在自己手里的念头,时刻满怀江山社稷永固的信念。她的失败在于她的局限,她不了解海军的真正作用,更不了解海军建设的规律,她根本想不到1880—1900年这二十年是海军技术爆炸式发展的时期,三年的落后足以致命。

项目建设伊始,借机搭车的很多,什么"建设××新城""打造全省××部门""改造棚户区,建幸福家园""城乡统筹示范区""建农民乐园"等等,打着各种的幌子,行圈地捞名敛财之实。美丽的鲜花下处处是陷阱。经过三个月的调查在讨论会上提出当地房源严重过剩,不用另建房源。结果遭到一面倒的强烈反对,建议被无情地推翻。不通过调查,仅仅从自己狭隘的视角或利益出发做出的结论,就是典型的"慈禧"行为,不管出发角度有多么冠冕堂皇,按大项目建设的规律根本消化不了这些内容,往往结果会事与愿违。尊重专业、科学决策、纠正错误的功能畏缩不得!视野上的局限和不切实际的想法都将用时间和资金做出填补,让项目推进事倍功半、举步维艰。

二、义和团问题

项目之初,通过详实摸底,深深被积极热情支持项目建设的被动迁户们的真诚打动。估计资金到位最多一个月完成任务。接踵而来的资金链的断裂,国家调整征收法规,地方政府换届,通货膨胀。让全线近一半的被动迁户变成了"义和团"。很难再见到当初热情支持拆迁的面孔。持续两年的安抚,总算有了部分资金,一鼓作气完成了百分之八十征收任务,资金链再次断裂,功败垂成。给下次重新启动拆迁工作带来巨大困难,为借机渔利者提供口实,"义和团"运动再次开始酝酿。这里说的"义和团"问题是指少数滞迁户进行组织串联,以营私渔利为目的,利用征收环节漏洞,操作上的变化,结成局域联盟,印发传单、开黑会,误解法规,造谣惑众,滋事哄闹。往往以几十户居民片区为单位。

转年再次启动拆迁时,"义和团"经过一个冬天的酝酿,拆迁红线里的狮子大开口,红线外的大玩"拆迁碰瓷"!工作推进特别艰难,"信访不信法,越闹越有钱"问题十分突出。传统招数不灵了。我们看到的是"症",那么"病"是什么?经过分析,滞迁户成因及类型一般有六种,一种是有过动迁经历的,深知"拆迁改变命运"的道理;第二种是有几年、十几年矛盾冤情需要一并解决的;第三种是受所谓的专业代理律师"维权"的辉煌战绩蛊惑的;第四种是无赖泼皮型的,既可怜又可恨被别人当枪使的;第五种是对政策法规理解偏颇,又固执的人;第六种是最复杂、最神秘的,他们不会坚持到最后,只是坚持利益最大化。知道了病因,药方就不难找到。最后又经过一年多的艰苦奋战,以司法强迁三户完成了全部征收任务。

三、八国联军问题

各相关部门绝大部分是讲政治的,是积极支持项目建设的。但也有个别部门表里不一,一般有 A 面,也有 B 面和 C 面。A 面是给上级看的,B 面是让同级看的,C 面是给下级看的。作为低配的我们在现场看到更多的是 C 面甚至 D 面。

表象一:千载难逢的利益切割,群起争之。

某部门要借本项目打造"全省最牛×部门",建示范区,借了项目的钱。明明是自己不听劝选错了建设位置,赔得很惨,还不上债,却倒打一耙,说是项目方违反合同欠钱造成的,大造舆论。后来项目方把合同和借款协议拿出澄清,面对白纸黑字还坚持自己的说法,典型的搬弄是非、揽权、诿过、塞责;某省部门在卫星照片上看到隧道建设怀疑是矿山开采,下来实地调查确认是隧道建设且手续齐全,他们内部不通气,却管我们要调查的相关费用;某部门借机让企业在项目建设区内建房,最后以维护稳定让企业获取利益。用民怨、稳定要挟和绑架政府的事时有发生!尤其令人啼笑皆非的是上级为解决地方配套资金不足问题,竟提出各地政府用地平材料(砂石料)提供施工企业,可以获取配套资金。结果是由于没有相应的任何有效配套措施,遭到原利益链的激烈反对。这种"指石为金"简单无效的办法,使沿线指挥部陷入四面非议、白忙活的窘境。

表象二:突出政绩绝佳的演绎舞台,能干的永远不如能说的。

"功不独居,过不推诿"是绝对的天方夜谭。全县拆迁工作表彰大会公布的近年拆迁量我们竟占了75%,而被表彰的先进单位和个人没有我们一个,有的受表彰单位没有真正拆迁过一户,报的业绩竟是我们的工作成绩,令职工们寒心。贷款用时三年,没有任何部门帮忙,一旦贷成,抢功的、要监管的、要统计数字的都来了。八年来,取得任何成绩都是相关合法部门的,作为一个临时机构只有干活的命,至今还没有一个人获得过县委、县政府的任何表彰和授予称号,"有为方能有位"成了奢望。唯一享受到的称号竟是人事统计中"光荣"入列为"吃空饷"的。"尸位素餐"者占据合法岗位,有充足的精力、时间和技巧与实干者玩虚的。这种优汰劣胜会产生怎样的示范效应?没有比让老实人吃亏更糟糕的事!任其发展下去,我们会看到怎样的未来?让司马迁《史记》中的"官非其任不处,禄非其功不受"感到汗颜,感到无地自容。

表象三:视法为器,只治别人不治自己,不全是为了利益。

动了谁的"奶酪",绝不是请客吃饭、施以小恩小惠、处好关系能安抚那么简单,而是针锋相对,变本加厉。项目建设这些年深受"选择性执法""不作为"和"乱作为"的困扰。想想作为现场负责人有时被所谓的自家人执法撵得东躲西藏的十分可笑,两次由于两个部门内部"不作为",却让其属下的执法部门来完成对我的"大有作为"。典型的视法为器,只治别人不治自己。显规则无影无踪,潜规则大行其道。利益上的小狡猾、小贪婪,其后果肯定受影响的不仅仅全是利益问题。

　　表象四:堡垒往往在内部被攻破。"好孩子没有往庙里舍的",人员成分复杂、素质参差不齐是临时指挥部存在的通病。来自内部的"第五纵队"是防不胜防的,是第九国联军。走马灯似的一伙又一伙人,有镀金的、有捞金的,有能干的又留不住,不想要的又推不掉。造谣、挑拨、泄密、篡改、误导、撕毁藏匿证据资料是典型的表象。拆迁任务完成后,还有一户最大的"滞迁户",真正的硬骨头是最后要拆的"指挥部"自身,甭管贡献有多大,心气和欲望从来没有低过。真正默默苦干奉献的还要再次被伤害……矛盾始终像落定不了的尘埃。其实双业主制度的发明和实践,是在大项目被伤害得遍体鳞伤后高层采取的一种无奈的选择,让矛盾下移,让肉在锅里烂。它的高明在于地方指挥部无权无实,却成了各种利益纠葛冲突的防火墙,复杂矛盾的隔离舱,专啃硬骨头的急先锋,万夫所指的替罪羔羊,但客观上保证了项目正常进行。例一,在没有成立地方指挥部前,项目设计部门征求了镇村意见。由于看不懂图纸,完工后,对所有的设计缺陷从来不检讨自身的天真、无知和轻率,却把愤怒全发泄到无辜的地方指挥部身上,包括在大业主、施工企业身上没有实现的其他目的;例二,在开工前,上级为了如期开工,又无法给地方指挥部拨钱,于是下了一个文件,让地方指挥部给工程提供砂石等地平材料可以获得巨额资金。其实是在给地方指挥部画了一张永远吃不到的饼,让指挥部去从别人嘴里抢奶酪,结果是四处碰壁,没有一个市县做成,还引起非议和诬陷;例三,当指挥部还沉浸在一项优化设计,为政府节省5 000万元资金的自豪中,怎么也没有想到指挥部完成任务后被降级,激励机制荡然无存,"钦差小吏"变成"钦差微吏",何止是手长袖短职和责的对立。而那些在项目建设中指手画脚、乱调设计,给政府屡屡造成巨大损失的,却得到重用,提拔后还要倒打一耙,把乱调设计的罪名回赠给当初反对的人。工程结束后竟有一名政府办领导跟我说，能给你留一个开工资的编就开恩了。我相信那是一句实话！都什么年代了还将公权力当成私相授受的工具！趟了这么多年的雷，做出如此贡献，还要感谢"不杀"之恩？还要背锅！戴功和带病竟是如此颠倒，这是怎样的政治生态？这是怎样的用人导向？承认可以存在不公平，但差距不能这么大。其实问题症结很简单，在省委省政府的项目里，对于本地既没有经济利益也没有政治利益。自然和之前自己组织的项目重视程度天壤之别。难怪美国驻华大使骆家辉说过，中国人不在乎公平，只在乎自己是否是受益者，只有得失，没有是非。当然想想在工程中那么多献出生命的人，自己还是很幸运的。

四、"辛"问题的相互关系

"辛"问题同时出现或者叠加出现都不可怕，怕的是三者相互"合作""角色互换""潜伏"。"慈禧"和"义和团"合作实现不了"扶清灭洋"目标。"慈禧"和"八国联军"合作，就是"量中华之物力，结与国之欢心"，就是"宁赠友邦，不予家奴"。"义和团"和"八国联军"一旦"合作"成功，乱调乱变、民怨沸腾，一定会要了"大清"的卿卿性命，死一百个来回也不够。

五、"辛"问题如何解决

"辛亥年"（1911 年）由于川汉铁路建设的公益性质与地方团体、个人利益形成了激烈冲突，从而演化成哄闹，最后变成了辛亥革命，成为压死大清的最后一根稻草。利益纠葛绝非小事！春秋时的宋国，还有中山国皆因一碗羊汤而乱国,前车之鉴,不得不引起重视。辛卯年,又是一个"辛"字年份,1891 年 5 月 21 日,沙皇亚历山大三世任命皇太子尼古拉担任西伯利亚铁路建设的总监,协调各方利益,办法要比管理川汉铁路的清廷明智多了,铁路总算能如期修完。

面对以上"辛"问题,既不能效仿当年的"李鸿章"委曲求全,签下"丧权辱国"的条约。也不能像"孙中山"进行"暴力"革命。保证大项目正常推进,在依法依规下达成各方利益的基本和谐统一才是追求目标。要把依法治国真正落到实处。习近平指出"要引导全体人民遵守法律,有问题依靠法律来解决,决不能让那种大闹大解决、小闹小解决、不闹不解决现象蔓延开来"。用法律照亮征程,解决"辛"问题。现在有党的坚强领导和改革的不断深化,大的风险和灾害出现的几率极小。但是这些危险的"辛"问题,就像长途跋涉时鞋子里的沙粒,征途再漫长都不可怕,可怕的是这些"沙粒",会让跋涉者时时刻刻苦不堪言,负重前行。

大项目、大征拆,必须要有大智慧、大格局、大胸怀,要彻底涤荡掉狭隘的部门利益、短浅的眼前利益、无赖泼皮的奸诈伎俩。要想站在利益的风口浪尖上把握好,法宝只有一个:实事求是,依法依规,一把尺子量到底,做到公平公正公开。

认真地落实两任省委书记的"公路三年决战"和"铁路大建设","永不叫苦,永不说难,勇在前线,勇往直前"的精神也践行了八年,从没有动摇过! 真正能够影响项目推进,动摇斗志的,只有体制内部的漏洞! 所谓事出反常必有妖,那么"妖"在哪里? 体现不出公平公正,让实干者寒心的制度就是最坏的制度,就是人事改革的最大失败,就是最坏的妖。当业绩和荣誉都变成一文不值的"投名状"时,妖就真的来了! 快快建立"防火墙",安装"补丁",完善各种制度,健全机制,才是让"岁月不蹉跎,忠诚不流泪"的唯一办法! 才能在"辛"问题下,拥有欣慰! 才能肃清余毒、除"妖"务尽!

（以上话题,并不是一个'钦差小吏'的个人烦恼,而是对党的事业高度负责的冷静思考。面对"辛"事,不能假装一片和谐什么都没有发生,今日道出,"鉴于往事,以资于治",纯属征拆领域学术交流探讨,敬请单位个人不要对号入座,特做免责声明!）

2015 年 3 月 3 日于东宁

2014 年 4 月作者向省委书记王宪魁介绍东宁铁路规划

建设绥东珲至海参崴一体化高铁

在复杂的国际形势下,保持和平、安宁的东北部环境,提升整体安全条件,把更多的注意力和资源用于国内发展,全力应付应对来自东部和南部海域面临的地缘政治挑战,与俄罗斯远东地区经济协调发展,构建"一带一路"远东地区经济圈,是中国进一步加强与俄远东地区经济文化交流,开展互惠合作的主要目的。

随着中俄战略协作伙伴关系的深入发展,加上地理的毗邻、历史上的长期的交往,以及双方资源禀赋的互补性,今天的俄罗斯远东地区已经与中国东北地区在地缘上形成了一种相互依赖、互相依存和合作共赢的经济共同体。这是一个由几个大中城市共同构建的经济圈:俄罗斯一方以海参崴、乌苏里斯克、东方港、纳霍德卡、波谢特、扎鲁比诺等自由港区域为核心,中国一方是相毗邻的绥芬河、东宁、珲春市。这些城市沿着中俄东部边界构成一个经济核心圈。这里也是远东地区人口比较集中的区域,如果打开夜间卫星图,可以看到俄罗斯一侧沿乌苏里斯克、阿尔乔姆、海参崴、大卡缅、纳霍德卡、东方港形成了一条以阿穆尔半岛为中心的近三百公里的城市灯光带。而中国一侧是由绥东珲三市组成分散的三个亮点,这些灯光反映出这一地区经济活力的集中点。如果能够建设一条高铁,将上述地区连接起来,将为"一

带一路"在远东地区的扩展提供良好的基础设施条件。这条高铁分为
两个部分:一是在国内沿中俄边境线建设绥东珲铁路;二是建设高铁
将绥东珲与俄罗斯滨海边疆区主要城市带连接起来。这两条铁路建
设,对于黑龙江东部地区固边、兴边、富边和口岸经济互补联动发展将
起到带动作用。本文从东部口岸的功能定位、区位优势、生态环境、通
道建设几个方面,分析完善"滨海一号"和"滨海二号"交通走廊,打造
一带一路远东经济圈,建设绥东珲至海参崴一体化高铁的必要性及可
行性。

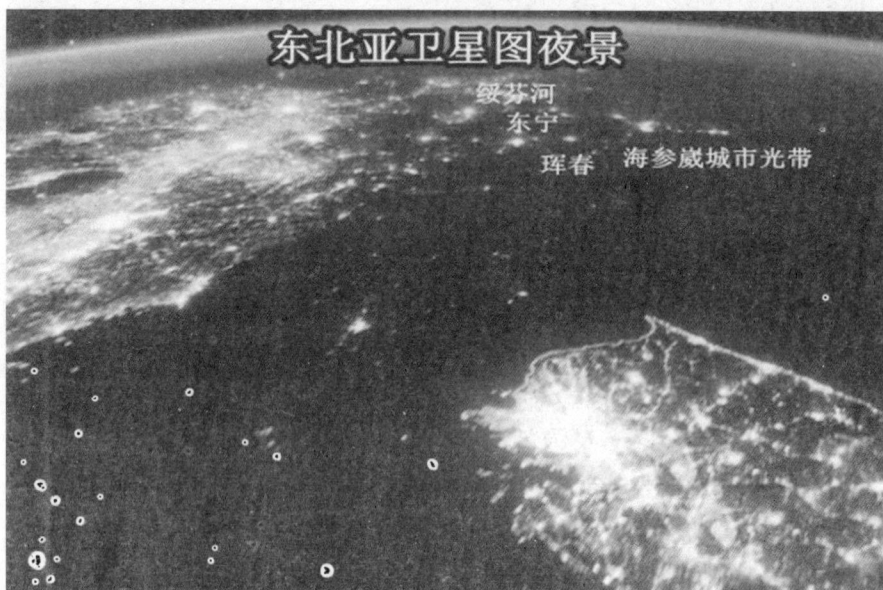

一、绥东珲三地对俄贸易的功能定位

绥芬河、东宁、珲春三市是我国东部地区对俄罗斯贸易的重要口
岸。三市相距不远但各具特色,错位发展,以其独特的优势,在东部撑
起中俄贸易的半壁江山。

（一）绥芬河口岸

绥芬河作为老的边境口岸，具备特有优势：第一，绥芬河是"绥满铁路"重要交通枢纽，紧紧依托边境经济合作区、综合保税区等国家级平台，在产业和物流发展方面先行先试；第二，绥芬河是国家海关总署跨境贸易电子商务试点口岸，已经开通了中俄跨境电商通关服务平台，在全国最先探索对俄跨境电商出口货物通关、跨境支付、结汇退税，最先完成对俄电商平台、电商企业、物流企业操作系统与海关总署电子口岸的系统对接；第三，绥芬河所属的公路、铁路口岸，牡绥铁路集装箱换装场，机场建设等基础设施建设标准比较高。这里开通了"哈绥俄亚（哈绥符釜）"跨境运输线路，国内货物可由哈尔滨经绥芬河、俄罗斯远东港口到达韩国釜山港、日本新潟港和国内上海、太仓等15个港口，运输商品除了日用品外，还包括粮食、石化和木材等，截至目前共组织发运24列2 532个标准箱，货值2.3亿元人民币，已经实现了周班列常态化运营；第四，在软环境建设上，绥芬河口岸便利化改革也在有序推进。推行了口岸"三个一"通关，完成了无纸化报关模式，中俄海关监管结果实现互认，铁路口岸"舱单归并"、木材、果蔬等商品通关都已实现互检互认。这个口岸还拥有卢布使用试点、跨境电子商务试点、对俄贸易结算中心、俄罗斯公民免签进境等特殊许可，为推动当地对外开放转型升级提供了有力支撑。

这里也有不利条件：绥芬河与俄罗斯相邻地界属浅山丘陵地形，海拔相对较高，由绥芬河车站至俄罗斯格罗捷阔沃市的较陡的下坡是建设高铁的主要障碍。城市处于山地，城区建设发展空间狭小，现有土地基本已经处于开发利用饱和状态。

（二）东宁口岸

东宁口岸的特有优势：第一，地处中俄朝三角交界地带的中心，距俄罗斯对应城市波尔塔夫卡不足 3 公里,距俄远东最大的列车编组站乌苏里斯克 53 公里,距滨海边疆区最繁华的城市海参崴 153 公里。比较而言,东宁市是绥东珲三个口岸中距俄罗斯远东中心城市最近的。这里有极佳的内外市场辐射半径,有利于生产要素集散,易于形成供给能力和需求能力较强的区域性国际市场,辐射范围包括东北经济区、大图们江经济圈和东北亚经济区;第二,东宁口岸所毗邻的地区有 50 平方公里闲置土地,有着广阔的开发空间,全市紧紧围绕"出口抓加工、进口抓落地"战略,在全国首创跨境连锁加工模式,辟建了 5 个境外园区,依托境内外园区,在全国率先创造了"中俄""俄中""俄中俄"跨境连锁加工模式;第三,东宁对俄农业合作很有特色。全市在俄租赁土地 340 万亩,实际种植 290 万亩,占黑龙江全省境外农业合作面积的半壁江山。近年来,境外农业合作的范围由过去的滨海边疆区为主,向俄内陆延伸,拓展至叶卡捷琳堡、莫斯科、黑海沿岸等欧洲地区,并通过俄罗斯将开发触角伸向哈萨克斯坦等原独联体国家,形成了一条以东宁为起点自东向西的农业开发轴,并且还是俄罗斯农产品入境的指定口岸;第四,东宁是东北唯一的金伯利口岸,在进口俄资源能源上特色突出。这里有俄罗斯玉石毛料、石油液化气、俄钻石毛坯、锯末子、鲜活海产品等。开通了对俄果菜出口"直通车",果蔬出口品种和混装限制已经取消,推出了"达俄通"对俄电子商务综合服务平台,成为全国对俄跨境电子商务的参加者。

这里的不足之处在于,原有基础设施和对俄通道建设相对比较薄弱,口岸贸易规模也不大。

(三)珲春口岸

作为吉林省东部对俄边贸口岸城市,珲春市有其优势:第一,交通条件:珲春地处东北亚中心,是欧亚大陆桥的起点之一。在这里中、朝、俄三国陆路相连,中、朝、俄、韩、日五国水路相通。以珲春为中心的 200 公里范围内,有 4 个国家级铁路和公路口岸,也分布着俄罗斯和朝鲜的 10 个港口。目前,中俄韩日跨国陆海联运航线已经开通运行,珲春经朝鲜罗津港至上海、宁波的内贸货物跨境运输项目成功展开,中国东北地区第二条出海大通道正在逐步形成;珲春至俄罗斯马哈林诺的国际铁路常态化运营;对俄、对朝邮路相继开通;距珲春仅 1 小时路程的延吉空港辟建了 10 多条国际国内航线;吉林至珲春客运专线已于 2015 年全面通车;第二,贸易条件:珲春市的定位是东北亚物流中心,突出水产品加工特色。作为世界 500 强企业之一的韩国企业浦项集团和现代集团在这里合作投资建设了总面积约 150 万 ㎡ 的大规模物流园区,为国内外货主企业提供仓储、运送等物流服务。珲春水产品资源优势明显,以东扬实业、大宸水产、兴阳水产等企业为龙头,引进先进加工设备和技术,大力开发鱼、虾、蟹、贝等海产品综合加工,生产鱼罐头、海产品、海产方便食品、快餐食品、营养保健品、美容食品及海洋食品等,延长海产品深加工产业链,提高海产品深加工的滚动增值效益。目前该市正在积极整合现有水产品加工产业集群,谋划建设集交易、加工、保税等于一体的中国东北最大的国际水产品交易集散中心;第三,作为中国参与图们江区域国际合作开发的前沿,设立了珲春边境经济合作区,还建设了出口加工区和中俄互市贸易区,在珲春形成了中国独一无二的"三区合一"格局。2012 年 4 月,国家又在珲春批准设立中国图们江区域(珲春)国际合作示范区,被中外客商冠以"政策洼地"的美誉。在地方政府政策方面,吉林省相继出台 14 条支持珲春国际合作示范区发展意见,珲春市也出台 10 条扶持政策,以支持对俄贸易快速发展,并得到了海关的大力支持,贸易政策环境得到全面优化;第四,珲春充分发挥俄远东地区木制品、矿产品、海产品、港口及旅游等资源优势,大力发展高端木制品加工、金属制品加工、跨境旅游、商贸服务和口岸经济,配套发展临港物流,深入推进中俄跨境经济合作。

不足之处在于,这里距俄罗斯波谢特港、扎鲁比诺港较近,但距离滨海边疆区繁华核心城市海参崴、乌苏里斯克、纳霍德卡、东方港距离较远,铁路需要绕行,且行经地区人口较少,基础设施较差,不利于向俄罗斯远东腹地延伸发展。

二、俄罗斯自由港区域:远东经济领跑者

(一)俄罗斯自由港建设情况及相关优惠政策

自由港的设立与扩展:2015 年 7 月 13 日俄总统普京签署了设立符拉迪沃斯托克自由港的法案。法案明确,符拉迪沃斯托克自由港总面积为 3.4 万平方公里,靠近中国和朝鲜边境地区,期限为 70 年。自由港将在税收、海关和检疫等方面为入驻企业提供政策支持和优惠。法案生效后,现已扩大至滨海边疆区七个市区。自由港成员将获得减税政策和用于发展自身业务的自由关税区。入驻企业可获得国有土地、享受房产和土地税的财政减免以及自由关税区的优惠。企业的基础设施建设可获得直接的政府援助。眼下,符拉迪沃斯托克已经成为远东经济的"火车头"。

自由港优惠政策:符拉迪沃斯托克自由港实行简化办理签证制度。自由港区域已经实行了 72 小时免签入境制度。2016 年 12 月 26 日,俄政府会议讨论了在符拉迪沃斯托克自由港实行简化办理签证制度的问题,相关法律草案已提交国家杜马,杜马将在 2017 年的春季会议上进行审议。办理逗留期为 8 天的电子签证是一个新的签证制度。办理流程简单,在计划入俄境的前 4 天在专门网站上提交申请即可。获得签证的人员可前往同样实行自由港制度的俄其他地区,如滨海边区、哈巴罗夫斯克边区、萨哈林州、楚科奇和堪察加区等。这些政策使

外国投资者更便捷地前往远东这些区域进行商业和考察等活动,也增强了上述地区对游客的吸引力。

相关优惠政策:主要体现在"远东一公顷土地法"的实施上。截至2016年底,已有3万远东居民递交土地申请,这个数字每天都在增长。大多数居民利用获得的土地建房和从事农业活动。俄罗斯远东发展部又列出了超过35项配套措施的清单,获得土地的公民还可以享受国家优惠政策外的更多支持。此外,俄罗斯人力资源发展署在远东成立了统一的土地获得者支持中心。

俄罗斯远东发展部、远东国际联盟、东宁铁建办领导研究高铁

远东地区的投资前景:普京总统将远东开发确定为国家优先发展方向,俄政府也对远东各项规划给予了财政支持。未来三年,国家财政计划向跨越式发展区和投资项目拨款560亿卢布,金额超过2014年—2016年两倍多。随着符拉迪沃斯托克自由港的建设,远东地区吸引了1.3万亿卢布投资,其中外国投资占22%。这些投资将在

2025 年前逐步投入到项目实施中,2016 年已经建立了 24 家新企业,2017 年将建立 75 家,2018 年——118 家,2019 年——280 家。这些资金有 73% 是投向农业、运输、物流、水资源加工和造船等非自然资源和非原材料领域。远东发展基金正在支持远东地区实施的 12 个投资项目,总投资额超过 1 140 亿卢布。中俄在远东地区的合作取得积极进展。中方正在远东实施 23 个投资项目,总投资额约 30 亿美元。俄方已制定并向中方转交了关于建立远东中国投资者和企业家支持中心的建议,该机制将为中俄在远东地区合作注入新的动力,同时提升入境投资的数量和质量。2016 年 12 月,普京对日本进行了国事访问,期间签署的 81 个文件中有 23 个直接涉及与远东地区的经济合作。

(二)俄罗斯滨海一号和滨海二号交通走廊项目

项目概况:2016 年 4 月 29 日,中俄双方代表就"滨海一号""滨海二号"国际交通走廊项目实施问题在北京举行会谈。滨海一号是从中国黑龙江省贯通至俄罗斯东方港,连接哈尔滨、绥芬河、乌苏里斯克、符拉迪沃斯托克、纳霍德卡、东方港的铁路。滨海二号是从吉林省珲春延伸至扎鲁比诺港口的现代化国际交通走廊,将大大减少中国东北地区企业的运输成本。仅黑龙江和吉林两省每年就能节约 10 亿美元,而远东地区则能够获得来自黑、吉两省的巨大货流量,总额占到俄罗斯经济的 60% 之多。中俄双方商讨了交通走廊初步建设方案,达成以下共识:建立"中俄联合国际交通走廊建设管理公司",由俄方控股;20% 的国际交通走廊项目建设资金由俄方承担,其余 80% 由中方和银行承担,投资回收期限为 10 年。滨海一号交通走廊的总投资为 1 720 亿卢布(约合 24 亿美元),滨海二号则为 300 亿卢布(约合 4 亿美元)。这些交通走廊将成为中国"一带一路"的一部分。

该项目存在的问题:

1. 滨海一号和滨海二号项目实际上是两条东西走向的国际交通走廊,在国境两侧没有同样标准的南北走向通道,不能构成路网,通道的整体运输功能受到很大限制。中国方面已经注意到了这个问题,在国家中长期发展计划中有东珲铁路规划,并努力利用既有的绥阳至东宁铁路,以此延展。不过,既有铁路技术标准很低,无法满足现代铁路运输的需要。

2. 绥芬河发展空间受限的问题很难解决;绥芬河至格城间大下坡的问题难以克服,这主要涉及在国内铺设展线还是在俄罗斯境内铺设展线的问题。

3. 珲春市与俄罗斯远东人口密集地区距离较远,沿途人烟稀少的问题目前很难解决。

4. 东宁市距离俄罗斯远东核心区最近的优势没有得到很好发挥。

5. 由绥东珲向朝鲜半岛走向的物流通道没有列入交通走廊规划。

6. 绥东珲口岸自身过埠增值,双向交流、优势互补的路径不畅。不利于睦邻兴边的目标实现。

上述情况一位日本研究者新井洋史也有类似看法。他在黑龙江大学的杂志《俄罗斯学刊》2017 年第 1 期上发表的文章"一带一路是东北亚区域合作的'逆风'吗"中,对远东地区交通不是很通畅的现象有一个专用词来描述:"不连续点",即指远东地区(包括中俄日韩朝之间)的铁路与公路交通没能形成路网,出现了一些基本上处于孤立的居住点,在中国一方,十分明显地可以看到,东宁和绥芬河以及珲春三个对俄贸易重要城市还处于"孤军作战"状态,而与俄罗斯滨海地区城市的交通也没有很高效地构建。如果在基础设施建设中,把这些"不连续点"连接起来,远东地区的货物与旅客运输会更加顺畅便捷,对这一地区的经济发展无疑将起到极大的推动作用。

　　由此可见,将绥东珲至海参崴一体化高铁纳入"滨海一号、二号"国际交通走廊规划,通盘考虑势在必行。

中国社会科学院边疆研究所专家考察东宁口岸

三、建设绥东珲至海参崴一体化高铁的必要性

　　2013 年国务院批复了《黑龙江和内蒙古东北部地区沿边开发开放规划》,将对俄及东北亚开放上升为国家战略,并对加强边境地区交通基础设施建设提出了新的更高要求。结合"滨海一号、二号"国际交通走廊项目的实施方案,由俄罗斯远东国际联盟主办、黑龙江省东宁铁路建设办公室协办、铁道第三勘察设计院技术支持,经中俄双方专家、学者,历时两年深入勘察、探讨、论证后,初步拟定:引入中国高铁现代化管理经验与模式,投资建设由中国绥东珲经东宁至海参崴一体化高铁项目研究方案细则。该细则是俄罗斯海参崴自由港与中国政府"让高铁走出国门"协同发展的重要基础设施项目。该细则提交到

俄罗斯远东发展部，远东发展部对该方案给予了充分肯定和支持。并提出在该细则的总体设想基础上，尽快由中俄双方共同组建具备对外投资和高铁建设条件的（就像莫斯科至喀山高铁项目那样的）专业管理团队，由双方共同对该项目的地质条件、地理位置等具体情况进行实地勘探考察，双方形成会晤机制后签订意向合作协议。其次，又与俄远东地区铁路管理部门进行了务实接触，俄铁对此也非常支持，同意委托俄远东铁路勘探、设计部门对该项目给以积极配合。并建议进一步完善以下工作：一是"跨境铁路"涉及两国领土问题，双方需抓紧报请国家层面给予确认；二是从预测来看，目前该项目的客流量不足，需要提供具体的增加客流量的渠道及方案来保证营运收入；三是项目建成后涉及铁路维护等事宜，需要提供具体的解决方案；四是俄方现在不具备维护的技术人员，需由中方给予培训；五是该项目开发建设线路需要绕开俄罗斯国家森林保护、动物保护以及其他不具备开发条件的地段。去年俄罗斯《独立报》4月25日报道，俄罗斯境内将首度出现"中国轨距的铁路"，这将令中国企业挺进俄罗斯、到远东旅游变得更为便捷。

俄罗斯远东国际联盟公司、东宁铁建办和铁三院专家探讨线路

绥东珲至海参崴一体化高铁,在国内段应和牡绥铁路、延边至珲春铁路功能一致,是客货混,时速在 200 公里,双线电气化铁路。境外段是客运专线,时速在 250 公里。无论境内境外,轨距都是标准轨距 1 435 毫米,加力坡为 13‰,区间自动闭合。保留既有绥芬河、珲春至俄罗斯货运铁路。

(一)绥东珲至海参崴一体化高铁建设的必要性

1. 东珲至海参崴一体化高铁的建成,是贯彻实施国家"一带一路""中蒙俄经济走廊"的需要;是我国进一步实施东北地区等老工业基地振兴,实现传统产业转型升级的需要;是完善区域铁路网布局,衔接快速铁路网,形成东北东部沿边铁路通道的需要;是形成黑龙江省与吉林省间一条省际快速铁路通道,提高省际间运输质量与运输能力,构建哈长城市群,满足绥芬河、东宁、珲春口岸优势互补的需要;是改善沿线地区交通运输条件、开发沿线资源、惠及民生,促进沿线地区经济快速发展的需要;是落实科学发展观,建设节约型和友好型社会、实现可持续发展的需要;是保护生态环境,集约利用资源,节约投资规避风险,是两省团结一致建设至海参崴高铁的一次探索。

2. 东珲至海参崴一体化高铁的建成,是主动对接俄罗斯符拉迪沃斯托克自由港、"滨海一号二号"国际交通走廊等战略的需要。是扩大中俄、中朝经济贸易合作,实现区域共同发展的需要;是构建远东经济圈一体化的需要。是对俄开放、参与东北亚合作的重要尝试,从而加快沿边开发开放步伐,有利于深化中俄全面战略协作伙伴关系,扩大我国同东北亚周边国家的经贸往来与务实合作,实现边疆繁荣稳定发展。

3. 国家虎豹公园的建立,加快绥东珲铁路建设的紧迫性。今年

3月1日,备受关注的《东北虎豹国家公园体制试点方案》已经获中央批准,总面积1.46万平方公里。由于公路穿插,虎豹栖息地碎片化问题突出,压缩和分割了东北虎豹生存空间,虎豹伤害人畜事件也时有发生。国家发改委叫停了保护区内公路建设,铁路将进一步研究。黑龙江老爷岭、吉林珲春、汪清东北虎国家级自然保护区总面积为247 412平方公里,是绥东珲铁路国内段必经之地,保护对象是东北虎、豹等珍稀濒危野生动物及其栖息地。保护区与很多栖息地板块相连接,与俄罗斯虎源种群最近,能容纳最大的东北虎种群。虽然交通线路能够绕避国家公园的核心区和缓冲区,但由于东北虎、豹等活动范围较大,并不局限在某一区域内活动,因此任何交通工程建设对东北虎豹等保护对象影响程度都不能小觑。打通生态廊道的迫切性尤为突出。

公路建设对国家公园影响最大,道路阻隔、行车噪声、夜间灯光等影响东北虎活动与迁徙。相比铁路可以采用隧道工程形式穿越核心区,或以桥梁工程形式穿越缓冲区,保护区内架设声屏障,高标准一次性建成,避免再次扰动。至于工程建设期对东北虎豹影响程度,有待进一步开展专题论证工作。由此可见,绥东珲高铁建设是最大减少国家虎豹公园内人为活动、快速通过的有效办法。加快研究建设绥东珲高铁非常紧迫。

(二)绥东珲至海参崴一体化高铁建设的选线原则

绥东珲至海参崴一体化高铁,在线路选择上应遵循以下选线原则:

1. 铁路选线敏感性不要太强,包括政治、军事和安全上的。线路应符合铁路网规划,与城市总体规划及其他交通方式相协调。

2. 选线时应考虑到项目位于太平洋强震度地带的特点,尽可能降低桥梁、隧道等比例,减少桥梁跨度和高度。

3. 沿线要更多地行经主要城市吸引客流,既方便旅客出行,也便于收回成本。

4. 结合地形地质条件,绕避各类不良地质体,选择最优的平纵断面,减少工程数量和投资。

5. 选线要有一定的抗风险性,厉行节约,资源共享,最大限度减少绕行和展线。绥、东、珲三地应共用一个至海参崴出境地点,展线应控制在中国境内,符合国家最大利益。

6. 坚持环保选线原则,最大限度保护中俄东北虎豹公园。线路要符合环境保护、水土保持、土地节约等要求。

(三)线路分析

根据选线原则对五条线路进行了比较(见附图),每条线路接轨方案的优缺点如下:

1. 绥芬河接轨方案 线路起自牡绥线上的绥芬河站,向东经乌苏里斯克站,至海参崴,线路全长 197.3km。

优点:线路从绥芬河站接轨,与牡绥线相接,线路较为顺直,充分利用绥芬河口岸站的基础设施,同时接轨线路标准高,有利于通道的规划及建设。

缺点:地域狭小,发展地域空间受限;绥芬河站轨面高程 456m,距对面的格城距离仅有 15 公里,但高差达 300m,地形复杂,需要展线。东宁和珲春都存在绕行的问题。另外绥芬河既有铁路运能年三千万吨,建设客货混时速 200 公里快铁将废弃既有铁路造成巨大浪费。

2. 东宁接轨方案 线路起自绥东线上的东宁站,向东经乌苏里斯克站,至海参崴,线路全长138km。

优点:接轨处地形相对平坦,按纵坡千分之二十,短隧矮桥,符合本地环太平洋地震带的建设要求。地域广阔,海拔较低,沿绥芬河河谷修建铁路,相对桥隧比小,成本较低;线路与规划的绥芬河经东宁至珲春铁路相接,后方通路较好。东宁是距离乌苏里斯克最近的中国城市,行经俄罗斯滨海边疆州最发达的城市带,和俄罗斯规划的乌苏里斯克至海参崴城际铁路相连。

缺点:东宁站既有设施相对落后。珲春存在绕行问题。

3. 老黑山接轨方案　线路起自规划绥东珲线上的老黑山站,向东经中俄东北虎自然保护区至乌苏里斯克站,至海参崴,线路全长178km。

优点:满足绥、东、珲三地至海参崴,距离相对适中。

缺点:沿线地形复杂,线路占压覆老黑山煤田,工程施工难度大;线路穿越俄罗斯东北虎豹保护区,对沿线环境保护区影响较大。

4. 分水岭接轨方案　线路起自规划绥东珲线春化站向东经分水岭站,向东经东北虎豹自然保护区至巴拉巴什,跨海后至海参崴,线路全长65km。

优点:线路长度短,工程投资省。对于东宁和绥芬河都不存在绕行问题。

缺点:跨海大桥长度20km,工程投资大,风险高;线路穿越俄罗斯东北虎豹保护区,对沿线环境保护区影响较大。由于距离海参崴太近,敏感性太强。海参崴城市狭窄,建设占地成本高。

5. 珲春站接轨方案　线路起自珲春站,向东穿东北虎豹自然保护区,经斯拉维扬卡、阿尔乔姆至海参崴,线路全长195km。

优点:珲春既有铁路设施完善,线路在珲春站接轨,与既有长吉图珲客专相连,后方通路较好。

缺点:沿线经过区域属欠发达地区,基础设施薄弱,人口少,不能充分吸引客货运量;绕行沼泽地,投资大;线路穿越俄罗斯东北虎豹保护区,对沿线环境保护区影响较大。东宁、绥芬河存在绕行问题。

综上所述,老黑山、分水岭、珲春接轨方案均穿越中俄边境的东北虎豹自然保护区,施工、运营对自然保护区影响大,工程可实施难度大,选线明显不可行;绥芬河接轨方案虽然线形较为顺直,后方通道技术标准较高,但存在绕行、沿线地形复杂、自然坡度大需展线、工程实施困难、地域狭窄等问题;东宁站接轨方案与规划绥东珲铁路、乌苏里斯克至海参崴城际铁路相连,技术标准适中,新建线路地形较为平缓,工程实施难度小,因此根据选线原则综合推荐东宁站接轨方案,绥东珲三地的短板最大限度地补齐。

四、绥东珲至海参崴一体化高铁将远东经济圈串联起来

绥东珲至海参崴一体化高铁将和主要城市机场、码头、城市轻轨进行无缝连接。一期是从绥东珲经乌苏里斯克连接到海参崴阿尔焦姆机场轻轨;二期是连接到大卡缅、纳霍德卡和东方港;三期是从珲春连接到朝鲜先锋、罗津。构成了一条连接三国,环彼得大帝湾呈"人"字形的快捷高铁,把整个地区连成一体,消除了"不连续点",形成远东贸易——交通一体化经济圈。为该区域面向远东太平洋区域的发展提供了新的动能和路径。"一带一路"在远东太平洋地区的实施具有深远影响。

(一)区域一体化明显增强

通过优化远东核心区域通道布局和物流方式,由高铁一体化,带

动区域经济、人流、物流一体化,增加了各国参与环日本海经济圈建设发展的积极性。随着一至三期的高铁建成,中国、俄罗斯、朝鲜、韩国、日本、蒙古的经济在此区域往来越来越密切,加之"长吉珲"和"哈牡绥"两条经济动脉的高效连接,各国共同深耕繁荣远东大市场。通过贸易和投资来促进资本向沿线区域流动,而联动激活的商业活动、诱增的旅游大军更将大大促进该地区的经济发展。

(二)"一带一路"带来"多赢"

在当今"一带一路"引领沿线国家的共同现代化已经是一个不争的事实。新的动能和路径带来的互惠互利,将帮助整个沿线地区以和平、平等、繁荣的方式共享发展成果。作为一带一路的组成部分,绥东珲至海参崴一体化高铁为远东经济圈提供了高效的公共产品,引领了沿线国家的合作方向,通过基础建设的发展和互联互通,为经济一体化打通血脉、提供活力、扩充市场,成为中俄战略合作及东北亚开放合作的重要平台,成为沿边地区重要的经济增长点,睦邻安邻富邻的示范区,形成沿边开发开放新的亮点。是未来这一地区大范围、宽领域、高效率合作的重要基础。从而拉动实体经济"制造、运输、电讯、商贸、服务"在市场经济机制下的快速发展。对各参与国家是十分务实且互惠互利的。

(三)为环日本海经济圈发展提供新机遇

环日本海地区的冷战体制早已打破,但新的和平安全体制尚未确立。日本集体右倾化日益明显;一些国家间的关系还处于乍暖还寒的状态。环日本海港口发展与其腹地及周边地区存在极不协调的问题。随着绥东珲至海参崴一体化高铁的建成、运营,有助于国家之间、地方政府、港口之间、消除隔阂,求同存异、相互信任,从长远利益、共同发展角度来考虑和解决问题;通过高铁增进相互依存的格局和扩大辐射地区的范围,来进一步协调港口和腹地的关系。高铁带来的经济效益的增长将极大地刺激环日本海经济圈北部的发展。

(四)绥东珲至海参崴一体化高铁助力东北振兴

中国东北地区西面是环渤海、黄海经济圈,东面是远东经济圈、环日本海经济圈和极具开发潜力的北冰洋经济圈。随着绥东珲至符拉迪沃斯托克一体化高铁的建成,"西热东冷"的格局有望被打破。东北地理位置的优越性体现出来。周围既有俄罗斯,蒙古两个资源富足国家,又有韩国,日本这样的发达国家。与北美、欧洲隔海相望(太平洋、北冰洋)。从符拉迪沃斯托克出发是中国通过北极圈抵达北美北欧最近的航线,随着北冰洋夏季冰层的日渐融化,北极圈开发持续升温,区位优势凸显。一旦实现东北通道的开发和北极航道的互联互通,将对中国未来30年至50年内全球发展空间的拓展,带来极大经济价值、政治价值和战略价值。

国家"一带一路"建设、"中蒙俄经济走廊"建设"、"黑龙江陆海丝绸之路经济带"建设,海参崴自由港和滨海一号、二号交通走廊建设,这是绥芬河、东宁、珲春共同面临的"大势",也是振兴东北面临的"大势"。如何用好这个"势",做到"顺势而为""借势而起""蓄势而发""乘势而上""造势而依",绥东珲至海参崴一体化高铁建设目标承载着睦邻兴边、振兴东北的美好愿望,驶向远东经济核心区。

绥东珲至海参崴一体化高铁——风正帆悬起航时!

2016 年 6 月 20 日于东宁一稿

2017 年 2 月 20 日于东宁二稿

本文部分章节于 2016 年 6 月 24 日发表在《中国社会科学院要报·专供信息》(中办)第 535 期,该报是党中央国务院的智囊团和思想库。另有部分章节于 2017 年 10 月 16 日刊发在黑龙江省委《奋斗》(内参)第四期专刊上。并在一带一路峰会、俄罗斯东方论坛、中国第四届交通运输战略研讨会、国际产能论坛暨 2017 第九届中国对外投资合作洽谈会等会议进行交流。

中国社会科学院信息情报研究院

稿件采用证明

黑龙江省东宁市铁路工程办 刘宏亮同志:

您撰写的《关于从中国修建高铁至符拉迪沃斯托克(海参崴)线路选择的建议》一文,刊发在《中国社会科学院要报·专供信息》(中办)2016 年 6 月 24 日第 535 期,特此证明.

中国社会科学院《要报》编辑部
2016年7月20日

内参

中共黑龙江省委奋斗杂志社　　2017 年第 4 期

建设绥东珲至符拉迪沃斯托克一体化高铁
着力推动新一轮东北全面振兴战略

刘宏亮

随着深入推进"一带一路"倡议和"中蒙俄经济走廊",由中国东北至俄罗斯符拉迪沃斯托克自由港区的高铁建设显得尤为必要,这个项目对于完善俄罗斯滨海交通走廊,将中国、俄罗斯、韩国、日本在远东地区经济活动整体纳入远东经济圈,实现

关于哈尔滨经东宁至
符拉迪沃斯托克高铁项目的建议

随着中俄经贸旅游合作的加强,由中国东北至俄罗斯符拉迪沃斯托克(海参崴)自由港区的高铁建设已经提上日程。这个项目对于完善俄罗斯滨海交通走廊,将中国、俄罗斯、韩国、日本在远东地区经济活动纳入环日本海经济圈,实现协调发展具有重要意义。

2014年全国两会期间吉林省首先提出建设珲春至符拉迪沃斯托克高铁项目,经过多年研究认为珲春至符拉迪沃斯托克境外展线过长,行经人口少,敏感地区多,不符合两国铁路规划,迟迟没有了下文。2017年11月3日,俄远东发展部长亚历山大·加卢什卡在北京与代表中国中铁股份有限公司的中国铁路东方国际集团蔡泽民总经理讨论了建设哈尔滨—符拉迪沃斯托克高铁项目。我们经过研究比选认为哈尔滨经东宁至符拉迪沃斯托克为最佳选线方案。方案基本内容是利用哈牡时速250公里客专,经由既有牡绥时速为200公里的客货混铁路,至绥芬河后向南连接规划中的绥东铁路,经东宁连接到规划中的乌苏里斯克至符拉迪沃斯托克高速铁路,其中东宁至符拉迪沃斯托克为时速 250 公里的客专,向南预留规划中的东宁至珲春快速铁路,保留既有绥芬河、珲春的货运铁路。本建议方案具体理由如下:

一、符合中俄两国铁路建设规划

中国方面:东宁至乌苏里斯克铁路、东宁至珲春快速铁路已经列入国家铁路建设中长期规划,其中东宁至珲春快速铁路还列入国家兴边富民行动"十三五"规划、东北振兴"十三五"规划和哈长城市群建设规划,绥芬河至东宁快速铁路列入黑龙江省"十三五"铁路新增建设规划。

俄罗斯方面:俄政府制订的《2020 年前快速、高速铁路发展计划》及《2030 年前铁路交通发展战略》,规划了乌苏里斯克至符拉迪沃斯托克高速铁路建设项目。

在两国规划的铁路线路中,距离最近,位置适中,不存在绕行问题,地形地质条件最优,接轨顺畅的最佳连接点只有东宁,距离乌苏里斯克仅 53 公里。

二、符合国家利益最大化

1. 经绥芬河直接出境,沿线地形复杂、自然坡度大需展线,至乌苏里斯克展线较长,无效展线浪费大量资金。而经东宁展线里程基本一致,没有额外增加建设成本、运营成本和行走时间。

2. 经绥芬河直接出境行经中俄城市少,不利于吸引客流,不利于降低运营成本。而在国内展线,不仅完成了规划任务,还增加了行经东宁、波尔塔夫卡、十月区等城镇,保障了客源,有利于回收投资。

3. 东宁至乌苏里斯克铁路可以沿着平坦的绥芬河河谷建设,桥隧比相对较低,最大地节约了境外建设成本,并降低了境外投资风险。

4. 绥芬河市地域狭窄,土地利用基本饱和,后续发展空间受限。而东宁临近口岸有六十平方公里的低产台地有待开发利用。

5. 预留珲春方面接轨方案,既保障了运营时期的客源,也克服了珲春方面距离俄罗斯腹地较远的障碍。

因此,在国内展线明显优于国外展线,符合国家利益最大化。

三、符合未来发展的需要

1. 是贯彻实施国家"一带一路""中蒙俄经济走廊",完善区域铁路网布局,快速形成铁路集疏运新通道的需要;是提高省际间运输质量与运输能力,构建哈长城市群东部交通干线,满足绥芬河、东宁、珲春口岸优势互补,军民融合发展惠及民生的需要。为未来绥东珲至符拉迪沃斯托克高铁一体化建设奠定了坚实基础。

2. 有利于滨海国际交通走廊的建设,是主动对接俄罗斯符拉迪沃斯托克自由港和"冰上丝绸之路"起点的需要。消除该地区的交通"不连续点",为该区域面向远东太平洋区域的发展提供了新的动能和路径。俄罗斯总统普京在一带一路峰会上表示,必须消除基础设施对一体化的制约,并创建相互联系的现代化交通走廊。

3. 通过高铁互联互通,为经济一体化打通血脉、提供活力、扩充市场,成为沿边地区重要的经济增长点,睦邻安邻富邻的示范区,为绥东开发开放试验区建设提供新的平台。

如何建成哈尔滨经东宁至符拉迪沃斯托克高铁?经研究应该做

好如下三点：

（一）充分利用好 2018 年、2019 年中俄地方合作交流年活动

2017 年 12 月 31 日，中国国家主席习近平与俄罗斯总统普京在互致新年贺电时宣布，两国将于 2018 年至 2019 年举办中俄地方合作交流年。习近平主席指出，举办中俄地方合作交流年活动必将全面扩大和深化两国地方交往，使中俄世代友好、共同振兴的理念更加深入人心。这标志着中俄新一轮国家级"主题年"活动拉开帷幕。中俄互办国家级主题年，旨在巩固两国人民的相互理解和传统友谊。近年来中俄地方合作蓬勃发展，双方建立了"东北—远东""长江—伏尔加河"两大区域性合作机制。哈尔滨经东宁至符拉迪沃斯托克高铁建设项目在中俄地方合作交流年隆重推出，无疑成为中俄地方合作年的最大亮点，将带动更多的地方、企业加入，为中俄关系发展创造新的增长点和发展平台，为区域中俄关系发展提供全新的动能。

（二）迅速成立哈东至符拉迪沃斯托克铁路建设专项委员会

1. 由我省政府向俄方提出中俄地方合作交流年铁路建设合作意向，成立哈东至符拉迪沃斯托克铁路建设专项委员会或领导小组和专家组，就项目立项相关问题进行研究，签订铁路建设合作协议。

2. 委托中国铁路设计集团编制国际铁路项目《预可行性研究报告》，并上报国家发改委征求相关部门意见，完成预可研报告批复，上报国务院审批。

3. 列入年度总理级会谈项目，中俄双方专项委员会，就铁路建设标准、等级、接轨方案、换装站方案、运营管理模式、合作方式、工程建设管理部门、工程规模等问题进行深层次会谈，为中俄两国政府签订

《哈尔滨至符拉迪沃斯托克铁路建设协议》奠定基础。

4. 将哈符高铁项目纳入俄罗斯滨海一号交通走廊项目统筹谋划。俄罗斯"滨海1号"和"滨海2号"国际交通走廊经过符拉迪沃斯托克自由港地区,将中国的黑龙江和吉林两省与滨海边疆区的海港连接起来。对俄合作始终是黑龙江省对外开放的优势重点方向。哈符高铁项目列入"滨海1号"国际运输走廊建设规划统一安排管理、共同推进。

(三)哈符高铁资金筹措及保障措施

1. 多元灵活设计融资渠道。2012年6月5日中俄共同成立了中俄投资基金,旨在加强中俄双边经济合作。2015年12月25日成立的亚投行解决亚洲基础设施建设资金的投资问题。2017年5月中国设立中俄地区合作发展投资基金会,总规模1 000亿元人民币,用来推进中国东北地区与俄罗斯远东开发合作。

2. 借助中俄国家平台,力挺哈符高铁。2016年4月,中俄双方代表就"滨海1号"和"滨海2号"国际交通走廊项目实施问题在北京举行会谈。会谈期间双方商定,建立"俄中联合国际交通走廊建设管理公司",由俄方控股;20%的国际交通走廊项目建设资金由俄方承担,其余80%由中方和银行承担,投资回收期限为10年。2017年7月4日,在中俄两国元首见证下,中俄代表签署了《关于共同开发滨海1号和滨海2号国际交通走廊的谅解备忘录》。双方将就共同开发中俄国际交通走廊项目开展深入论证研究。

3. 带动社会资本,强化风险分担机制。积极利用国际金融组织担保、出口信用保险、国际商业险、抵押俄罗斯远东海洋捕捞权、耕地经营权、矿山开采权、以物代投、科技入股等手段缓释投资风险,吸引中铁、中铁投、中铁建、中铁通讯信号、中信保等实力公司加盟投资入股。

2018 年元月 26 日于东宁

此文是受当代中俄区域经济研究院和俄罗斯远东国际联盟公司委托，为 2018 年、2019 年中俄地方合作交流年活动撰写的建议书。图为作者同研究院院长宋魁在一起。

说说东宁大交通
格局发展的实在话

  2015 年 4 月 7 日省委书记王宪魁听完我汇报东宁铁路规划后,跟时任县委书记李大义说,总感到东宁的资源禀赋很好,东宁还有很大的发展空间,不知道哪出了问题,为什么东宁的优势没有发挥出来?

  省委书记的话语让我思考了一段时间,东宁的症结究竟在哪里?在去珲春考察后,问题的症结渐渐清晰,东宁的大交通格局出了问题,身板不够强大,过于单一,没有铁路航空,公路通而不畅,畅而不捷,只有南北通向,没有东西通道,只能承载本地运量,极少有经过运量。公路建设还在日伪时期的历史的圈囿中徘徊;铁路历史痼疾难返,至今121 年的历史,没有纠正铁路布局的错误。大有在错误的道路上奋勇前进的态势;航空更是从拥有九个机场的历史到现在一个都没有的窘境,拟建的机场又在市区 70 公里以外。

一、公路

  东宁最早的道路雏形应是海东盛国上京至建州(东宁)、益州、定州一线,到了元朝西祥州(农安)到永明城(海参崴)经过东宁,这是一条东西走向的通道,后来又演变为吉林经汪清、复兴、老黑山、东宁至海参崴一线的通道。日伪时期是东宁地区公路、铁路、机场建设的第一个高峰期,也是构成现在公路干线网化的重要时期。第二个建设高峰期是1999年到现在,局限于公路改造,铁路复建。东宁公路存在的问题是日伪时期选线迁就军事和铁路建设的需要,路线存在严重的展线和绕行问题,养护成本和运营成本都很高。近年改造由于投入严重不足,设计理念落后,历史遗留通病改正不多。严重影响区域经济发展。如东宁至绥芬河段的一级公路,受投资制约,存在调坡不到位过渡坡不够,竟有多重坡段,混合交通中又有强制分离段,出现严重的混乱交通局面,只能靠标志牌纠正。南村至道芬段应改在和光至黑营段或绕行大甸子应为最佳选线方案,如能不经七十二道顶子,运营成本、养护成本、安全成本都能降下来。根本不用为原铁路复建预留空间,因为现在铁路设计理念和技术跟日伪时期遗留的铁路路基已经没有任何关联。东宁没有东西走向的通道是公路交通上的一个死穴,至于东宁至道河段,到了道河又变成了南北走向的道路,到了黄泥河、共和还是变成南北走向了。可喜的是宁安石岩至东宁的道路已经列入规划。希望一定要科学选线,要敢于打破固有思维定式、要勇于创新突破,不要为了打通道路而修路,通不是目的,更重要的是快捷。如东宁至道河应改线经洞庭、小地营至道河,仅28公里,千万别重复日伪时期的错误。最好石岩镇也不是终点,应将雪乡、镜泊湖、六峰湖、寒葱河、东宁要塞旅游景区连成一线。打造好东宁西部通道。有人说把丹阿公路东宁段和东宁到石岩的路修完,东宁公路建设就无路可修了,其实东宁还有很多断头路、快捷路要修。如修建金厂、奋斗、南天门的快捷路,打通新丰到富荣段、二道南场至南岭段、通沟岭段、渡改桥等等,能为东宁提供更多的土地利用空间,使东宁的身板更厚实。

二、铁路

东宁和铁路的缘分始终属于情深缘浅的那种模式。从 1897 年 8 月 28 日中东铁路盛大的开工庆典在东宁举行并修了两俄里路基后,就没东宁什么事了。主要原因是当时的铁路技术不过关,牵引和桥隧建设等能力限制,克服不了地形、不良地质体等因素,改在了绥芬河。直到 1934 年 6 月修建了东宁至绥芬河轻便铁路。1939 年绥宁铁路建成,每日至哈尔滨对开客运一列。此后,滨绥铁路终点改在东宁,绥芬河、绥阳成为支线,每日只有一列往返绥西的客车。1940 年 12 月东宁至吉林汪清大兴沟的兴宁铁路建成通车。东宁在区域中五百多年以来的核心地位得以恢复。1946 年春绥宁和兴宁铁路都被苏联军队拆除。苏军拆走设备,其军事意义远大于眼前的经济小利。直到 2003 年复建了绥宁铁路,可惜只是低水平的复建,展线率奇高,在运输市场竞争中惨败。在迎接高铁时代来临时,地方管理者的认识和准备严重不足,多次痛失宝贵机遇。

党的十九大确定人民对美好生活的向往就是我们的奋斗目标,省委省政府也提出建设二小时经济圈,东宁人民迫切修建高铁呼声强烈,民意鼎沸。尽快融入高铁经济带,是东宁当前最大的政治,是落实十九大精神的具体实践,是压倒一切的头号任务。东宁华宇集团董事长纪文楠积极参与铁路推进工作,其实铁路建成对其旗下的客运公司冲击最大,中长途客运都将停运,不难看出本地企业奋不顾身舍小家为大家,求发展、求突破的强烈愿望。

铁路建设不是普通工程,是国家战略项目,事权在国家。非常之事,用非常之人,行非常之策,方能成非常之功。有功当奖,有过就罚,至少不是当前这种典型的逆淘汰的混乱局面。铁路工作的管理者应肩负历史使命、人民重托,以坦荡的胸襟,摈弃本位主义、本届主义等政治上的短视行为,把'功成不必在我'落在实处。摈弃'一口吃个胖子'的急功近利心态。统一思想,凝神聚力,脚踏实地求突破是永恒的功课,不达目的决不收兵,哪怕成为功亏一篑的鲧,要有自我牺牲精神。

三、航 空

一个不会飞翔的城市是走不远的。这句话足以看出航空事业的发展对于区域未来举足轻重。东宁历史上曾有九个军用机场,这个距离海参崴最近的中国城市战略地位不容小觑。绥芬河东宁民用机场落户绥阳镇柞木村,距东宁近 70 公里,冬季冰雪路面通行常常受阻,为什么不选择距东宁和绥芬河之间的二道岗子南段原机场呢? 距离两地均为二十公里。说是距离边境太近才 16 公里,而黑河、丹东、满洲里机场都距边境十公里以内又做何解释? 现在飞行技术发展日新月异没有克服不了的难题,无论地形、净空条件、气流、电磁环境都优于柞木,尤其是建设成本上更是天壤之别。为什么优汰劣胜? 谜一样的重大决策,谜一样的托词,结果总是一次又一次把东宁的大交通的美梦击得粉碎,连个渣都不剩。绥芬河东宁机场已经动工,东宁只得了个虚假的名号。珲春民航机场也在加紧建设。东宁在航空方面又被边缘化了。

令人欣喜的是我们终于迎来了国家大力发展通用航空事业的良机,低空开放,抓紧建设东宁人出行的应急快速通道,高度重视建设通用航空项目,适时引进战略投资者,培育发展通航产业。从民航密度来看,发展通用航空项目是东宁唯一的必然选择。

如果说公铁交通是大众项目,航空运输相对属于小众项目。然而随着通用航空技术的日臻完善,低空飞行的成本越来越低,如 30 座以下的飞行器,到哈尔滨票价在 60 – 80 元,到北京 150 至 200 元等,远低于公铁票价,就是包机价格也能接受。飞行成本明显出现大众价格。飞行器价格接近中档私家车,安全性能较高,操作自动化程度高。就连飞行驾照也由 30 万元降到不足 10 万元。国家十三五期间通用机场优惠政策之多、幅度之大都是前所未有的,实现县县通,机会难得,不容迟疑! 在引进通用机场建设经营方面,目前市场良莠不齐,应坚持引入资金技术雄厚,通航经验丰富,经营机场覆盖点多面广的企业承建和经营东宁通用机场,梧桐树也应该招来的是一只闪闪发光有实力的金凤凰啊! 地方政府做好相关企业的管理工作,满足政府预设的前置条件,即赋权又控制,科学决策,让东宁通用航空事业健康发展。

以上是对东宁大交通格局发展的一些实在话,不一定中听,只是基于看不到的失望是真失望,发现不了的错误是真错误这样一个道理。但愿东宁的大交通能引领各项事业走出东宁发展的泥淖地段,夯基累财,尽最大努力满足家乡人民对美好生活的向往。

2018 年元月 28 日于东宁

走出半生，归来仍是少年(代跋)

近日，偶然的机会翻箱子倒柜，发现自己年轻时写的一些手稿。走出半生，又遇见血气方刚年少时的自己，一个有梦的少年！工程建设忙忙碌碌，从公路到铁路，从施工一线到项目前期！弹指间，已年过半百。今日集结成书，聊以慰藉曾经沸腾的热血和激情燃烧的岁月！

一、和电影的缘分

八岁那年，老师告诉我们交上四毛钱可以坐在电影院里看八场电影。贫穷的我巴望能看上一场就知足了。费了半晌的劲从父亲那儿央求来5分钱的巨款，兴奋地在"一完小"长长的走廊里狂奔，一个跟头摔在地板上，5分硬币在地板上跳了几跳，掉进了地板缝里。顿时，所有的喜悦一并跟了进去。直到十一岁那年才荣幸地和同学们坐在了电影院里一起看电影。这里没有露天电影蚊虫的叮咬和换片的苦苦等待。那是一排九号，我会永远记住这个座位的。离银幕太近了，声音震耳欲聋，银幕上主角的脸庞像稻田一样辽阔，表情如同掠过稻田的云影。我深深地被这门五光十色、绚丽的艺术所感染。

十九岁时在白纸上描绘了第一个色彩斑斓的梦,写了第一部电影文学剧本《边缘少年》。北京广电局要拍成四集电视剧,条件是作者每集拉来赞助三千元。现在看来条件不算苛刻,顶多不要稿费了。但在当时对于我无疑是一项不可能完成的任务。

"肚里苞米面,身上的确凉"是我童年和少年时的常态。那时的小学是二部制,每天都有半天不上课,有的是时间挥霍。在一中院里有一座日伪时期的马魂碑和一座大仓库成了最好的去处。这里曾是一座日本军营。童年和少年都是在这里度过的。像个勇士似地从高高的马魂碑上往下跳,或者是拿铁锹挖宝贝,挖出一筐写有"马"和"忠"的圆石头。印象最深的是一块巴掌大的石片上,写着"大日本必胜,苏联红军必败"的字样。这里究竟发生过什么? 有着怎样的桥段? 问遍周围所有的人竟没有一个能给出靠谱的答案。仓库里的玩意就更丰富了,谜团也越来越大! 走访当年的老人和去图书馆查阅资料成了我的新常态。

后来当了老师,当了少先队辅导员,1987 年开始,每每有队日活动的时候,都给学生讲一次东宁要塞的历史,这个巨大无比的战争道具,是如何诞生、运作和死亡的。当时对三角山要塞很了解,对勋山要塞知道得并不多,1990 年暑假,约上好友向出丸山要塞出发,我们从太阳升村东山进入出丸山要塞,下山时非常幸运地拜见到了当年劳工的幸存者。

怎样去写好东宁要塞? 向世人展示怎样的东宁要塞? 至于探究哪里是二战的最后战场不是我的目标! 其实大学的历史教材里答案都是现成的,一点悬念都没有! 我讨厌只是简单的罗列和堆砌史料,编剧的最高任务应是场景和段落的营造。我苦苦地要寻找出"东宁要塞"的魂来! 它应该有着怎样的运作脚本? 1990 年完成了电影文学剧本《活葬》，后更名为《二战的最后战场》。1991年元月4日去长春电影制片厂修改剧本，责任编辑谢燕南给我立了一条规矩，就是不准其他人介入创作，哪怕非常权威、甚至决定剧本的命运的也不行！在长影创作期间，对每一个到访者都心存戒心。一天来了一名四十出头自称阿城的作家来到我的房间，说看看春节期间仍搞创作的同仁。他了解我的创作情况后，告诉我要想拍电影得去北京，那儿容易筹措到资金，长影太难了。可惜我少不更事，对这位大作家，后来成为六十二届威尼斯电影节评委的话并没有当回事。压根就没有电影经济学的概念。果然不久长影的资金出了问题，同韩国的合拍计划又被别人撬走。我把了解的重点开始倾向东宁日本在满小学，那时的教育、协和式婚礼以及物价、放映的电影等等，尤其是对天照大神在二战中的作用产生了浓厚的兴趣。不能就东宁要塞研究东宁要塞。1992年在首届长春电影节期间创作了剧本《发财执照》，和刚拍完喜剧电影《球迷心窍》的导演崔东升一起探索喜剧创作。这是第一部描写中俄边贸倒爷的喜剧，没想到写完后我利用假期去海参崴真的当起了一段"倒爷"！

1999年东宁要塞开始如火如荼地挖掘整理，在全国影响越来越大。功亏一篑的剧本《二战的最后战场》又被电影导演赵为恒、毛丽激活，可惜又赶上银行不给贷款了。长影给东宁地方政府发去合作的邀请，也遭到委婉拒绝。随着研究东宁要塞的人越来越多，我选择了离开这一题材。

到了2008年改革开放三十周年时，剧本《转运护照》引起国家电影局张喆的关注，同年他和著名电影导演、第50届意大利威尼斯电影节国会议长奖获得者刘苗苗，还有制片人于雷来到东宁，寻求与地方政府合作，结果又流产了。2009年大连红星影视公司经理、制片人安克准备投资《第一班对》，电影局的拍摄许可证和审批文件都已经下来了，拍摄计划又没有了下文。

究其原因，是我的创作青春期遭遇到了电影的颓废期，期间又不想让权威人物介入创作，作品被别人"借鉴"，一次一次地"上对花轿嫁错郎"，最后剧本成了"只读文件"，还是和电影属于缘浅情深的那一种。现在中国电影的黄金时代终于到来，可我的梦想却转移到家乡的高铁建设上来。

二、和公路铁路的缘分

1995 年刚当公务员的第一年，我竟然受到时任省委书记岳岐峰的接见，只因勇擒了杀人抢劫首犯荣获全省见义勇为先进个人，后来将全部奖金用来救助困难学童。在获奖之后的二十三年里，和公路铁路建设结了缘，如果说见义勇为是"瞬间"的义起，那么这二十三年的工作实践，则诠释着自己真实的内在品质。

先后跨行跨界承担了东三公路、绥八公路、东宁至老黑山公路、G10 高速、辅路，五花山水库、22 万伏输电、牡绥铁路东宁段等项目的综合协调工作。都说工程建设是肥差，但所负责的是工程协调工作，干的是苦活、累活、重活、得罪人的活儿、上压下挤的活儿，别人往外推的活儿。拥有着明知不可为而为之的决然！明知山有虎偏向虎山行的毅然！只是为了信任和千钧的承诺！常年没有节假日，各种矛盾叠加产生出倍增的压力效应，身心极度疲惫。无论零下三十多度的细鳞河测量现场还是让人窒息的双丰斜井，都有紧张工作的身影。综合协调远没有施工建设光鲜。只有无怨无悔承受着一切，没有蜻蜓点水来镀金，自始至终，承担一项又一项重大工程项目。

始终保持干一行、学一行、专一行、爱一行的习惯。工程建设中，本着对历史和人民负责的精神，超越职责，在不完美的设计中，通过认真调查、潜心研究、弥补缺陷。公路工程中，在走访群众了解到翻建的小金桥原桥经常发生交通事故，认为有妖魔作怪。经现场勘查，是由于多重坡造成的，新设计没有纠正错误，我立即拆掉建到一半的墩台，修正方案，不能让新桥再发生交通事故。先后又将辅路穿村而过的双峰、太岭村变更绕行，细鳞河增加中桥避免交通安全隐患等。铁路工程中，我发现绥阳火车站的面积仅为 900 平方米属于设计遗漏后，多次到铁道部进行协商，将原本设计的火车站，扩容到了 3 000 平方米。又发现火车站降低 7 米高程，才是最佳设计，为此多方协调，凭借执着的精神打动了领导和专家，同意了将火车站技术性降低 7 米，后来又争取减免了设计变更的 300 万元费用。我研究发现利用桩板墙能免拆一处通信基站，为此节约了 5 000 万元拆迁资金。为了完成这些变更，纠正错误，真不知为此奔波多少日夜，费尽多少心机、口舌，调整设计的阻力是难以想象的，得罪了不少人。当变更后的工程更完美地呈现在人们面前时，得到群众的高度赞誉。为此我在全省评议推荐投票中，荣获了 2016 年"龙江好人"称号。

在所有承担的项目中，牡绥铁路东宁段工作量是最重的，是沿途市县中唯一一个穿过镇核心区域的，拆迁量和融资量最大。地下管网挪移、协调部队、企业等，矛盾多、阻力大、难度高、涉及面广，是全线中的"硬骨头"！是名副其实的天下第一难！仅挪移坟茔就有 180 座、拆除房屋 1 300 多户。先后完成了 3 亿元贷款、自筹 1 亿元资本金。我和我的团队完成了房屋征收任务，征收房屋面积 15.23 万平方米，征占农林地 118 万平方米，土地收储 24 万平方米。我带领指挥部人员克服复杂矛盾，逐家逐户走访，做工作、讲政策，在征拆款未到位的情况下,保证铁路节点工程开工。特别是 2013 年爱人患重病在省城住院化疗 4 个月,为了保铁路工期竟没有请一天假去陪护。做完骨扫描检测的爱人呕吐不止,浑身带有强烈的辐射,又不准刚参加完高考去陪护的儿子离得太近,不知所措的儿子哭着打电话告诉我,这种咫尺天涯的无助感,让身在一线的我至今痛彻心扉,没齿难忘。

艰辛的付出终于获得回报,经过施工单位层层推荐筛选,我获得了 2011 年至 2015 年全省铁路建设先进个人,获得了 2015 年全省唯一一枚地方火车头奖章名额,这在没有火车客运的县城让同行们津津乐道。

我带领的团队在完成牡绥东宁段铁路项目后,全身心投入到更艰难、更具挑战性的铁路建设前期工作上来。推进东宁至海参崴、至绥芬河、至珲春铁路建设项目。铁路项目涉及部门广、层次高、难度大,尤其还涉及协调省际、国际统筹事宜。早在 2011 年得知黑龙江省铁路局要解散东宁至乌苏里铁路办公室,就立刻赶到哈尔滨把就要废弃的资料收集起来,为日后重启该项目奠定坚实基础。平时研究积累远东地形地理信息,又多次到国家地理信息局、黑龙江测绘局进一步了解掌握一手资料,细到哪有沼泽地、哪有矿产压覆、哪的地理高程数据、围岩情况都能了如指掌。更是将一些研究成果多次和国家部委专家进行交流。2014 年 4 月 17 日,我向前来视察工作的省委书记王宪魁汇报了东宁铁路建设规划,回答了领导提问,得到领导的首肯。同年,又主动申请、自筹资金,启动铁三院对绥芬河至东宁铁路进行项目预可研。我提出的线路方案和接轨、展线、车站选址三大难题上的建议被全部采纳。东宁境内铁路经过多年锲而不舍、把握先机,使东乌、绥东、东珲三条铁路全部列入国省规划,相当于立项书已经批复,可以直接进入可研阶段。这些规划与俄罗斯 2020、2030 年远东高速铁路规划相呼应,对推进绥东珲一体化高铁具有重大意义。

　　"生年不满百,常怀千岁忧",是铁路工作者视野焦距的长度。在和俄罗斯远东国际联盟公司推进东宁至海参崴高铁项目研究上,我写的《关于黑龙江省、吉林省共用一个至海参崴高铁出境通道的建议》提供给各方。这是本着扩大省际交流,打破省际樊篱,提高重大基础设施建设的科学性和前瞻性,避免盲目和无序建设,整合资源,优化投资的建议。用了大量数据和比选方案突出了东宁地理、地质、区位优势。很快被俄罗斯远东国际联盟公司和铁三院采纳,图文纳入上报两国高层的研究报告的重要章节,翻译成英文、俄文,并获得俄罗斯远东发展部的肯定和支持。我曾立志让决策者能听到自己的见解。在向上级提出铁路建议时,被主管信访的司法局局长李长顺找去索要身份证,看来是被当成重点人员管理了。无奈之下,做成微信发了出去,仅仅十分钟远在北京的中国社会科学院世界经济研究院的研究员李燕打来电话,告诉我中国社会科学院《要报》给中办的内参,准备采用此稿。2016 年 6 月 24 日中国社会科学院《要报》总第 535 期发表了这篇文章,该机构是党中央、国务院的重要思想库和智囊团,该《要报》是向党中央、国务院报送重要对策性建议的内参。后来我又提出"绥东珲至海参崴一体化高铁理论",刊发在 2017 年 10 月 16 日的黑龙江省委《奋斗》(内参)第四期专刊上。并在一带一路峰会、俄罗斯东方论坛、中国第四届交通运输战略研讨会、国际产能论坛暨 2017 第九届中国对外投资合作洽谈会等会议进行交流。我终于实现了在重大问题上让决策者听到自己声音的愿望,为项目的推进在学术和舆论上做了准备。

三、和小人的缘分

除了和电影、线性工程机缘外,和小人的缘分真是如影随形!

当了九年的中学教师,教师的神圣工作使我对在生命中遭遇小人缺乏必要的免疫力和抵抗力。刚从教师岗位调到机关上班,一天组织宣布新来一个小官,没想到以前都认识得挺随和的,当上小官就不会说人话了,整个脸天天板得跟纪念碑似的! 后来竟发现他撒起谎来如呼吸新鲜空气一样,好心眼很多,但对我从来没有用过! 他让我饱尝了所有尖端诡秘的"办公室兵法"。而我还深怀"小人不顾其怨,禄非其功不受"的幻想。我在杂文《化蝇》中,给小人下了定义。称中国小人是在夏季高温粪池中,在泛起的黄色泡沫间蠕动的蛆虫。是一副令人作呕的画像。小人更是长途跋涉时鞋窠里总也甩不掉的沙子,它给人的痛苦和无奈是很难用语言表达清楚的。

当小人总也摆脱不掉时,要学会和小人和平共处。首先是了解小人,我发现我和小人最大的区别是"三围"不同,我本着"围着一线,围着问题,围着困难"开展工作,而小人却坚持"围着领导,围着酒局,围着功利"对待工作。小人没有灵魂或有一个被世俗阉割的灵魂,没有底线,心理空间很小,格局不够,他会在你取得成绩时如期光顾。

1995 年获得全省见义勇为先进个人称号后,诋毁的小人准时出现。后来我的一位很有出息的学生,谆谆教导指出,问题出在你不够强大,没有靠山。获得火车头奖后,小人如期而至。看来小人出现的频率是和利益冲突有关。尤其是在重大敏感问题上。

(一)牡绥铁路东宁段选线问题

由于当初选线从绥阳镇穿城而过,拆迁量大,成为历届政府诟病的问题。地方财政承担了巨大的拆迁费，还遗留下不少问题。而当初的决策者和参谋们都相继提拔调离。有人开始甩锅，这个锅要死死地扣在我们头上。我们是 2010 年从县发改局接手此项任务的。通过查阅资料，项目选线是 2007 年初步确定的，遭到国家发改委明文反对。2008 年 10 月进行了地勘并测量了线路走向。同年国家发改委批复了项目的初步设计，仍明文质疑绥阳镇选线。2009 年初在北京铁道部，召开了最终确定线路的会议。在具体初设和定设确定线位及建设标准的都是沿线镇领导和沿线村主任签字同意的。铁道部规划司向泽伟和铁三院专家跟我说，为什么当时地方政府不建议将牡绥铁路延伸到东宁，错过了难得的发展机会。就连绥阳车站站房面积，只要参会的代表或沿线镇领导拒绝签字或提出要求，就能增加到合理面积，为什么连看都不看就签字了或者是看了没有看懂。各项征求意见都是按程序办理的。当时县里有铁路办，人员编制都有，为什么还会出现如此低级错误？造成决策失误的原因是当事人没有对历史和人民负责的责任感；缺少对线性工程和双业主制的基本常识，相关机构和人员形同虚设，不幸的是手中还握着影响决策的权力。为什么要详细说明选线决策的经过，只是越来越感到新来的同志，把对决策失误的怨恨，加到我们头上，我们觉得很委屈，板子不该打在临危受命勇挑重担者的身上。让我记起魏源说过清政府官场风气是把不担责任看作成熟稳重，会踢皮球是聪明智慧，得过且过是办事得体！修身齐家治国平天下的传统价值观，谁信谁弱智。我想至少这样的政治生态不应该属于我们这个时代！

（二）绥阳至东宁既有线客运改造问题

既有线隶属于黑龙江省地方铁路管理局，2016 年至今多次提出线路改造增加客运项目，由地方政府出资。我们接到调研任务后，一丝不敢怠慢,唯恐出现牡绥铁路选线失误问题。经调查该线技术标准较低,不具备开通客运条件,最大允许速度 50km/h,线路等级为国铁三级标准,线路基本沿着绥芬河河谷而行,平面迂回曲折,全长 99. 87km,没有计算至绥阳新站联络线 6.24 公里。至绥芬河市有两次较大折返,还需转变牵引方式。至绥阳展线系数高达 2.1,至绥芬河展线率高达 3.4,曲线半径小,坡度大。自 2005 年 2 月 4 日开始运营,至今累计亏损 6 017 万元。2016 年公司停产放假。该线没有改造价值,运输成本、养护成本、时间成本都居高不下,应报为僵尸企业。尤其是2018 年底哈牡绥电气化全线贯通,既有铁路失去改造开通客运的利用价值,在运输市场竞争中处于劣势。尤其是已经进入高铁时代,省委、省政府提出打造两小时经济圈,东宁刚好在两小时经济圈内,如果既有线改造成功,东宁至省城将成为至少 5 个小时经济圈,和上级指导思想相悖。所以,我们如实多次提出反对意见,并指出客运改造其实就是解决既有铁路失养问题,这将是一个无底洞,弊大于利。经比选推荐建设绥芬河至东宁快铁项目,获得省委省政府的批准并列入"十三五"规划。对僵尸企业无情挞伐,虽然暂时避免了第二次重大决策失误,坚持正确的观点还能挺多久? 走多远? 都是未知数。

　　某些干部的小人行为接触久了也能日久生情。小人,你今夜会不会来? 你对我的爱还在不在? 把小人当成自己期盼的情人,日子就美丽多了。尤其是预判近期能有十个光顾,结果只等来五个,这日子简直跟过年一样! 小人除了能狠狠地折磨我、打击我、侮辱我! 还能做什么? 穿小鞋、揪辫子、打棍子……"文革"期间的那一套还有意思吗? 都进入新时代了,封建沉疴还是如此顽强! 没了小人的掣肘羁绊,生活是如此的无聊寂寞。没有小人的逼仄,生活似乎少了动力、少了思考。感谢小人的磨砺,让我更加坚强起来! 奋斗的目标更加清晰起来！

工作三十多年，承担任务越来越艰巨，责任越来越重大，荣誉越获越高，职级却是手长袖短！"刚明耐忍、晓畅先机"只用在了业务上。我岳父给我两个内弟办完婚事后，跟我说现在只剩下一件大事了，就是好好开诊所，挣很多钱，好给姑爷买个官当。2003 年 8 月末，天津电视台的编剧石磅来东宁和我一起研究东宁要塞和张鼓峰事件时，我的岳父突然去世了，带着人生最后的一个遗憾走了。现在看来十分可笑，但非常符合那时的政治生态。其实面对不公平，没有人会给你纠正的。由于中国公众长期得不到社会公正，因此便失去了对社会公正的信任，只期望不公不要落到自己头上，却不想自己站出来维护公正。所以要保持鹤立鸡群般的良知和清醒，守住自己的底线，是要随时准备牺牲的。选择性失聪失智是大多数人的习惯性做法。

在个别边远小地方，唯权是举，唯钱是图的宿命还没有滑到谷底，是非观淡化、得失感极强。一个地方的腐烂首先就是从精神层面上开始的，小人得志，揽功诿过塞责，背离真相，良莠不辨，见硬就躲，见利就争。和小人相处久了，就会思考人世间善恶美丑、利益纠葛之事，想多了才写出科幻题材故事《杀魂》，成全了本书的书名。这个故事只有一个主题，就是"阳世奸雄伤天害理皆由己，阴司报应古往今来放过谁"。

面对这些，张伯驹洒脱无畏地道出，"举人不望其报，恶人不顾其怨；官非其任不处，禄非其功不受；见人不正，虽贵不敬；得不为喜，去不为恨；非其罪，虽累辱而不愧也！"。我相信历尽风雨见彩虹的日子不会太遥远！我常常阅读大量资料，来提醒自己曾有一颗不肯轻易蛰伏的心。党的十八大后，"权力在官场，道义在民间"的社会格局正在悄悄改变，让我们看到了希望。未来的梦想只有一个，那就是实现绥东珲至海参崴高铁一体化的梦想，也许是愚公第二，或是堂吉诃德第二。不管结果如何，我想起《穆斯林的葬礼》中令人感动的一段话，"人生虽然艰难，生命毕竟可贵，庄子认为人生当如鲲鹏展翅，扶摇直上九万里，绝云气，负青天。"只要能够为家乡的铁路"起死"，哪怕成为孤家寡人！被打入十八层地狱！我深信"人有善念，天必佑之，小人远之，众人成之"。

记得工程最艰难压力最大的时候，我曾经发过誓，一切结束后，要好好休息一下，要大醉三天、大哭三天、大睡三天。然而当一切都结束后，现在只有一个念头，要大骂三天，大骂利益至上的机会主义，大骂事不关己高高挂起的本位主义，更要大骂成全这些坏作风的极端利己主义和叶公好龙、九龙治水的假把式！

如今到了知天命的年龄，作为一名有着三十年党龄的共产党员，没有一丝停歇奋斗的想法。尤其是党的十九大召开，聚焦人民对美好生活的向往，制定了新时代中国特色社会主义的行动纲领和发展蓝图。我对实现铁路梦更是豪情万丈信心满满。建设铁路就是家乡人民对美好生活的向往，我能参与其中尽绵薄之力十分自豪！让更多的人快捷回家！继续探索绥东珲至海参崴高铁一体化的路径。虽累辱而不悔！遇九难而不辍！我坚信，新时代是奋斗者的时代，奋斗的人生才是幸福的人生，有梦的人生才是精彩的人生！成功不在于你赢了多少人，而在于你帮了多少人、做过多少有益的事情！

走出半生，归来仍是少年！一个有梦的少年！

2018 年元月 28 日于东宁